KB266922

해동의 새벽

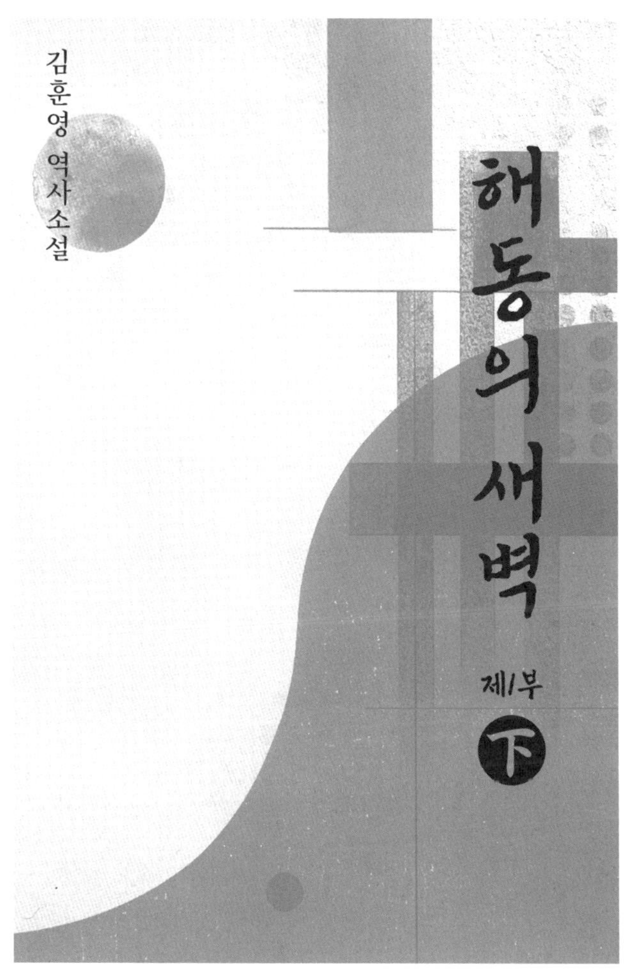

김훈영 역사소설

해동의 새벽

제1부

下

휴앤스트리

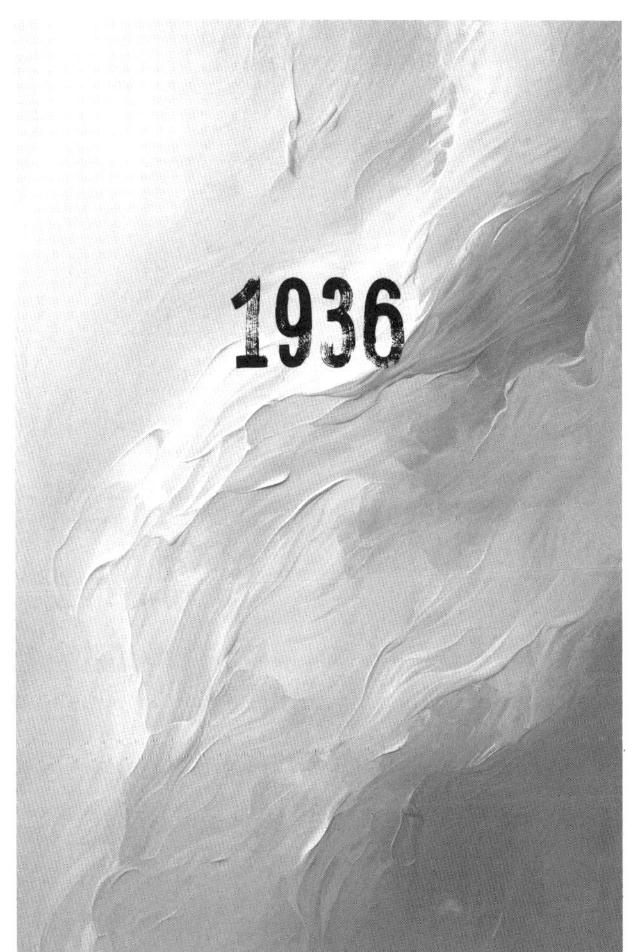
1936

쾌걸(快傑) 이호길

경남 갑산마을.

"이 서방!"

"……."

"함안!"

"……."

"어이! 함안! 벌씨로 자나?"

"……."

초저녁부터 이부자리도 펴지 않고 방바닥에서 잠에 곯아 떨어져 버린 민규 아범을, 골목에 선 박 서방이 까치발을 들고서 바깥 창에 얼굴을 한껏 들이대고 속삭이듯 불러댄다. 추운 날씨 탓에 그의 입에서는 호흡과 함께 하얀 김이 연신 뿜어져 나온다.

장가든 성인 남자의 이름을 함부로 불러대지 않던 시절, 주로 상대방의 택호(宅號)를 그의 이름 삼아 부른다. 양반집의 경우 그 집안 어른의 벼슬 이름을 택호로 삼았고, 평민들은 주로 처가의 마을 이름을 따 택호를 지어 불렀다.

"봐라! 함안!"

"뉘고?"

속삭이는 음성은 누구의 것인지 얼른 알아먹기 힘든 법이다. 민규 아범이 행랑채 바깥 창을 연다.

"내다! 또철이다!"

"행님인교? 아따! 깜빡 잠들었구마! 지금 몇 시나 됐능교?"

"초저녁이다. 저녁은 묵고 자는 기가?"

"저녁은 대충 묵었지요. 들어오소!"

당시 사람들에게는 어릴 때 이름인 아명(兒名)이 있었고, 성인이 됐을 때나 결혼을 하고 나서 개명하는 경우가 대부분이었기에 그쯤에 태어난 사람들의 이름이 조금 어색한 것들이 많았다. 천민들의 경우에는 자신만의 이류이 아예 없는 경우가 많았고, 영아 사망률이 높았던 시절 어린아이의 이름을 험하게 지어야 오래 산다는 통념이 있었기에 개똥이, 봉알이라는 이름도 흔했다. 따라서 놈아(노마, 老馬), 개봉(皆鳳·개의 고환), 개똥(개동, 介同) 등의 이름이 흔하게 호적에 쓰이고 있었다.

박 서방의 경우에는 그의 형 이름이 '철이'였는데, 둘째 아들인 박 서방에게는 사람들이 '또'철이라고 불렀고, 셋째 아들에게는 '셋'의 경상도 발음인 '시'철이라고 불렀기에 이 집 호적에는 큰아들 박철(朴哲), 둘째 박도철(朴道哲), 셋째 박시철(朴是哲)로 표기가 되어있었다.

박 서방이 민규 아범의 행랑방에 들어오고, 민규 아범이 호롱불을 밝힌다. 갑자기 찾아온 박 서방에게 약간의 경계심이 들었던 민규 아범이 등잔 불빛에 비치는 박 서방의 표정을 슬쩍슬쩍 살핀다. 박 서방의 뒤를 캐려고 갑산마을을 찾아온 나름의 속내를 들키지 않으려 이삼 일간 언행을 조심한다고는 했으나, 눈치 빠른 박 서방이 민규 아범의 속내를 알아채지는 않았는지 순간 걱정이 든다.

"언 땅에 곡괭이질 한다꼬 식겁했는갑다! 초저녁에 고마 잠들어삐고……."

연일 이어진 혹한으로 토취장 흙이 얼어붙어 삽날이 잘 들어가지 않자 힘이 장사인 민규 아범이 곡괭이로 얼어붙은 땅을 파 흙덩이들을 부수고, 나머지 일꾼들은 비교적 수월하게 흙을 퍼담아 날랐다. 그러나 추운 날의 들판 작업은 여간 고된 게 아니다. 사람들 모두 내일부터는 기온이 올라갈 때까지 한동안 작업을 중단하기로 합의했다.

이 시간에 어둠을 헤쳐가며 찾아온 박 서방이 민규 아범은 미심쩍다. 공연히 화제를 객토 작업 내용으로 시작해 본다.

"올해는 날이 평소보담은 춥고마요. 이럴 때는 고마, 발파 기술자로 불러가꼬 저짝 갱분(강변) 옆에 써금한 바우 그걸로 뿌사야 안 되겠능교?"

"안 그래도 사람 불러놨구마! 그거는 그렇고…… 내가 이 서방 자네한테 긴히 부탁할 일이 있구마! 오데 가서 속 시원히 말도 몬 할 일이고 해서 내 혼채 죽을 지경이구마는. 니, 우리 근애 기억나나?"

"작은애 말인교?"

"하모! 우리 동생 막내이, 작은애 말이지…… 기억나는가 배?"

"기억이 안 날 수가 있능교? 아따 참말로 쪼매난 가시나가 우찌 그리 예뻤는지…… 부산에 돈 벌러 보내지 않았능교?"

박 서방 삼 형제 밑으로 늦둥이 막내 여동생이 하나 있었는데, 당시 여자아이의 경우에는 '아기', '이쁜이', '애기' 식으로 불렀기에 그 시대의 호적에 보면 여자 이름으로 아기(악이, 岳伊), 이쁜이(입분, 入粉·立分), 애기(애기, 愛奇) 등 한자의 적당한 독음 글자로 등재된 경우가 많았다. 한참 나이 터울이 많았던 막내딸의 이름은 '작은 애'로 부르다가 나중에 그녀를 자근애(自近愛)라고 독음해서 호적에는 박근애(朴近愛)라 기재를 했었다.

민규 아범이 근애를 기억하고 있다고 하자 박 서방의 표정이 더 어두워진다.

"함안 자네가 기억하는 걸로 보이…… 넘들도 다 기억하겠제?"

"하모요. 이 동리 사람들 그 댁 막내이 작은애 모리는 사람은 없을끼구마는…… 근데 와요?"

"그기 말이다…… 하…… 참…… 이거 말로 안 할 수도 없고…… 참말로……."

"아따! 듣는 사람 숨넘어가겠구마! 말로 해보소! 밤중에 찾아와가꼬……."

초저녁잠이 덜 깬 민규 아범의 신경질 섞인 반응에 박 서방이 긴 한숨을 내쉬며 속삭이듯 작은 목소리로 말을 시작한다.

"이거는…… 사실…… 말또 몬 할 넘사시러븐 소리라서 말다…… 우리 근애가…… 아부지가 세상 베리기 직전에…… 투전판에서 야바우꾼들한테 씨게 당해가꼬 저 짝 밭떼기 쪼매 있는 거하고 윗동네 자갈논까지 몽땅시리 넘어갈 뿐 안 했드나. 그때, 우리 시철이는 개우사 보통핵교 마치고 진주농전(농업전문학교) 댕길 때, 월사금을 몬 내서 핵교를 막 살해야 했고 말다. 그란데, 그때 그 야바우꾼 놈들이 우리 막내이 작은애를 보고는…… 부산 요릿집에 취직 시키가꼬 그걸로 빚을 고마 퉁치자 카는 바람에…… 작은애는 부산으로 보내고, 시철이도 고마 농전 졸업을 무사히 해서 지금은 함안서 보통핵교 선생질 하민서 묵고살 만하고, 우리 철이 행님도 윗동네 논밭을 팔아가꼬 지금은 경상북도 대구서 지물상(紙物商) 하민서 잘 안 사나. 일이 그때 그래, 좋게 끝이 났는데…….”

실상은 예쁜 딸을 집안 남자들이 합심해 기생으로 팔아넘긴 사건이었다. 박 서방의 고백에 민규 아범은 아무런 표정의 변화 없이 고개만 끄덕이고 있다. 딸자식은 노동력 이외에는 아무 쓸모가 없다는 인식이 팽배했던 시절이라 상민(常民)들 집집이 이와 비슷한 사연들이 하나씩은 있었기에 민규 아범도 그리 놀랄 일은 아닌 듯 무덤덤하게 듣고 있다.

“그란데, 그누무 가시나가…… 부산 요릿집에 취직했다쿠는 그누무 가시나가 기생집 장사로…… 진주에서 기생집을 채리가꼬 장사한다꼬 나타난 기라!”

“작은애가 기생이 돼가꼬 진주서 술장사를 한다꼬 나타났단 말인교?”

무덤덤하게 듣고만 있던 민규 아범도 요릿집에 팔려 갔던 작은애가 고향 인근에 나타났다는 말에는 제법 놀라운 듯 반응을 보인다. 딸자식을 기생집에 팔아넘긴 일은 크게 대수롭지 않았어도, 기생질하며 몸을 버린 딸자식이 고향에 나타났다는 소식은 모두가 놀라고 긴장할 일이었다.

민규 아범의 놀란 듯한 반응에 박 서방이 목소리를 더 낮추고 상체까지 숙여 속삭이듯 말을 계속한다.

"하모! 내가 미치는 기라! 그것도 기둥서방 한 놈 데불고 옥봉에다가 떡하니 기생집을 차리가꼬…… 이걸로 우짜믄 좋겠노? 벌씨로 2년이 다 돼 가는구마! 올가을까정은 아무도 작은애로 몰라봤등가 암말 없다가, 올가을 지내고 진주에 한 번 쓱 나가보마는…… 아이고 내가 마, 간이 다 녹아뿌리는 기라!"

"아이고…… 큰일이구마! 그란데…… 그 기둥서방은 그라모 야바우꾼인가배?"

박 서방의 고민에 맞장구를 쳐 주기는 했지만, 사연을 들으면서 민규 아범의 머릿속은 복잡해진다. 박 서방이 고민이라며 털어놓고 있는 일련의 일들이 결국 자신이 지난번 옥봉동 홍동가에서 두어 차례 박 서방을 우연히 발견하고, 박 서방이 투전판을 들락거린다는 소문에 대한 오해가 한꺼번에 해명되는 일인데, 이 말이 사실이라면 이때까지 그가 박 서방을 의심하고 그것도 모자라 상전인 김익현에게 그를 무고까지 했던 셈이니 머릿속이 복잡하지 않을 수 없다.

"와 아인 기라! 울 아부지 쏙하묵은 놈들하고 한 패인 기라. 합천 주먹잽이 준하라 카믄 경상도에서는 모리는 놈이 없다 안 카나! 사람도 벌씨로 여럿을 주먹으로 때리 쥑있다 카더마는…… 이짝 진주 주먹잽이들도 텃세라 카는 기 있다 카드마는, 준하라 카는 그 인간은 혼채 있어도 안 건딜인다 카대…… 참말로 내가 죽겄다 카이! 자네도 알끼구마. 우리 당숙, 용이 아재 몸이 많이 편찮으신데…… 그 어른 초상 때 는 작은애 그누무 가시나가 지가 종질녀(사촌 형제의 딸로 오 촌이 되는 관계)라 캄서…… 꼭 지년 기둥서방하고 찾아올끼 람서…… 내 애간장을 태우는 기라! 그 연놈들이 글씨…… 내한테 말로는 오빠야, 자형 해감서 말은 살갑게 함서도 눈 깔이, 낼로 막 이래 막 째리보는 눈깔이, 고마! 범 새끼인 기라!"

노려본다는 말을 민규 아범에게 하면서 자신의 고개를 뒤 틀어 가며 눈동자를 까서 뒤집듯 흉내까지 내는 걸 보면, 박 서방도 2년 가까운 동안 벙어리 냉가슴 노릇이 어지간히 뼈 에 사무쳤던 모양이다. 말을 마친 박 서방에게 민규 아범이 묻는다.

"그란데…… 내한테 부탁할 일이 있담서, 무신 부탁이 요?"

"아이고! 말 마라! 그 합천 주먹잽이 준하라 카는 놈하고 내가 눈만 마주치도 오금이 저리는 기라…… 그래서…… 우 리 근애 그누무 가시나하고 기둥서방이라 카는 그놈하고 고

마, 진주서 기생집 영업을 막살 놓고 오데 다른 데로 떠나

돌라꼬 말로 했으마 싶은데…… 그 말로 내 혼차 가서는 몬

하겠는 기라. 부산 아이모 마산이나 대구 같은 데로 가서 장

사로 하모 우뜻는가 말을 쪼매 했시모 싶은데…… 자네가

같이 가 줬시모 좋겠구마는…….”

호롱불 옆에서 울상을 지으며 하소연과 부탁을 하는 박 서

방의 모습이 너무도 처연해 보인다. 잔정 많은 민규 아범이

이 정도 사정하는 박 서방의 부탁을 단칼에 외면하기 쉽지

않지만, 본디 남의 집 가정사에는 끼어들지 않는 게 좋다는

말도 있는 터라 쉽사리 대답하지 못한다.

민규 아범의 표정을 살피던 박 서방이 갑자기 손등으로 눈

물을 닦는 시늉까지 보태 읍소를 한다.

“보소! 함안! 내가 얼매나 넘사시럽고 속을 끓있시모 이

밤중에 아무도 모르게 이래 자네한테 찾아왔겠노? 낼로 한

번만 도와주소. 내가 죽을 지경이고마! 지 아무리 준하라 카

는 합천 주먹잽이 앞이라 캐도 자네만 옆에 딱 버티고 있어

주마 내가 참말로 든든할 기구마!”

“…….”

“한 번만 도와주소. 이 서방!”

“음…… 언제 갈라능교?”

“쇠뿔도 단김에 빼라 안 캤나. 고마, 지금 당장 가 주소.

　　　　　　　　　　해동의 새벽

안즉 초저녁 아이가? 지금 고마, 자전거 타고 갔다가 왔시모 싶구마! 오늘이 음력 동지 초열흘이라 달도 좋고 길이 어둡지는 않으이……."

당장 진주로 함께 가서 자신을 도와달라는 박 서방의 눈물 섞인 간절한 부탁에 마음이 반쯤 넘어간 민규 아범이 괜스레 어기대 본다.

"뭔 죄지었능교? 한밤중에 괭이 새끼 맹쿠로!"

"내가 와 죄가 없다 카겠노? 죄가 많다! 쪼매 있는 재산 얼매라도 물리받을 끼라꼬 막내이 여동생을 숭악시러븐 야바우꾼들한테 팔아묵은 거로 말리지도 않고, 고마 지키보고 안 있었나! 우리 작은애 울매나 이뻤드노! 참말로 이뿐 우리 동생을 그 숭악한 요릿집에 기생질하라고 팔아묵고…… 우찌 생각해 보마…… 내는 사람도 아인 기라."

남이 혹시라도 들을까 두려워 속삭이듯 참회하며 눈물을 보이는 박 서방을 멍하니 쳐다보던 민규 아범이 벌떡 일어선다.

"갑시다! 마! 합천 주먹잽이 준하인가 준호인가 카는 놈은 고마, 내가 뚜디리 패서 쪼까낼라카이! 본디 행님 아바이가 야바우꾼들한티 빚이 있었등기 아이고 사기 노름에 쏙아서 억구로 빚을 진기 아이가! 처음부터 잘못되았구마. 그거는 무효다, 무효! 아이고! 고마…… 이뻤든 우리 작은애 생각하이…… 참말로 쏙이 상하는구마! 갑시다, 당장!"

며칠 전 경성에 머물며 김익현에게 박 서방의 기생집 출입과 노름판 출입에 관한 풍문을 전해 의심의 단초를 제공했던 그 미안한 마음에 더해, 불량하기 짝이 없는 야바위꾼 주먹잡이를 혼쭐 내줄 생각에 민규 아범의 마음이 급해진다. 단박에 진주 옥봉까지 달려가서 박 서방의 골칫거리를 해결해 주고, 자신의 의심에서 비롯된 미안했던 일들에 대한 속죄를 얼른 끝내고 싶은 마음에 서둘러 겉옷을 걸쳐 입는다.

겨울밤, 밝은 상현달 아래 자전거 페달을 열심히 밟으며 신작로를 달려 남강 변 강둑을 지나 옥봉동으로 들어선 민규 아범과 박 서방의 이마에 땀방울이 송골송골 맺혀 있다. 자전거에서 내려 숨을 고르는 두 사람의 땀에 젖은 등판과 정수리에서는 김이 모락모락 피어오른다.

이들이 도착한 진주 시내의 옥봉동에는 조선의 다른 지역에서는 볼 수 없는 묘한 풍경이 펼쳐져 있다. 유흥가 중심 군데군데 위엄있게 서 있는 몇몇 큼직한 한옥 대문에는 기생집임을 알리는 전통식 홍등이 걸려있고, 그보다 급이 낮은 주점으로 운영되는 작은 가옥들 입구에는 백열등 불빛 아래 걸린 조악한 나무 간판이 그 집의 정체를 알린다. 골목마다 집집이 주점 상호를 적은 간판의 모양들도 중구난방이다. 한자와 한글이 뒤섞여 있고, 히라가나, 가타카나와 함께 영문 알파벳이 복잡하게 적혀있는데, 도무지 그 뜻을 짐작할 수 없는 단어들이다. 나름 사람들의 시선을 끌기 위해 제멋대로 간판에 올라타 있는 문자들이 마구 삐뚤빼뚤, 보는 이들의 정신을 어지럽힌다.

한 뜸 숨을 고른 민규 아범이 주위를 둘러보며 뭔가를 찾는다. 두리번거리는 시선을 아래에 두고 있는 것으로 보아 사람이나 건물을 찾는 것이 아닌 무슨 물건을 찾는 듯하다. 박 서방이 그를 보고 묻는다.

"이 서방! 뭘 그리 찾아쌌노?"

"내가 저녁을 짭게 묵었는가…… 물을 켜는구마요. 근처 우물이나 아이모 물 한 대접이 얻어묵을 집이 없을까 싶어가……."

"아따! 이 친구 참말로…… 묵는 물이야 우리 근애 가시나 점방에 가서 묵으마 되는 기 아이가? 어여 가자!"

"그기 그리 간단치가 않지요! 우리는 지금 근애가 채리 놓은 기생집에 술상 받으러 놀러 가기나 신세를 지러 가는 기 아니고, 여게서 후뜨가 낼라꼬 가는 긴데…… 물 한 모금도 얻어묵을 수는 없구마요!"

민규 아범의 단호한 표정과 말투에는 갑산에서 출발할 때의 결기와 각오가 그대로 묻어있다. 반면, 당사자인 박 서방의 태도에서는 정작 초저녁 때 보였던 비장함이 보이지 않는다.

"아무리 그래도…… 물 한 대접이 가지고 그랄 필요까지야 있겠나? 고마 거게 가서 묵자!"

"그랄 수 없소! 물 한 대접이라도 저짝서 작은 신세를 지고 나모, 이짝 말에 힘이 서지를 않는 뱁이요!"

"이 근처에는 우물이 안 보이드만…… 고마, 가서…… 내가 물 한 사발로 내 손으로 떠가지고 올끼구마. 그걸로 묵자! 이라다가 우리 고마 밤새겠다!"

온 몸짓과 표정으로 민규 아범을 설득하고, 세게 팔을 잡아 이끄는 박 서방의 재촉에 민규 아범이 이게 아닌데 하는 께름칙함을 가지면서도 못 이긴 듯이 끌려간다.

홍등가 끝자락, 작은 바위 언덕을 등진 단층 양옥집 앞에 선 박 서방이 잠겨있는 대문을 두드린다. 그의 등 뒤에 서 있는 민규 아범이 혼잣말인 듯 혼잣말 아닌 말을 툭 하고 뱉는다.

"장사하는 집이 문을 잠가 놓고는……. 모 하자는 기고?"

"기생집 중에 순사들 무사바서 문을 걸어 잠가 놓고 장사하는 집이 많다 카드만…… 이 집도 글타 카드라! 기생들 위생을 검사받았는지 순사들이 심심하모 찾아와서 귀찮게 하고 돈을 뜯는다 카더라!"

박 서방이 초저녁까지만 해도 골칫거리라 여기며 반드시 쫓아내야 한다던 강경 입장에서, 갑자기 근애가 운영하는 기생집의 역성을 드는 것도 왠지 께름칙하다.

순간 문이 열리고, 문을 연 건장한 사내가 박 서방을 알아보고는 꾸벅 인사를 한다. 곧이어 두 사람이 사내의 안내를 받아 들어간다. 거실 마루에 들어서자 구석구석에 쏟아져 얼룩지며 생긴 맵고, 텁텁하고, 시큰한 술 썩는 냄새가 코를 자극한다. 안내되어 들어간 너른 방에는 두꺼운 방석 여러 개가 큰 술상 주위에 가지런하게 놓여 있다. 술상 위에는 백색 갱지가 깔끔하게 덮여 있다.

"이 서방! 여게, 잠시 앉았거라! 내가 얼른 마실 거로 가지고 올꾸마!"

방석 위에 정좌한 민규 아범을 혼자 두고 박 서방이 문밖으로 다시 나간다. 거실 마루를 걷는 발걸음 소리가 쿵쿵거리며 제법 크게 들려오는 것으로 짐작건대, 박도철에게는 이 집의 분위기나 구조가 전혀 낯설지 않은 것으로 보인다. 그의 발소리가 멀어지고, 얼마 지나지 않아 방문이 왈칵 열리면서 고운 한복차림의 30대 여성이 다짜고짜 민규 아범의 옆으로 달려들어 기대어 온다.

"오빠야! 길이 오빠야!"

치마폭이 일으키는 한 덩이의 바람결에 여성의 화사한 분

냄새와 더불어 처음 맡아보는 고급스러운 화장수 냄새가 민규 아범의 후각을 자극한다. 비록 순간이지만, 상전인 남경 마님을 연상케 하는 냄새다. 범접할 수 없는 상전인 남경 마님 냄새와 지금 이 여성에게서 나는 냄새에 대한 인식이 중첩되면서, 갑자기 절대 해서는 안 될 상상과 행위를 할 때 느끼게 되는 묘한 흥분이 그를 자극한다. 할 말을 잃고 잠시 넋을 놓은 민규 아범에게 또 한 번의 색심(色心)을 부르는 간드러진 목소리가 들려온다.

"오빠야!…… 내다! 작은애!"

정신이 혼미해질 정도의 어수선함 속에서 이십여 년 전의 기억이 번갯불과 같이 머리를 스친다. 갑산마을 철이 형님 집의 예쁘장한 막냇동생 작은애, 콧날이 오뚝했다. 시골 마을에서는 흔하게 볼 수 없었던 하얀 피부에 진한 눈썹, 초승달같이 예쁜 눈매에 큰 눈동자. 근애가 틀림이 없다. 그리고 그녀는, 여전히, 예쁘다.

"흠…… 작은애구마!"

"오빠야…… 마이 보고 싶었구마!"

민규 아범이 무심한 척 알은체만 하지만, 근애는 아랑곳하지 않고 아양을 떤다. 근애가 몸을 붙이고 민규 아범의 팔을 감싸 안는다. 더 가까이 다가온 근애의 입술이 민규 아범의 귓불 언저리까지 다가오는 것을 느낀 그가 소스라치게

 　　　　　　　　　　　　　해동의 새벽

놀란다.

"아이쿠야! 와 이쿠노! 숭악시럽다!"

자신을 감아 안으려던 그녀의 팔을 세차게 떼어내며 마음에도 없는 험한 말을 내뱉는다. 그러고는 이내 민망함에 어쩔 줄 몰라 시선을 내리깔고 이리저리 고개와 눈동자를 공연히 돌려가며 사방을 둘러본다.

이때, 작은 반상에 맥주병 여러 개와 간단한 음식을 담아 든, 마흔은 족히 넘어 보이는 늙은 기생이 들어온다.

"둘째 오라버니가 손님한테 먼저 들이라꼬 말씀하시서…… 여게, 시원한 삐루(맥주) 몇 병 가지고 왔어예……."

어울리지도 않는 아양을 떨어가며 술병을 내려놓는 늙은 기생을 힐긋 쳐다보고는 민규 아범이 근애에게 묻는다.

"또철이 행님은 오데 갔노?"

민규 아범의 조금 전 야멸차고 냉정한 반응에 적잖이 실망했는지 근애의 표정도 마뜩잖아 보인다. 심드렁한 표정으로 대답한다.

"큰 길가에 간다 카드라. 소 주사 오라버니 모시고 온다 캄서……."

"소 주사라이? 소 서방 말하는 기가?"

"군수댁 농지 중에 이짝 진주 쪽 농지 마름일 본다 카든 데…… 얼굴 새카마이…… 쪼매난 등치에……."

“이것들이! 지금…….”

천연덕스럽게 대답하는 근애의 말을 듣고, 지금 이 상황이 박 서방의 수작질임이 확실하다 느낀 민규 아범의 얼굴이 순간 분노에 차오른다. 붉으락푸르락해진 얼굴로 벌떡 일어서 방문을 열고 나서려는데, 문밖에서 막 현관을 들어서는 박 서방과 소 서방을 마주친다.

“또철이 행님! 지금 머 하자는 기요?”

두 손을 허리춤에 두고 배를 내밀며 불같이 화를 내는 민규 아범을 보고 박 서방이 웃는 얼굴로 달랜다.

“마이 성났나? 드가자! 드가서 말로 하자!”

이때 박 서방 뒤에 서 있던 소 서방도 말을 보탠다.

“민규 아바이…… 들어가서 우리캉 이바구 쪼매 하자! 이래 덮어놓고 썽낼 일이 아이구마! 내도 자네가 여게 와있는 줄 조금 전에 알았구마!”

“이바구는 무신 이바구! 내는 할 말 없소! 이기 지금 무신 짓이요? 사람을 거짓말로 꼬아 내 갖고 술상을 받게 하고…… 한번 해보자 카는 기요?”

“일단 앉그라! 앉아가꼬 딱 5분만 시간을 내도라! 두 번 부탁 안 할 끼구마!”

박 서방의 간절한 부탁에 더해 소 서방이 다시 두 손을 마주 잡고 빌 듯이 말을 보탠다.

"이 서방! 자네 땀시 우리 당숙들 수년간 아무 분란 없이 부치 묵던 이짝 진주 칠암 논 몇 도가리가 고마 안 날래 가뿌렀나? 그란데 자네가 이래 우리 말로 안 들어 주마 섭한 기라…… 여게 또철이 행님하고 내가 간곡히 부탁을 안 하나? 우리 사정도 한번 들어 보고 우리캉 뜻을 같이할 긴지 안 할 긴지 판단하그라……."

민규 아범이 약 3년 전, 김익현으로부터 칠암 논을 증여받으면서 소작권을 잃게 된 소 서방네 친척들에게는 내심 미안한 마음을 갖고 있었던 터라, 그 일을 들춰내면서까지 대화를 나눠보자는 소 서방의 간절한 부탁을 차마 거절하지 못한다.

"흠…… 좋소! 무신 뜻을 함께하자 카는 긴지는 모르겠으나, 한번 들어는 봅시다. 그란데 말이요…… 듣고 나서 곧바로 귀를 씻어야 하는 씨알도 안 맥힐 소리는 고마, 시작도 하지 마소! 알겠는기요?"

자신이 모시는 상전의 재산을 관리하는 두 명의 마름들과 은밀하게 대화를 나누는 것 자체가 민규 아범에게는 비위에 맞지 않는 일이다. 따라서 불순한 내용의 말이라면 애당초 하지 말라는 경고부터 먼저 해놓고 문지방을 다시 넘어 들어와 안쪽 자리에 앉는다. 근애와 늙은 기생은 술상만 대충 차려 놓고 방을 빠져나간다.

박 서방이 석 잔의 맥주를 따라 자신과 소 서방, 그리고 민규 아범의 앞에 놓는다. 박 서방과 소 서방은 그 맥주를 단숨에 들이켜지만, 조금 전까지 갈증을 호소하던 민규 아범은 그 잔에 눈길조차 주지 않는다.

"민규 아범 자네…… 이번에 어르신 따라서 경성에 갔다가 갑중에(갑자기) 갑산으로 와서 겨울 일로 시작한 이유가 뭐꼬? 그라고, 작년 재작년에 동원했던 일꾼들한테 댕김서 노임 가지고 이것저것 묻고 돌아댕기는 이유는 뭐꼬? 어르신 심바름으로 낼로 감시하러 왔나?"

박 서방의 조용조용한 말투에 비해 질문의 내용은 꽤 단도직입적이다.

"어르신은 암껏도 모르시지만서도…… 시방 이래 나오는 거로 보이 두 사람이 감시당할 일로 하기는 한 모양이구마! 무신 잘못을 했는지 고마, 먼저 실토하소! 그라고…… 오늘 초저녁에 했든 근애 이바구하고 합천 주먹잽이 준하라 카는 껄렁패 말은 모도 거짓말이지요?"

눈 한 번 깜빡이지 않고 당당하게 한마디 한마디 힘주어 말하는 민규 아범의 말본새에 박 서방과 소 서방의 표정이 굳어진다. 박 서방이 잠시 뜸을 들인 후 대답한다.

"모도 거짓말은 아이고…… 부산으로 팔리 가서 마산서 고생고생하고 있는 근애로…… 진주로 델꼬 온 기 내다! 그라고 매제 준하가 내캉 사이가 안 좋다 카는 말은 거짓말이구마. 사실은 내 수족과 같이 움직이는 내 측근인 거라. 진주하고 마산, 부산 일대에서는 건디릴 놈 하나 없다 카는 준하가 내 수족과 같으이, 니도 고마, 내한테 까불고 대들다가는 우리 매제한티 맞아 죽는 수도 있다 카는 것을 명심하그라!"

박 서방의 협박조 말에 민규 아범이 당황한 모습을 보인다. 맘속으로는 가소롭기 그지없으나, 이 상황에서 주먹 자랑을 입으로 해봤자 아무런 의미가 없다. 이런 민규 아범의 마음을 아는지 모르는지, 다시 한번 다짐을 받고자 박 서방이 채근한다.

"대들다가 죽는다 카는 말로 알아들었나?"

"싸움이라 카는 기…… 서로 조심하는 기…… 남자들끼리는 좋은 기 아니겠소? 내도 요시는 힘이 예전만 몬 하구마. 조심하지요. 계속 말씀해 보소!"

박 서방의 눈에는 어수룩하게 대답하는 민규 아범이 이미 기가 죽어있는 것으로 보이기 시작한다. 자신의 협박이 잘 먹혀들어 갔다고 판단한 박 서방이 어깨에 힘을 주고 눈알까지 부라리며 말을 잇는다.

"잘 듣거라. 내가 자네한테 하고 싶은 말은…… 지금 김익현이 그 양반이 암만 캐도 제정신이 아이지 싶다. 정촌 쪽하고 반성, 지수 쪽 논을 모조리 팔아 없애가꼬 모도 경성으로, 신의주로, 원산으로 재산을 옮길라 카는데 말이다. 지금까지 그 논을 부치 묵고 살던 소작인은 우짜라꼬 그라는 긴지…… 알 수가 없는 기라…….”

“행님. 지금…… 소작 농민들 꼬아가꼬 그 사람들 데불꼬 공산당 하요?”

“아이다! 아이다! 내는 그런 거 모린다! 내는 말이다. 지금까지 그 재산들 관리함서 마름 노릇으로 묵고살던…… 여게 소 주사하고, 내 밥줄을 걱정하는 기라!”

낭만적인 공산주의 사상에 심취한 지식인이 많았던 교육도시 진주. 얼마 전 이곳에서 일어난 고등경찰의 대대적인 공산주의자 검거 사건이 전국을 떠들썩하게 했던 터라 민규 아범의 뜬금없는 공산당 이야기에 박 서방이 화들짝 놀라며 부인을 한다.

“논을 처분함서…… 소작인들은 건딜지 않는 조건 아니었소? 그라고 행님 두 분 모도 그 논들이 없어도 계속해서 마름 일로 할 만치 우리 어르신 남아있는 재산 관리 일거리도 보장받지 않았소?”

“이 친구 참말로…… 당장은 그렇다 치더라 캐도…… 몇 년 지나서 그 인간이 또 맴이 바뀌뿌리마는…… 우리는 고마, 닭 쫓던 개 신세가 되는 기라!”

“지금 어르신한테 그 인간이라 캤소?”

민규 아범이 당장이라도 박 서방의 턱에 주먹이라도 한 대 갖다 꽂을 기세로 고리눈을 뜨고서 따져 묻는다. 민규 아범이 자신의 상전에 대한 불경에는 절대 참지 않는 성미를 가진 것을 아는 소 서방이 순간 마른침을 꼴딱 삼킨다. 긴장하는 소 서방과 달리 박 서방은 이에 아랑곳하지 않고 능청스레 말을 계속한다.

"봐라! 민규 아바이야! 뒤에서는 나라님 욕도 하는 세상 아이겠나? 그깟 일로 썽내지 말고, 내 말 쪼매 더 들어 보그라."

이때, 분위기가 살벌해짐을 우려한 소 서방이 턱을 꽉 깨물고 박 서방에게 속삭이듯 말을 한다.

"이 친구, 우리 말 안 듣십니더. 내가 말 안 했소? 고마, 처음부터……."

"소 주사. 니는 쪼매 가만있그라!"

박 서방이 소 서방의 말을 자른다. 조금 전, 소 서방의 짧은 말에서 민규 아범은 이들이 자신을 해코지할 계획을 갖고 있었음을 확실하게 눈치챌 수 있었다. 박 서방은 이런 민규 아범의 눈치와 생각 따위는 괘념하지 않고 계속 말을 잇는다.

"봐라, 인자부터 잘 들었시모 싶다. 민규 아바이야…… 민규도 인자 장성을 안 했나? 얼매나 똑똑하이 잘 키왔노? 시상이 디비지민서 우리 같은 상것들도 큰소리치는 시상이 되지 않았나? 포수질하던 홍범도라 카는 인간도 백정 취급받다가 독립군 장군 소리를 듣는다 아이가? 남으 집 노비 하던 최재형이도 독립운동에 돈을 대주고 어르신 소리로 듣는 시상이고 말다…… 그뿐이가? 양반도 아니면서 거짓말로 양반이라 카미 행세하던 김구[1]도 저짝 상해 가정부(임시정부)를 차리 놓고, 양반 사대부들 모도 밑에다 두고 임금 노릇 한다 카더마는…… 멀리 갈 것도 없다! 얼마 전에 여게, 진주 백정 이학찬이도 양반들 수십 명 데불꼬 형평사 당도 안 만들었나? 돈이 최고인 시절이 온 기라! 내 말이 맞나 안 맞나? 민규 아바이 니도 인자는 바뀐 시상서 민규 생각도 해야 안 되겠나?”

박 서방이 자식까지 들먹이며 회유를 하는 동안, 민규 아범이 무슨 생각으로 그러는지 조금씩 고개를 끄덕이는 모습에 살짝 고무된 소 서방조차 말을 보탠다.

“봐라! 민규 아바이야. 여게 또철이 형님이 기가 막힌 계획이 있다 카이 잘 들어 보그라!”

“흠…….”

눈을 감고 고개를 끄덕이는 민규 아범을 향해 박 서방이 말을 잇는다.

“김익현이 내한테 재산 처분을 시킴서…… 자꾸 수상쩍은

　　　　　　　해동의 새벽

일로 하는 기라! 재산을 서북도(평안북도) 신의주하고, 만주 안동[安東, 지금의 단둥(丹東)]으로 빼돌리는 거로 보마…… 암만캐도 독립자금을 대는 기 아닌가 싶다. 그래서 내가 헌병대에 선을 안 댔드나? 그란데…… 김익현 그 인간 막내 처남을 벌써 오래전부터 일본 헌병에서 수배를 내리 놓고 있다 카더만! 현상금도 엄청시럽다 카는 걸 보이…… 틀림이 없는 기라! 헌병 대장 말이…… 믿을 만한 증인 셋만 데불꼬 오라 카드라. 내하고 소 주사 두 명으로 안 되는가 물었드마는…… 둘만 가지고는 안 되고, 딱 찝어서 자네를 데불꼬 와서 진술을 해주모…… 자네는 그 인간을 수행해 가꼬 일본, 중국 모도 안 댕깄드나? 자네 진술서만 있으모, 빼도 박도 몬 한다꼬 헌병 대장이 철석같이 약조를 했구마! 그라고 나서, 김익현이 재산 서류하고 도장은 모도 내가 갖고 있으이…… 딱 우리 서이서 똑같이 갈라 묵자! 김익현이 재산이 말이다, 우리 셋이서 갈라도…… 평생…… 평생이 뭐꼬? 삼대가 백 년을 놀고 묵으도 남는 재산이고마. 우리가 고마, 팔자를 이럴 때 고치지 운제 고치겠노? 민규도 자네 마음묵기에 따라서 인자부터는 양반이 되고, 영감님도 되고, 어르신도 되는 기라! 그라고, 헌병 대장 몫으로는 깜생이 한 마리만 주마 될 기다. 헌병 대장은 김익현 재산에는 큰 욕심이 없고, 그 인간이 타는 말에만 관심이 있더라.”

그의 말대로 오래전부터 헌병 대장은 김익현이 애지중지하는 이베리아 산 전투마에 군침을 흘려 왔었다.

박 서방의 게거품 튀는 일장 설명에 민규 아범이 중간중간 고개를 끄덕거리자 소 서방도 안심하는 듯하다. 잠시 정적이 흐르고, 고개를 숙인 채 한참을 고민하던 민규 아범이 아주 천천히 고개를 들어 두 사람을 번갈아 바라본다.

"흠……. 그래서 두 분 행님께서…… 흠…… 첫째는, 우리 어르신 돈을 뼹땅을 치가꼬, 여게 근애 술집을 차리줬다카는 기구마. 그라고 둘째는, 어르신 문서를 손에 들고 있음서, 뱃속으로 시커먼 생각을 품고 있었구마. 셋째는, 우리 어른을 모함해서 왜놈들 손에 넘기고…… 더는 내 입이 더러워질까배 말로 몬 하겠구마! 배은망덕도 이런 배은망덕이…… 이것들 모도……."

으르렁거리듯 낮은 목소리로 야단을 치던 민규 아범이 갑자기 말을 멈춘다. 그리고는 술상 건너편 방 출입문을 유심히 노려본다. 방문을 등지고 앉아있던 박 서방과 소 서방이 고개를 돌려 뒤를 바라보는 순간, 벌떡 일어선 민규 아범이 술상을 뛰어넘어 방문을 밀어젖히고 거실로 뛰쳐나간다.

민규 아범이 뛰쳐나오자 거실 한복판에서 까치발로 조심조심 방문을 향해 다가오던 건장한 사내들이 깜짝 놀라 그 자리에 얼어붙듯 멈춰 선다. 이들의 손에는 식칼과 낫, 포승

  해동의 새벽

줄이 들려 있다.

지금까지 박 서방이 민규 아범에 대한 회유가 어려울 것을 알면서도 주절주절 제 생각을 늘어놓을 수 있었던 데에는 민규 아범이 어차피 자기 손바닥 위, 자신이 설치한 덫에 놓여 있다 생각했기 때문이었다. 여동생이 운영하는 기생집에 그를 들여놓고, 주먹패 준하를 시켜 동원한 왈패들이 집안을 지키고 있었기에 언제든 민규 아범을 해치워 버릴 자신이 있었던 게다.

각종 흉기를 들고 있는 대여섯 명의 사내들과 대치한 민규 아범이 천둥과 같은 기합 소리와 함께 맨 앞에서 낫을 들고 서 있는 사내의 팔과 멱살을 각각 한 손씩 나누어 잡아채더니, 자신의 등에 짐짝처럼 둘러멘다. 그리고는 한 바퀴 빙글 돌아 마치 보릿자루를 패대기치듯 사내들 무리 한가운데 바닥에 집어 던진다. 곧이어서 식칼을 들고 있는 사내의 손목을 한 손으로 휘어잡고, 나머지 한 손으로 그 사내의 팔꿈치 관절을 감싸 잡더니 나무젓가락 다루듯 팔을 비틀어 툭 부러뜨린다. 사내의 뼈가 부러지면서 내는 소리가 얼마나 컸던지 나머지 사내들은 입을 떡하니 벌리고 제자리에 선 채 정신을 놓고 멀뚱멀뚱 이 상황을 바라만 보고 서 있다. 비명을 지르는 이 사내의 부러진 팔은 보기에도 괴기스럽다.

고개를 돌려 방안을 노려보는 민규 아범의 시선과 눈이 마주친 소 서방이 마치 산에서 범이라도 마주친 듯 소스라치게 놀라 술상을 타고 넘어가 반대쪽 벽에 기대어 몸을 웅크린다. 소 서방은 예전에 민규 아범이 경남 씨름대회 준우승자와의 싸움에서 그의 갈빗대를 부러뜨리고 턱을 으깨어 놓았던 장면을 직접 본 적이 있기에, 자신이 그 당사자가 될까 벌써 혼비백산이다. 사람들의 구전으로만 민규 아범의 완력을 전해 들었을 뿐, 그의 싸움기술에 대한 실감을 못 하고 있었던 박 서방은 이제껏 민규 아범을 비교적 얕잡아 보고 있었다. 그러나 지금 이 장면을 직접 목격하고 나서 여차하면 자신의 팔다리가 저 지경이 될 수도 있다는 생각에 마치 무당이 굿판에서 신들려 춤을 추는 듯, 앉은 자리에서 온몸과 턱을 덜덜 떨고 있다.

준하에게 동원되어 거실에 모여 있던 사내 중 그나마 간덩이가 큰 한 녀석이 조금 전의 사태를 보았음에도 불구하고 호기롭게 민규 아범을 향해 칼을 겨눈다. 이에 민규 아범이 성큼 다가가 몸통을 슬쩍 내밀어 허점을 보이며 그 사내의 칼질을 유도하고, 이런 민규 아범의 행동을 기회로 착각한 사내가 힘껏 칼을 내질러 오자 민규 아범이 몸을 빙그르르 돌려 그자의 팔을 온몸으로 감싸 안고 반쯤 주저앉으며 사내의 팔을 가을 옥수숫대 접듯 꺾어 부러뜨린다. 얼마나 큰 힘이 작용했는지, 마른 바가지가 깨지는 큰 소리와 함께 그 사내의 허연 뼈다귀가 피부 바깥으로 밀려 나온다. 아수라장 속에서 이를 지켜보는 사람들이 오줌을 지린다. 이어서 민규 아범이 현관문을 걷어차고 밖으로 나가 훌쩍 담을 넘는데, 아무도 민규 아범을 쫓을 생각을 하지 못한다. 그나마 성한 놈들은 넋 놓고 바닥에 주저앉아서 망연자실이다.

거실 바닥은 피로 낭자하고, 상처를 입은 채 바닥에 나뒹구는 사내들의 비명이 온 동네를 시끄럽게 한다. 방 한구석에서 오들오들 떨고 있던 소 서방이 떨리는 목소리로 박 서방에게 소리친다.

"행님! 우리…… 인자…… 좆됐소!"

소란 법석 속에서, 마을 이곳저곳에서 기르는 똥개들이 시끄럽게 왈왈 짖어댄다.

신병(神病)

진주 지수면 삼봉나루 주막.

힘겹게 눈을 뜬다. 고개를 돌려 벽을 응시한다. 지난달 진주 도청 옆 사진관에 들러 찍어 표구해 둔 가족사진 속 대만의 얼굴에 초점을 맞춰본다. 아들 대만, 언제 보아도 듬직하다.

 등판이 닿았던 두꺼운 솜이불이 흥건하게 젖어 있다. 무거운 몸을 비틀어 일으켜 방바닥을 기어가 문을 활짝 열어젖힌다. 찬바람이 훅 하고 방안으로 밀고 들어온다. 식은땀에 젖은 이마가 찬바람에 부닥친다. 시원함이 이내 오한으로 변하고, 이어 목덜미에서 시작된 한기가 마치 시퍼렇게 선 칼날처럼 등골을 따라 내려가며 그녀를 몸서리치게 만든다. 꿈결에서 신(神)할매에 이끌려 다녀온 심산궁곡(深山窮谷) 동굴 안 신상(神像)이 눈앞에 아른거린다.

 며칠이나 혼수상태로 누워 있었는지, 가늠되지 않는다. 코에서 시큰한 단내가 난다. 입술은 고열에 못 이겨 이곳저곳이 부르터 있다. 문지방 너머로 마당을 둘러보니 인기척이 없다.

 얼마나 지났을까, 부엌에서 그릇 달그락거리는 소리가 들려온다. 소리를 내 누군가를 부르려 해보지만, 기운이 없어서인지 혀가 굳어서인지 목구멍이 열리지 않는다. 온몸을 쥐어짜듯이 몸을 비틀어도 말은 나오지 않고, 신음과 함께 쉰 소리만 새어 나온다. 답답함에 문지방을 엉금엉금 넘어 마룻바닥을 손바닥으로 두드린다. 그 소리를 들었는지 부엌 안에서 대만이 뛰어나온다. 얼굴에는 놀란 표정과 반가운 표정이 함께 뒤섞여 있다.

"옴마! 인났나?"

"……."

갑년이 엎드린 채 아들 대만의 이름을 불러보려 용을 써 보지만, 꽉 막힌 목구멍에서는 좀처럼 소리가 빠져나오지를 않는다. 몸에 힘을 빼고 다시 속삭이듯 말을 해본다.

"대만아…… 물 좀 떠 오니라."

제 어미의 속삭이듯 작은 말에 대만이 잽싼 움직임으로 대답을 대신한다. 대만이 받아 온 한 사발의 냉수를 단숨에 들이켜 마신 뒤, 손등으로 입을 닦고 다시 쉰 목소리로 묻는다.

"내가 며칠이나 누부가 있었드노?"

"사흘! 사흘 됐구마! 옴마 배 안 고프나? 정지에 옴마 줄라꼬 죽 끓이 놓은 기 있는데…… 죽 주까?"

"아이고 내 새끼가 죽도 낄일 줄 알고…… 다 컸구마! 지금은 묵을 기운도 없다. 고마, 쪼매 더 누부가 있다가 묵을란다. 외양간에 소가 있구마. 달구지도 그대로 섰고. 그란데 아부지는 오데 가싰노?"

"아부지는 달구(닭) 새끼하고, 인삼하고, 대추 넣고 옴마한테 끓이줄라꼬 인삼 사러 진주에 가싰다."

"돈이 썩었는갑다! 인삼은 무신 인삼. 아나! 지등통 이거 바깥에 걸어 놓거라!"

며칠 앓아누워 있는 동안의 영업 손실 걱정부터 한다.

"아부지가…… 옴마도 아부지도 며칠 장사 안 한다 카시더마는……."

"놀고 있으마, 누가 돈 준다 카드나? 어여 갖다 걸어라! 저녁 장사는 해야지!"

대만의 대답과 질문에 갑년이 퉁을 놓고, 마루 한구석에 놓여 있던 '주막(酒幕)'이라고 쓰인 지등(紙燈)을 대만에게 내어준다. 병석이라도 일단 자리를 털고 나면 몸을 움직일 수 있는 법이다. 대만이 어미로부터 받아 든 등통을 바깥담에 묶어 걸기 위해 마당을 성큼 가로질러 간다. 부쩍 성장한 대만, 걸음걸이도 이젠 제법 의젓하다.

갑년이 방으로 들어가 문을 닫고 주섬주섬 옷을 챙겨입는다. 대만이 주막집 바깥담 싸릿대에 등통을 걸고 돌아서는 찰나, 수양아비 천일동이 각종 물건이 한가득 담긴 망태기를 들고 마당으로 들어선다.

"아부지, 안녕히 다녀오싰습니꺼?"

"오냐! 엄마는 깨나싰는가 베? 엄마가 등을 달라고 시키드나?"

"예! 인나자마자 저녁 장사할 기라 캄서…… 등을 걸어놓아라 카네예……."

"걸지 마라! 더 쉬야 안 되긌나? 느그 엄마 마이 아프다."

무심한 듯 던지는 천일동의 말에 대만은 이유 모를 안도감을 느낀다. 다시 등통에 달린 끈을 풀어 마루에 가져다 놓는다. 방안에서 천 서방의 목소리를 들은 갑년이 얼른 이불을 걷어 개키고, 두 손으로 머리 양쪽을 매만지며 마루로 나온다.

"오데 갔다 오시능교?"

"나오지 마라! 아직 바람이 차갑구마. 어여 방에 드가자. 내가 할 말도 있고…… ."

천일동이 망태기를 마루에 놓고, 막 방문을 힘겹게 나서던 갑년의 손을 잡아 이끌어 살림방으로 들어선다.

"인삼 쪼매 사러 간 김에 진주 봉곡동에도 안 갔드나."

천일동이 방바닥에 앉으며 말을 시작한다. 갑년이 함께 마주 앉으며 퉁명스레 묻는다.

"인삼은 머 할라꼬…… 그라고 봉곡동에는 와요? 점바치 만내러 갔능교? 아이모, 예쁜 무당 만내러 갔능교?"

진주 봉곡동 골짜기는 예로부터 신령이 센 곳으로 유명한 곳인데, 오래전부터 그곳 작은 골짜기 안에 수백의 무속인이 모여들어 제법 큰 규모의 무속인 마을이 형성되어 있다.

다 늙고 볼품없어진 남자일지라도 마누라의 쉰 소리 섞인 질투에 은근 어깨가 으쓱해지는 법이다. 천일동이 피식 웃으며 갑년을 달래듯 답을 한다.

“예쁜 무당은 무신…… 내는 당신 말고는 아무 여자헌티 관심이 없구마. 임자가 이번 신병은 엉카 심하게 앓는 것 같아서 뭐 쫌 물어볼라꼬 안 갔드나. 갔더마는…… 용한 무당이…….”

“헛걸음했고마는!”

“그래도 임자가…….”

갑년이 천일동의 말을 가로채고 대뜸 화난 목소리로 말을 한다.

“내가 이 정도 각오도 없이 신당을 걷어치우고 갑산서 나왔겠능교? 앞으로도 고마, 신경 쓰지 마소!”

그녀의 높은 언성에 천일동도 덩달아 목소리가 커진다.

“이번에는 내가 마이 놀래삐렸다 아이가! 예전에 앓아 누부 있을 때는 하루만 지나도 괜찮더마는…… 이번에는 고마, 임자가 죽는 줄 알았는 기라! 우찌 사흘 내도록 비 오드끼 땀을 흘리고…….”

“내 같은 세습 무당은 우짤 수 없는 일이라 안 캤능교. 와요? 갑자기 눈이 디비지고 막 헛소리하는 기 무삽소?”

갑년의 말에 성깔이 묻어난다. 그녀의 기에 눌린 천일동의 풀죽은 목소리.

“아이다! 임자가 무서븐기 아이고…… 고마, 임자가 이라다가 죽으삐리까 겁난다 아이가. 내는…… 니가 없으모……</p>

고마 몬 산다!"

"별소리를 다 한다. 내가 없어지모 소금 팔러 온 동네 천지 돌아댕김서 예쁜 과부들 실컷 구경하고, 더 좋지 않겠소. 천지 널린 것들이 과부들이고 여자들이고마는…… 내 없다고 몬 살기는……."

갑년이 시답지 않게 답을 하지만, 천일동의 애정 어린 말에 깊이 감동한다. 살아오면서 타인으로부터 사랑과 아낌의 대상이 되어본 적이 한 번도 없었던 갑년에게, 2년 전부터 살림을 함께 한 이 남자는 첫정과 다름이 없다.

진주에서 북쪽으로 약 50리 거리에 있는 의령 한 마을 무당집 외동딸로 태어났던 그녀는 원래 다른 무당의 아들에게 시집을 가서 시어미로부터 내림굿을 통하여 부계(父系) 세습 무당의 자격을 물려받았어야 했다.

그녀가 첫 달거리를 하고 얼마 지나지 않아서 하동의 어느 무당집으로 혼처가 정해져 혼사 준비를 하게 된다. 그러던 운수 나쁜 어느 날, 양반집 도령들의 자주 노닐던 사냥터에서 봄나물을 캐다, 사냥을 나온 못된 도령들로부터 겁탈을 당하게 됐다. 덜컥 임신이 되어버린 그녀를 보고 냉가슴을 앓던 그녀의 어미와 아비는 결국, 기존 혼처에 파혼을 전하게 된다.

그리고 그들은 마침, 갑산에서 삼 대째 무당질하다 외동아들을 잃은 늙은 무녀가 있다는 소식을 듣고는 갑년을 그 집 죽은 아들에게 시집보내 혼백 결혼식을 올리게 하는 것으로 이 문제를 해결하기로 했다. 그 집 며느리가 된 갑년은 시어미로부터 무업(巫業)을 세습 받아 성주신을 모시면서 무당의 길을 가게 되었고, 그 와중에 대만을 낳아 기르며 갑산에서 무녀로 살아왔다.

남자 경험이라고는 어린 날 당했던 한 차례의 겁탈 경험 밖에 없었던 그녀는 2년 전 소금장수 천 서방의 제안에 갑산 마을을 나와 이곳 삼봉나루에서 주막을 차리고 그와 합방(合房)을 하면서 진짜 남성을 알게 되었다. 그리고 갑년은 천 서방과 함께 대만을 기르며 살림다운 살림을 하는 동안, 진정한 내외간의 사랑을 알게 되었다.

갑년이 말문이 막혀 있는 천일동에게 마치 어린아이 타이르듯 얘기한다.

"앞으로도 씰데없이 봉곡동이나 어데 용하다는 무당을 찾아댕길 생각은 하지 마소! 말짱 소용이 없일 기요. 내 혼차한 3년 고생하고 나모 쪼매 나아질 기요! 그라고 잘 들으소. 전에도 말을 했을 긴데, 앞으로는 내 혼자 잠결에 나가서 혼이 빠진 사람맹키로…… 온 천지 산으로 들로 돌아댕김서 짐승 소리도 내고, 귀신에 홀린 것맹키로 바깥 덤불에서 자고 인나는 경우도 있실 기요. 그래도 얼어 죽거나 아이모 낙

    해동의 새벽

상해서 죽는 일은 없을 기니, 앞으로 이런 일이 있다 카더라
도 고마 내삐리두소! 알았능교?”

흔히 무당이란, 정신에 신(神)이 붙어 굿이라는 종교 의례
를 할 수 있는 능력을 갖춘 사람을 일컫는다.

무당은 가계(家系)에 의해 능력이 세습되는 세습무당과 어
느 날 갑자기 강신체험(降神體驗)을 거쳐 신이 들리는 강신무
당이 있는데, 한강을 기준으로 이북 지방은 강신무당이 주
를 이루고, 이남 지방은 세습무당이 많이 분포되어 있다.

두 부류의 무당들에게는 공통으로 강신체험이라는 현상
이 생기는데, 이때 겪는 신체적·정신적 이상 현상을 신병(神
病)이라고 부른다. 이때 앓게 되는 신병은 의학적 설명이 불
가능하다. 시름시름 앓다가 오랫동안 음식을 넘기지도 못하
면서 물만 먹어도 토하는 일도 있고, 신체 이곳저곳에서 치
명적 통증을 느낌과 동시에 환상과 환청에 시달리는 때도
있다.

이럴 때 각종 병원을 전전해도 병의 이유를 알아내지 못하
고 흔하게는 정신질환으로 두루뭉술하게 진단하고 마는 경
우가 많지만, 이 또한 이론적 병리학으로 설명이 되지 않고,
그 병명을 일반화할 수 없는 부분이 많다. 이렇게 신병을 앓
다가 무당이 되는 의식을 통해 신을 받으면 씻은 듯이 그 병

이 낮게 되는데, 그 후 마음이 변해서 무당 일을 그만두게 되면 다시 신병이 찾아오게 되는 경우가 많다.

갑년도 신당을 치우고 갑산마을을 떠나 이곳 삼봉 나루터로 옮겨와서 주막을 운영한 지 1년 반 정도 흐르면서부터 이런 신병증세가 나타나기 시작했고, 최근에는 그 정도가 심해졌다.

갑년의 거듭되는 당부의 말에 다소 마음을 놓게 된 천일동이 다시 말을 잇는다.

"내는 그렇다 치더라도 대만이도…… 이번에 마이 놀랐구마는….."

"대만이도 크기 신경 안 써도 될 기요. 벌써로 알아들을 만치 말로 해놓았으니…… 그짝도 벌씨로 2년째 지켜봄서 알겠지만 대만이가 심지가 굳은 편 아이요? 놀라기는 했더라도 고마, 무덤덤하게 받아들일 기요. 그라고, 이번 참에 한 번 더 다짐해 주소. 혹시 그랄 일은 없겠지마는, 사람 일이라 카는 기 모르는 기라…… 나한테 무신 변고가 생기도 전번에 약조했드끼, 우리 대만이를 고등보통핵교까지는 꼭 보내주소! 난중에 이 에미 죽고 나서도 면서기질이라도 함서 넘한테 업수이 여기지만 않고 살게 해주마는 고맙겠구마!"

갑년이 그와 살림을 합칠 때 대만의 보통학교와 고등보통학교 교육을 지원해 주는 조건을 달았음을 다시 한번 상기 시킨다.

"걱정 말그라! 고등보통핵교가 문제가 아인 기라! 대만이가 재주가 있으이 진주 전문핵교도 보내줄 끼구마! 내 호적에 올릿으이 당연히 대만이는 내 새끼 아이가! 대만이도 낼로 아부지라꼬 안 부르나?"

"……."

갑년은, 천 서방이 자신의 혈육도 아니면서 대만의 총명함을 기특해하는 것이 여간 기쁜 일이 아니다. 아울러 '씨도둑질은 못 한다'는 말처럼 비록 천민의 몸에서 나와 천한 신분으로 성장해 왔지만, 당시 그녀를 겁탈하고 대만을 임신시켰던 놈은 분명 양반의 씨가 틀림이 없었다는 생각을 한다.

대만은 어려서부터 또래보다 총기가 남달랐다. 어린 나이에 비해 의협심도 있었다. 자라면서 어른들에게 예의 바르게 행동했고, 동네 아이들과 잘 어울리기도 했었다. 그러나, 또래들과의 친교가 너무 과해지며 어느 날부터 자신의 처지를 가끔 잊어버리고 허물없음이 도를 넘는다 싶기도 하였다. 그러다 급기야 그 일대 최고 명문가 자제였던 김 군수댁 영하와 몸싸움을 벌인 일이 생겼고, 그로 인하여 모자가 함께 치도곤을 할 뻔했었다.

그 댁 안주인 민지영의 예상치 못한 넓은 아량 덕에 예전

같으면 목숨조차 보전할 수 없었던 큰 죄를 용서받고 사건은 봉합되었지만, 그 일이 있고부터 사람들의 눈총을 감수해 가며 갑산마을에서 대만을 키워낼 자신이 없었던 그녀는 당시 마주칠 때마다 수시로 팔자를 고칠 것을 권유하던 소금장수 천 서방에게 대만의 미래에 대한 약속을 받고 자신과 대만을 의탁하게 된 것이다.

천일동에게도 갑년이 그의 첫정이나 다름이 없었다. 그가 열여덟 되던 해에 하동의 옹기장수 집 딸에게 장가를 들었으나, 장가든 이듬해에 상처하고 그 뒤로 30여 년을 홀아비 신세로 지내왔었다. 그러다가 갑산마을에서 우연히 알게 된 갑년 모자에게 남다른 정이 들었고, 대만의 어미에게 '대만의 미래를 위해 팔자를 고치는 것이 어떻겠냐'고 오랫동안 은밀히 설득했었다. 천일동의 제안을 그저 그런 사내의 수작질로 여기고 매번 무시해 버리던 갑년도 오랫동안 천 서방의 성실함과 정직함을 지켜보며 그에게 맘이 기울었고, 그의 진심을 받아들이게 되었다.

그렇게 세 사람이 함께 사는 동안, 그는 기대 이상으로 갑년 모자에게 더할 나위 없이 든든한 가장이 되어주었다. 처음에는 볼품없고 늙은 소금장수 천 서방을 아버지로 받아들이지 않던 어린 대만도, 책임감 있고 성실하게 아비의 역할을 해주던 그에게 차츰 마음을 열게 되었고, 어느 날부터 스스럼없이 천일동을 '아버지'라 부르기 시작했다.

갑년과 대만, 그리고 일동의 생활이 점차 나아져 가고,
삶의 고단함이 조금씩 사라져 갈 무렵, 갑자기 찾아온 세습
무(世襲巫) 갑년의 신병(神病)이 이들 세 식구를 긴장하게 하
고 있다. 낮부터 강 건너 숲에서 부엉이의 울음소리가 들려
온다.

장개석과 주은래

중국 산시성 시안.

장개석이 장학량에게 납치된 지 12일이 지났다. 억류된
가옥에서 늦은 아침 식사를 마친 장개석이 처남 송자문, 그
리고 이지공이란 가명을 쓰고 이곳을 찾은 특무대장 대립과
함께 두꺼운 목도리를 두르고 한 손에는 지팡이를 짚은 채
천천히 바위와 조경수 사이를 걷고 있다. 동행하는 사람들
에게 때때로 농담도 던져 가며 가끔 크게 웃는 그의 모습은
이곳에 강제로 억류된 사람으로 보이지 않는다. 오히려 짧
은 휴가를 위해 잠시 향원(鄕園)을 찾은 듯한 평화로운 모습
이다.

먼 곳에서 장개석의 부인 송미령 여사가 얼굴 전체에 환한 미소를 띠며 이들을 향해 다가온다.

"다리는 괜찮아지셨나요?"

"많이 좋아졌소. 부인은 앞으로 절름발이와 살지는 않아도 될 것 같소. 축하드리오!"

장개석이 환하게 웃으며 땅을 짚고 있던 지팡이를 들어 흔들어 댄다. 그의 농담과 행동에 모두 크게 웃는다.

"그런데 당신은 어딜 가려고 옷을 그리 곱게 차려입으셨소?"

"아침 기도를 간절하게 드렸더니, 성탄 전날 주님께서 응답을 주셨나 봐요."

"미안하지만 부인, 나는 아직 죽고 싶지 않소."

장개석의 익살스러운 대답에 항상 무표정인 대립조차 피식 웃음을 짓는다.

"그 기도는 아무리 열심히 해도 들어주시지를 않아서, 이젠 포기했답니다."

"그래서 이번엔 무슨 기도와 무슨 응답을 받으셨소?"

"나중에 말씀드릴게요. 지금 나가서 점심시간을 넘겨 돌아올 것 같으니 다들 기다리지 마시고 식사들 하세요."

"조심해서 다녀오시오."

무슨 일인지 재차 묻고 싶었으나, 평소에도 한 번 함구했

     해동의 새벽

던 일에 대해서는 어지간한 사정 변경이 없는 한 계속 입을 다물어 버리는 부인의 성격을 알기에 다시 묻지 않는다.

장개석은 1927년, 제1차 국공합작을 파기하고 국민당군 총사령관직에서 하야한 후 송미령과 네 번째 결혼을 하면서 기독교로 개종하였다. 당시 송미령의 집안 전체가 기독교도였는데, 결혼의 조건이 기독교로의 개종은 아니었으나 쑹씨(宋氏) 집안과 자연스러운 동화를 위해 자신이 자진해서 기독교를 받아들였었다.

송미령이 차를 타고 그곳을 떠난 지 얼마 지나지 않아 장학량이 이들 앞으로 성큼성큼 다가와 장개석에게 거수경례한다. 작은 나무 벤치에 앉아있던 그가 마땅치 않은 듯 건성건성 경례를 받는다. 대립은 장개석의 옆에 선 채 무뚝뚝한 표정으로 장학량을 빤히 쳐다보고만 있다. 영관급 계급장을 단 대립이 동북군 사령관 장학량을 상대로 모욕적일 정도의 의도적인 무시를 하는 것이다.

사교성이 좋은 송자문이 선 자리에서 장학량에게 웃으며 악수를 청하고, 이들이 악수하면서 대립의 퉁명스러운 행동에서 비롯되었던 잠깐의 어색한 분위기가 다시 제자리로 돌아온다.

장개석이 빈정거리는 말투로 장학량에게 면박을 준다.

"자네. 그 멋들어진 군복은 왜 입고 다니는 거야? 군복은 군인들이 입는 옷이야.”

“…….”

“어서 내 명령대로 난징행 비행기를 준비해.”

“언제든지 준비할 수 있습니다. 각하께서 대승적 결단만 내려 주시면…….”

“자네가 원하는 그 대승적 결단은 자네의 요구사항이고, 그렇게 된다면 자네의 협박에 내가 굴복하는 셈이 되는 게 아닌가? 차라리 나를 살해하고 네 맘대로 이 나라를 운영하고 통치해 봐.”

장개석이 장학량의 말을 중간에 자르고 마치 어린아이에게 야단을 치듯 지팡이를 흔들어 가며 고래고래 소리를 지른다.

장개석은 화청지에서 장학량과 양호성에게 억류된 날부터 지금까지 줄곧 이들의 제안에 대하여 한 치의 양보나 타협을 거부하고 있다. 이들의 제안을 거들떠보지도 않고 있으면서 일단 자신을 난징으로 돌려보내 주면 그 이후에 정치국 위원들과 회의를 열어 공산주의자들과의 관계 재정립을 위한 의제를 채택할 것이며, 그때 참고할 사항을 장학량과 양호성에게 물을 테니 보고서 형식의 안(案)을 작성해 올리라는 말만 계속할 뿐이다.

이틀 전, 부인인 송미령과 송자문, 그리고 군통의 대립이 이곳 시안을 찾아왔을 때도 자신을 위해 목숨을 걸고 찾아와 준 이들에게 고맙다는 말은커녕, 왜 시키는 대로 시안 일대를 융단폭격하여 불바다를 만들지 않았냐고 고래고래 고함을 지르기도 했다.

장학량을 향한 장개석의 고함에 저택 경비를 맡은 병사들이 일제히 몸을 돌려 이들을 바라본다. 머쓱해진 장학량이 사병들에게 신경을 쓰지 말라는 뜻의 손짓을 하고, 그 손짓을 보고 병사들 모두 일제히 시선을 돌린다. 이때, 장개석이 가장 가까운 위치에서 경비를 서고 있는 사병을 큰 소리로 부른다.

"어이! 이봐, 자네!"

"……."

잠시 장개석을 바라보던 병사가 설마하니 국민당군 총사령관이 사병인 자신을 직접 부를까 하는 미심쩍은 생각이 들었는지, 대답은커녕 서둘러 시선을 다른 곳으로 돌린다.

"어이! 금방 고개를 돌린 사병!"

장개석의 재차 부름에 그 병사가 다시 고개를 돌려 바라보고, 이내 빠른 걸음으로 이들 앞으로 다가와 경례 후 부동자세로 선다. 시선은 위로 15도에 두고 있다.

"저쪽 연못가에 화톳불을 피우고, 거실에 있는 흔들의자와 등받이 의자 몇 개, 그리고 작은 무릎담요를 의자의 숫자

에 맞춰 가져다 놓고, 내가 사용하고 있는 책상 위에 성경책
이 놓여 있을 테니 그것도 가지고 오도록. 알았나?”

“…….”

장개석의 지시를 받은 병사가 즉시 대답하지 않고 곁눈질
로 장학량을 힐끗 바라본다. 장학량이 고개를 끄덕이자 “예!
알겠습니다!” 대답하고 병사가 돌아선다. 순간, 장개석이 벤
치에서 벌떡 일어서 땅을 짚고 있던 지팡이를 들어 그 사병
을 사정없이 후려친다. 갑자기 날아든 지팡이에 매를 맞은
사병이 팔을 들어 두 번째 매질에 방어하며 한두 걸음 뒤로
물러선다. 더 화가 난 장개석이 그 병사를 쫓아가며 매질을
계속한다.

“이 자식! 내가 누군지 모르나? 누가 상관이고 누가 부하
인지도 모르는 이런 놈들을 먹이고, 입히고, 훈련 시켜서 공
비(共匪) 토벌 작전에 투입하고 있었으니 매번 전투 때마다
패배하게 된 것이 아닌가? 모택동과 주은래가 서북초비군을
우습게 보는 이유가 이런 데 있었구먼!”

장개석이 매질을 멈추고 지팡이 끝으로 장학량을 가리키
며 소리를 계속 지른다.

“이 친구 이거! 군대에서 위아래 위계질서를 엉망으로 만
들어 놓았구먼! 이런 군기도 없고, 지휘체계도 없는 오합지
졸들을 데리고, 내가 가르치고 양성했던 황포군관학교 출신

지휘관들과 장교들이 포진해 있는 홍군을 상대로 전투를 하게 만들었으니…… 정말 어이가 없는 짓을 나 스스로 한 셈이야! 이것 봐 장학량이! 너는 죽었다 깨어나도 정치적으로 모택동을 이길 수 없고, 나의 제자였던 임표가 지휘하는 홍군과의 싸움에서는 백전백패를 하게 될 거야. 그리고 네놈은 아무 생각 없이 주은래하고 어울려 놀다가 결국은 산 채로 살점을 모두 뜯어먹히고 말 것이야! 앞으로 너는 아무것도 하지 마! 아무것도! 너는 군인으로서도 낙제이고, 정치는 더더욱 해서는 안 될 인물이야! 알았어?"

장개석의 계속되는 모욕적 언사에 장학량의 얼굴이 붉으락푸르락해진다. 어금니를 앙다물고, 꽉 쥔 주먹은 부들부들 떨기까지 한다. 이러다 그가 차고 있던 권총이라도 뽑아들게 되면 일이 걷잡을 수 없이 커지게 될 수도 있다. 지금은 장개석이 장학량에게 체포되어 무장해제를 당하고 억류가 된 상태이지만 오히려 칼자루를 쥔 쪽은 장개석인 것처럼 보인다.

조금 전까지 매를 맞던 사병은 온데간데없이 사라져 버렸다. 자신이 소속된 사령부의 사령관이 치욕을 당하는 동안 또 언제 다시 자신에게 몽둥이세례가 날아올지 모르니 에라 모르겠다는 심정으로 달아나 버린 것이다. 이 장면을 처음부터 무덤덤하게 지켜보던 대립이 송자문을 데리고 자리를 피해준다. 온화한 성격의 송자문이 저택 현관 쪽으로 가서 그곳에 배치된 다른 경비병들에게 조금 전 장개석이 지시했던 대로 정원 연못가에 모닥불과 의자, 모포와 성경책을 준비시킨다.

장개석의 언성이 조금 잦아들 즈음, 민상국이 서류 봉투 하나를 들고 저택 정문을 통해 들어와 그에게 다가가 경례한다. 민상국이 장개석에게 조심스럽게 귓속말하고, 곧이어 장개석이 장학량에게 자리를 피해 달라고 요구한다.

그사이 여러 명의 병사가 흔들의자와 담요 등을 가져오고, 장개석이 편안한 의자로 옮겨 앉는다. 장학량이 시야에서 완전히 사라진 것을 확인한 민상국이 서류 봉투에서 사진 하나를 꺼내 장개석에게 건넨다. 사진 속에는 옷이 홀딱 벗겨진 채 도랑에 처박힌 사체가 보인다. 시체의 몸통은 예리한 칼날로 여러 번 난자당한 흔적이 있고, 적출된 내장도 보인다. 코와 귀, 그리고 눈은 베이고, 잘려 나가고, 파내어져 있어서 흉측스럽다.

사진을 들여다보던 장개석의 표정이 점점 어두워지더니 이내 눈시울이 붉어지고, 눈물을 흘린다. 그가 눈물을 흘리는 모습은 어지간해서는 볼 수 없다. 또 다른 사진들을 보고 난 뒤, 가슴이 메어와서인지 입을 열고도 잠시 말을 하지 못하다가 마른침을 삼키고, 헛기침하고, 몇 차례 마음을 가다

 해동의 새벽

듣는 심호흡을 한 후에 말을 잇는다.

"여기가 어디인가?"

"화청지 영빈관의 뒷마당 수로입니다. 배수로에 낙엽과 눈이 쌓이면서 찾는 데 시간이 조금 걸렸습니다. 각하!"

"옷은 왜 이렇게……."

"속옷, 군복과 군화, 내의, 셔츠, 양말까지…… 그리고 반지는 손가락까지…… 죄송합니다. 각하!"

"자네가 죄송할 일은 아니지. 전장에서는 더러 벌어지는 일이고 익숙한 모습이지만 아무래도 가족의 모습이라 그런지 처참함을 받아들이기가 쉽지 않구먼. 그런데 왜 이 친구 몸에 이렇게 난도질을 해 놨을까?"

"아무래도 헌병 장교 복장이라…… 평소 사병들 처지에서는 적개심이 있지 않았나 보고 있습니다. 각하!"

"장학량 이 개자식! 이 자식 어서 데려와. 당장 이 자식을……."

"각하께서 흥분하실까 봐 자리에서 비켜달라고 했던 것입니다. 지금은 흥분상태이시니…… 그래도…… 데려옵니까?"

그 사이 감정이 누그러진 장개석이 잠시 고민한다.

"흠……."

"각하! 손명구가 여러 가지 방법을 실행할 수 있을 것 같습니다.”

“손명구가 누구지?”

“각하를 업고 산에서 내려왔던 자입니다.”

“그 자식, 동북군이잖아?”

“무엇이든 명령하시면 따를 것입니다.”

“말을 들을 녀석이란 말인가?”

“무엇이든 명령을 따를 것 같습니다.”

같은 대답만 반복하는 민상국의 뜻을 금세 알아차린 장개석이 주위에서 경비를 서고 있는 병사 중 눈이 마주친 사병 하나를 손짓으로 부른다. 조금 전 다른 동료가 어설픈 대응에 치도곤을 당했던 모습을 보았기에 이 병사는 즉각 달려와 긴장한 표정으로 부동자세를 취한다.

“손명구를 찾아서 나에게 데려와라. 알겠나?”

“손명구 상교 말씀이십니까?”

“젊던데, 그 친구 계급이 상교인가?”

장개석이 동북군 소속 병사에게 물으며 민상국에게도 답을 구하듯 시선을 보낸다. 눈이 마주친 민상국이 고개를 끄덕인다.

“그래. 손명구 상교는 지금 어디에 있나? 찾아서 데리고 오도록 해라!”

“제가 소속된 연대의 연대장입니다. 즉시 찾아보겠습니다!”

명령이 떨어지자 곧바로 경례한 후 쏜살같이 달려가 자신의 소대장에게 보고하고, 소대장의 지시로 급히 손명구(쑨밍구, 孫銘九) 상교를 수배하기 위해 무전실로 달려간다.

그 사이, 장개석이 앉아있는 흔들의자 근처에 작은 모닥불이 여러 군데 피워지고, 탁자와 의자도 마련됨으로써 그가 억류된 저택의 연못가는 마치 야외집무실을 차려 놓은 듯한 분위기로 변한다.

민상국과 함께 연못가 테이블에 앉아 점심을 간단히 마친 장개석에게 손명구 상교가 찾아와 경례한다. 마치 반가운 손님이라도 맞이하는 것처럼 자리에서 급히 일어선 장개석이 경례를 받고, 그의 손까지 감싸 잡으며 자신의 옆자리에 앉기를 권한다. 긴장한 표정의 그에게 장개석이 사진 몇 장을 내민다. 옆에 앉아있던 송자문이 힐끗 사진을 보고는 마치 못 볼 것을 본 표정으로 고개를 돌려버리며 얼굴을 찡그린다.

손명구 상교가 여러 사진을 들여다보고 있는 동안, 조금 전까지 평온해 보였던 장개석이 다시 침통한 표정을 지으며 손명구에게 떨리는 목소리로 말을 한다.

"화청지에서 내 경호를 맡았던 조카 장효선이야. 자네와 같은 계급의 헌병대 상교였었네. 사진이 찍힌 장소는 영빈관 건물 뒤쪽 배수로라고 하는데…… 원혼을 달래 주지 않고는 내가 맘 편히 살아갈 수가 없다네. 자네의 도움이 필요해. 조카에게 닥친 비극적인 일에 대한 나의 원한을 갚아줄 수 있겠나? 아무리 교전 중이었다 하더라도 장교를 상대로 벌인 이런 비인도적인 만행은 용서할 수가 없는 일이야. 군복과 군화도 벗겨 가고, 심지어 내의도…… 그리고 내가 선물했던 결혼반지도 손가락과 함께 사라졌다고 하네. 내가 물려주었던 시계마저…… 1901년산 롤렉스라네."

누구의 소행인지 찾아내기 쉽도록 몇 가지 단서를 주며 설명한다. 장개석의 충혈된 눈을 지긋이 바라보던 손명구가 결연한 표정으로 묻는다.

"이 사진들을 제게 주실 수 있으십니까? 즉각 조사하겠습니다."

"당연하지! 가져가게. 가져가서 그 천인공노할 짓을 했던 놈들을 모조리 색출해 주게나. 부탁하네!"

장개석의 말이 끝나자 손명구가 자리에서 일어나 줄달음질로 저택을 나선다. 그가 떠나자 장개석이 함께 있는 사람들에게 묻는다.

"다들 춥지는 않은가? 내가 답답한 실내보다는 야외를 좋아해서 이렇게 나와 있는데, 한기를 느끼는 사람은 실내에 들어가 있어도 괜찮아. 아무래도 이곳 시안이 난징이나 뤄양보다는 조금 춥지 않나?"

“오늘은 기온도 높고 햇살도 좋아서 이곳이 실내보다 나은 것 같습니다. 난로에서 나오는 매연 때문인지 실내에서는 머리도 아프고…… 여기가 좋습니다, 각하!”

처남 송자문이 웃으며 대답한다. 한낮이 되면서 오전보다 기온이 더 올라 다들 무릎담요를 걷은 상태이다.

이때, 저택 바깥의 정문 쪽에서 사람들의 웅성거림이 들린다. 차량 여러 대가 도착하는 소리가 들리고, 병사들의 움직임도 제법 부산스럽다. 장개석이 앉은 자세에서 고개만 뒤로 돌려 무슨 일인지 확인하는데, 부인 송미령 여사가 환한 웃음을 지으며 저택으로 들어와 남편에게 다가오는 모습이 보인다. 장개석이 그녀에게 묻는다.

“누구와 함께 오기에 바깥이 저렇게 소란스러운 것이오?”

“아주 반가운 손님이랍니다.”

송미령이 대문 쪽을 손으로 가리키며 대답하고, 장개석이 자리에서 일어서 먼발치에서 걸어오는 신사복 차림의 남자를 유심히 본다.

상대방이 장개석과 눈이 마주치자 걸음이 빨라진다. 성큼성큼 다가오는 사내를 자세히 보기 위해 미간을 찡그리며 눈에 힘을 준다. 상대방의 얼굴을 바라보며 누구인지 기억을 떠올리려 노력을 해보지만 기억이 나질 않는다.

“교장 선생님!”

상대방이 장개석을 교장 선생님이라고 부른다. 순간 '내 제자 중 한 사람인가?'라는 생각을 했다가, 곧바로 상대방을 알아본다.

"주 교수! 주은래 주임!"

"반갑습니다. 교장 선생님!"

1924년, 손문의 지시로 설립한 황포군관학교에서 장개석은 정치부 주임교수직을 영국과 프랑스에서 유학했던 엘리트 청년 주은래에게 맡겼었다. 이후 1927년 제1차 국공합작 파기 이후 서로 헤어졌다가 10년 만에 만난 것이다.

그는 현재 연안의 공산당 진영에서 모택동에 이은 제2인자로 알려져 있다. 애초에 중국 공산당에서의 서열은 그가 모택동보다 높았으나, 1934년 대장정 기간에 카리스마와 지배력이 출중한 모택동을 지도자로 추대하고, 본인은 그의 그림자 역할을 자임했다.

환하게 웃으며 자신에게 다가오는 주은래를 보자 장개석은 문득 오늘 아침 송미령이 했던 '주님의 응답이 있었다'라는 말을 떠올리며 이젠 이곳 시안을 떠날 때가 되었음을 직감한다.

장개석과 주은래, 두 사람은 비록 이념이 달라 적이 되었지만, 오랜 기간 혁명의 동지로서, 그리고 황포군관학교의 교장과 교수로서 함께했던 의미 있는 시절이 있었다. 그렇기에 장개석은 그에게 다가오는 주은래에게 진심으로 반갑게 손을 내민다. 주은래도 그가 내민 오른손을 두 손으로 감싸 잡는다. 이어 다시 장개석이 왼손으로 주은래의 손등을 감싼다.

두 남자의 해후(邂逅)를 송미령이 환한 미소로 지켜본다. 마찬가지 송자문도 두 사람의 악수 장면을 감동 속에서 지켜본다. 반면, 군통의 수장 대립은 이 장면이 마뜩잖다는 표정으로 바라본다.

"교장 선생님! 어디 다치신 곳은 없으신지요?"

"당신이 이미 다 알고 있지 않은가? 벌써 이곳의 현황들을 수시로 보고받았을 텐데, 아닌가?"

이미 장학량과의 공모를 확신하였기에 자신의 평소 성격대로 퉁명스레 대답한다.

장개석의 성격을 너무나도 잘 알고 있는 주은래도 굳이 예민하게 반응하지 않는다. 주은래의 요청에 따라 주위 사람들을 모두 물리고, 두 사람이 차분하게 장개석의 몸 상태에 대한 화제로 대화를 시작한다.

"다리를 많이 다치셨다는 사실은 전해 들었습니다."

"거의 다 치유가 된 것 같아. 약간의 통증은 남아있는데 얼마 지나지 않아 괜찮아질 것 같네. 그나저나 나를 언제 난징으로 보내줄 생각인가? 자네들, 공산당 코민테른의 지도

자인 스탈린도 나에 대한 감정이 나쁘지 않은 것으로 알고 있는데 말이야.”

“교장 선생님, 아니 위원장께서는 이미 제게 명령을 하실 수 있는 권한이 있지 않으십니까? 이미 지난 9월에 고종무(가오쭝우, 高宗武)와 저 사이에 맺었던 평화협정을 위원장께서 추인하셨지 않습니까? 물론 당시의 협상 조건에서 위원장님의 공식 발표가 있을 때까지는 우리 쪽에서도 비밀에 부치고 있기로 했기에 저도 입을 다물고 있었고, 모택동 동지도 함구하고 있었습니다. 이 시점에서 위원장님이 지난 9월의 협상 타결 내용을 발표만 해주셔도 장학량이나 양호성이 다시는 고집을 부리지는 못할 것입니다.”

시안에서 이 일이 벌어지기 전인 1936년 봄부터 국민당 정치부 소속 간부들이 장개석의 명령에 따라 상당 기간 국공합작에 관하여 협상을 진행하였고, 이미 지난 9월에 국민당 외교부 소속 고종무와 공산당 측 주은래 사이에서 항일 공동전선에 대한 비밀협약이 이루어졌었다. 그런데도 장개석은 적절한 시기에 대중과 정치인들의 요구 때문이 아닌, 본인의 정무적 판단에 의한 대승적 결단으로 국공합작이 맺어졌음을 과시하고자 그 발표 시기를 혼자서 저울질하고 있었다. 그러면서 동시에 시안의 서북초비사령부에는 계속해서 공산군을 섬멸하라는 압박을 하며 이중적 태도를 보여왔다.

 해동의 새벽

　그것은 고급정보가 빠진 상태에서 마구 쏟아져 나오는 민중의 무지한 요구와 함께 자극적으로 퍼져나가는 여론의 선의를 절대 믿지 않는 장개석의 통치 스타일이었다. 다른 사람에게 지배당하기 싫어하는 그의 천성을 너무나도 잘 아는 주은래는 지금 이 순간, 최대한 몸을 낮춘 상태에서 장개석의 자존심을 가장 우선순위에 두고 대화를 진행하려 하고 있다.

　"지금 9월 협상 결과를 발표하라는 말인가? 지금 발표를 하라는 요구 또한 자네들이 나를 굴복시키는 셈이 아니겠는가? 나는 내가 발표를 해야겠다는 판단이 섰을 때, 내가 원하는 방식으로 할 것이다. 당시 협약의 내용도 그 점에 대해서 명확히 짚었지 않았나? 지금은 국민을 상대로 발표를 하지 않을 생각이다."

　"제 말씀은 그런 뜻이 아닙니다. 대중을 향한 발표가 아니더라도 그저 저와 장학량, 양호성에게 지난 9월의 협약에 대한 말씀만이라도 해주시면, 그리고 절대 홍군과 이곳 병력 사이에 무력 충돌이 없을 것이란 말씀만 해주신다면, 제가 책임을 지고 장학량과 양호성을 설득하겠습니다."

　"그런 요구 또한 나를 굴복시키려는 행동이다. 너는 황포군관학교 시절부터 내 부하였는데 어찌해서 지금은 내 자유의사에 반하는 행동을 요구하는 것인가?"

“지금의 이런 제 말씀은 요구가 아닌 약속을 지켜주십사 하는 부탁과 충심 어린 간언(諫言)입니다. 저는 예전에도 위원장님의 부하였고 지금도 부하가 맞습니다. 비록 제가 지난 1927년에 있었던 4·12 정변[2] 이후로 반대 진영에 몸담고 있지만, 올해 9월의 합작 협약으로 이제는 우리 공산군도 위원장님의 지휘를 받는 국민당군 소속이 되지 않았습니까?”

시종 부드러움을 잃지 않으며 차분한 목소리와 온화한 표정으로 자신을 설득하고 있는 상대를 바라보는 장개석의 얼굴이 점점 굳어져 간다. 그는 대화 상대인 주은래를 너무나 잘 알기에 지금의 이 달콤한 말들을 받아들이고 나면 나중에는 결코 그에게 유리한 결과로 다가오지 않을 것을 잘 알고 있다. 자신을 꼬드기려는 수작임을 느낀 장개석이 감정을 주체하지 못하고 폭발하듯 호통을 친다.

“이런 여우 같은 자식! 10년 전 네놈이 상해에서 암흑세계 청방(靑幇) 조직원들에게 체포되어 있을 때 너를 찾아 구해내기 위해 두월생(杜月生, 두웨이성)[3]에게 내가 얼마나 간곡히 부탁했는데, 그때 차라리 네놈이 죽게 내버려 두지 않은 것이 한이 되는구나. 너의 그 요설(饒舌)에 얼마나 많은 나의 제자들이 공산주의자가 되어버렸는지 알면서도 그동안의 정을 이기지 못해 너를 살려둔 것이 나의 가장 큰 실책이었다. 이제는 네가 나의 참모들조차 공산주의자로 만들어 버렸구나. 그에 더해, 네놈은 지금 장학량과 양호성 앞에서 나를 무릎 꿇리려 하는데, 어림도 없을 줄 알라!"

"위원장께서 말씀해 주시지 않겠다면 저라도 장학량과 양호성에게 지난 9월에 합의된 협약 내용을 귀띔이라도 해서 위원장님의 억류를 풀어 달라고 요구하게 해주십시오. 조속히 난징으로 돌아가셔서 국정을 직접 챙기셔야 할 것 아니겠습니까."

"네놈이 협약 내용을 누설하든 말든 그것은 내 알 바가 아니다. 애초의 약속대로, 내가 공표(公表)하지 않은 협약은 원천 무효이니 알아서 처신하라. 더는 너와 대화를 나누고 싶지도 않고 꼴도 보기 싫으니 썩 물러가라!"

장개석이 큰 손짓과 큰 목소리로 물러가라고 호통을 친다. 이에 주은래는 아무런 표정 변화 없이 돌아서서 그 자리를 떠난다. 먼발치에서 이들을 지켜보던 송미령과 송자문이 주은래에게 다가가서 대화가 어찌 돌아가는지 묻는다. 이에 주은래가 송미령에게 작은 목소리로 대답한다.

"확실치는 않습니다만, 아마 내일쯤 위원장님을 모시고 떠나실 수 있을 것 같습니다."

이 말을 들은 송미령이 장개석에게 다가가 그에게도 묻는다.

"이야기에 진전은 있었나요?"

“흠! 제깟 놈이 답답하면 방법을 찾아내겠지! 내 생각으로
는 내일쯤이면 여길 떠날 수 있겠구먼. 어쨌든 당신이 수고
했소. 우리끼리 얘기지만 10년이 지나도 저 친구는 변함이
없구려. 공산주의자 놈들에게 빼앗기기에는 너무나도 아까
운 인재인데…….”

“그러게 말입니다. 두 분이 정말 잘 어울리는 사이로 보이
는데요.”

“서로의 신념이 다르니 당장은 어쩔 수 없지! 언젠가는 함
께할 기회가 있지 않겠소? 그나저나 오늘은 조금 피곤하구
먼. 낮잠이나 한숨 자야겠으니 이제 들어갑시다.”

지루한 하루가 지나고, 다음 날 아침부터 장개석이 연금되
어 있는 동북군 사단장 고배오의 저택이 온종일 부산하다.
며칠간 군복차림으로만 지냈던 대립이 사복으로 갈아입고,
시안 시내와 이곳 저택 사이를 여러 차례 왕복한다. 민상국
도 시안 시내와 공항, 그리고 2주 전에 격렬한 총격전이 벌
어졌던 화청지를 수시로 드나든다.

다시 도진 다리의 통증 탓에 종일 침상에 누워 있는 장개
석에게 장학량이 다가가 걱정스러운 표정으로 위로한다.

“위원장 각하! 식사도 거르셨다고 들었습니다. 매우 편찮
으시면 모르핀이라도 맞으시지요.”

   해동의 새벽

“…….”

장개석은 장학량의 제안에 대꾸하지 않는다. 오히려 평소 같았으면 벼락같이 화를 낼 일이었으나 오늘은 감정을 자제하고 대답을 하지 않는 선에서 마뜩잖음을 표현한다. 아편의 주성분으로 만들어진 모르핀은 진통 효과가 탁월하지만, 중독의 위험이 있다. 극기가 몸에 밴 장개석에겐 어울리지 않는 처방이다.

“아직 비행기가 준비되지 않았나?”

“비행기는 한 시간 전쯤에 이미 준비가 되었습니다. 다만, 아직 양호성의 서북군 병사들이…… 제가 말씀드린 대로 제 차를 이용하고 변장을 하셔서…… 아니면 짐칸에…….”

“이런 답답한 놈을 봤나! 내가 도대체 몇 번을 말해야 내 뜻을 알아들을 것인가! 왜 내가 쥐새끼처럼 숨어서 가야 하나? 난 당당하게 난징으로 돌아갈 생각이야. 양호성이를 어서 여기로 데려와! 말을 듣지 않으면 강제로 체포해서라도 데려오란 말이야!”

오늘만은 큰소리를 자제하고 조용히 시안을 떠나 난징으로 돌아가려 했으나 결국 오늘도 장학량에게 신경질을 내고 호통을 치고야 만다. 어제저녁, 주은래가 장학량과 양호성을 만나서 그의 무조건 석방에 합의했으나, 어찌 된 일인지 양호성이 약속을 지키지 않고 이곳에서 시안 공항까지 가는 길목에 포진해 있던 서북군 정예 병력을 물리지 않고 있다. 장학량을 비롯한 여러 사람이 양호성과의 연락을 시도하고 있으나 아침부터 그의 행방이 묘연하다고 한다. 이대로 섣불리 움직이다가 철수 명령을 받지 못한 양호성의 병사들로부터 공격이라도 받게 되면 또 한 번 대규모 소요 사태를 겪어야 한다. 그리되면 지난 2주간의 인내와 노력, 그리고 어제 타결된 협상이 물거품이 되고 만다.

벌써 시간은 오후 3시를 향해 가고 있다. 많은 이들이 양호성의 서북군 병력 철수 소식을 기다리며 초조함에 지쳐 가는 와중에 장학량의 부하 손명구 상교가 장개석을 방문한다. 누워 있던 장개석이 그를 보고 반색하며 상체를 일으킨다.

"그래! 어찌 되었나?"

"……."

손명구 상교가 침상 옆에 서 있는 장학량을 보며 우물쭈물한다. 그런데, 평소에는 눈치가 없던 장학량이 이번에는 어찌 된 일인지 눈치를 채고 자리를 비켜준다. 장학량이 문밖으로 나가자 손명구가 보고를 시작한다.

"각하! 명령하신 대로 이번 사건에 연루되었던 놈들을 모조리 색출해 냈습니다. 직접 사살한 놈, 장효선의 군복을 벗기고 소지품을 절취한 놈, 시신을 훼손한 놈, 훔친 각종 소지품을 구매한 놈 모두를 체포하였고 물건들도 수거했습니다.”

손명구는 지금 자신이 지휘하는 연대 소속 병사들, 그것도 작전 당일 자신의 명령을 받아 임무를 완수해 냈던 직계 부하들을 체포하였다. 자신이 지시한 작전을 성공시켰던 부하들을 자신의 개인적 영달을 위해 오히려 처벌하는 어이없는 짓을 실행에 옮기고 있다. 장개석의 무사 귀환을 확신했기 때문일 것이다.

“생각보다 빠르게 찾아냈구먼. 난 며칠이 걸릴 줄 알고, 그놈들을 찾는 대로 난징으로 압송하라 할 참이었네. 그 천인공노할 놈들, 지금 어디 있나?”

“이 근처 양곡 창고에 임시로 가둬 두었습니다.”

“이곳에서 먼 곳에 있나?”

“아닙니다. 이곳에서 약 1km 이내에 그 창고가 있습니다.”

“나와 당장 함께 가세!”

장개석이 침상에서 벌떡 일어나 겉옷을 챙겨 입는다. 두 사람이 밖으로 나서는 모습을 지켜보는 장학량의 표정이 어두워진다. 머릿속에서는 여러 걱정과 의심이 들기 시작한다. 심지어 손명구를 이용해 자신을 해치려는 건 아닌가 하는 생각마저 든다. 평소 자신의 처신에 자신이 없는 사람은 남에 대한 의심도 많은 법이다.

손명구가 준비한 차를 타고 저택에서 약 1km 떨어진 곳에

흙벽돌로 지어진 양곡 보관 창고에 도착한 장개석이 다리의 통증도 잊었는지 차량이 멈추자마자 성큼 뛰어내린다. 창고 앞과 주위를 경계하던 약 서른 명의 병사들이 그를 안내한다. 높이가 족히 3m는 돼 보이는 크고 육중한 문을 열자 그 안에 철삿줄로 손목과 발목을 결박당한 예닐곱 명의 동북군 소속 병사들이 쪼그리고 앉아있다. 그들 앞에는 그들로부터 압수한 장효선 소유의 물건들이 바닥에 나열되어 있다. 무수한 총알구멍의 흔적이 있는 장효선의 장교용 군복은 이미 사고팔기를 위해 세탁을 마친 채 깔끔히 접어져 있고, 핏물이 덜 지워진 군모도 그 옆에 놓여 있다. 깨끗이 닦인 군화는 그 광택이 오히려 처연(悽然)해 보일 정도이다. 만년필, 시계와 반지도 가지런하게 놓여 있다. 모두 장개석의 조카 장효선의 흔적들이다.

　그 옆에 놓인 유리병을 유심히 바라보던 장개석의 얼굴이 갑자기 시뻘겋게 달아오른다. 누군가가 작은 유리병에 반지가 꽂힌 장효선의 손가락을 알코올과 함께 담아 기념품 삼아 보관해 둔 것을 발견한 것이다. 두 눈을 부릅뜨고 분노에 찬 목소리로 손명구에게 지시한다.

　“이 자식들 즉결 처형한다!”

　“각하! 심문이 아직 끝나지 않았고, 보고서 작성도 하지 못하였습니다.”

　손명구가 머뭇거리며 처벌에 필요한 정식 절차가 끝나지 않았음을 보고한다. 장개석이 다시 낮고 묵직한 목소리로 명령한다.

　"즉시 척살한다!"

　손명구가 흠칫 놀라며 다시 묻는다.

　"각하! 척살이라고 하셨습니까?"

　"총알도 아까운 놈들이야. 자비로운 처형도 받을 자격이 없는 쓰레기들이니 한 놈씩 척살해! 내가 지켜보는 앞에서 당장!"

　아무리 군 통수권자의 명령이라고 해도 아군 병사의 절차를 무시한 처형은, 그것도 한 명씩 천천히 죽이라고 하는 것은 너무나도 잔인무도한 일이다. 게다가 척살(刺殺) 처형은 정규군 내에서는 내리지 않는 형벌이다. 지난 1927년 4월에 있었던 4·12 청당 작전 때에도 공산주의자들의 공개 참수형을 국민당 소속 군인들이 아닌 범죄 조직인 청방에 맡겼었다.

　"척살을 집행하는 병사에겐 한 사람을 집행하는 데 각 100위안씩 포상금을 지급하겠다."

　장개석의 비상식적인 포상 약속을 듣고 잠시 고민하던 손명구가 창고 밖으로 나간다. 그의 지시에 토를 달 수 있는 분위기가 아니다. 경비병들을 상대로 포상금 지급을 약속하자 너도나도 자신이 하겠다고 서로 나선다. 한 병영에서 생활했던 전우 사이라면 도저히 생각할 수 없는 일이다.

두 명의 병사를 차출하여 총기에 대검을 착검시키고, 곧 한 명씩 끌어내 벽에 묶어 세워두고 척살 처형을 시작한다. 칼날을 받는 자도, 다음 차례를 기다리는 자들에게도 입에 재갈을 물렸다. 그들 모두 온몸을 비틀고 고개를 저어가며 비명을 지르고 울부짖는다. 자신의 차례가 다가오자 한 녀석은 욕설하려다가 혀가 자유롭지 않아 표현할 수 없어지자 철사에 묶인 두 발을 버둥거리며 몸을 흔들어 댄다. 묶여 있던 병사들 모두 오줌을 흘린다.

이들의 처형 장면을 두 눈을 부릅뜨고 바라보는 장개석의 두 눈에도 시뻘겋게 피눈물이 맺힌다. 일곱 명 모두의 숨이 끊어지는 것을 확인한 장개석이 시체의 소각을 명령하고, 이어 고배오의 저택으로 향한다. 돌아오는 차 안에서는 엔진 소리와 바람 소리만 요란하다.

잠시 침묵하던 손명구가 쭈뼛쭈뼛 장개석을 향해 말을 꺼낸다.

"각하! 저는 사실 오래전부터 각하를 직접 만날 날을 손꼽아 기다리며 각지에서 몸을 웅크리며 지내왔습니다. 지금 비록 제가 동북군 소속이지만 사실 장학량의 인간 됨됨이에 여러 번 실망하고 있었습니다. 그리고 이번의 불미스러운 사건을 보면서 또 한 번 실망하고 말았습니다. 그러던 차에

　　　　　　　　　　　　　　　해동의 새벽

영광스럽게도 이렇게 각하를 직접 만날 수 있었던 것이 하늘의 뜻이라 생각합니다. 그래서 말씀인데, 제가 너무나도 흠모하고 있는 각하를 가까이에서 모실 기회를 주신다면 제 목숨을 걸고 충성을 다할 것입니다. 이 시대의 진정한 영웅이신 각하를 가까이에서 모실 수 있게 해주십시오!”

“알겠네! 자네 혹시 조자룡이 유비의 막하에 들어가기 전, 유비의 지시로 공손찬의 부하로 오랜 기간 때를 기다렸던 일을 알고 있는가?”

“예! 각하!”

“모든 일은 다 때가 있는 법일세. 이번에 내가 자네를 만난 것은 유비와 조자룡의 만남에 버금갈 정도로 큰 사건이라 여기고 있다네. 그러나 모든 일에는 때가 있는 법, 자네가 이곳 시안에서 당분간 자중하고 때를 기다리고 있으면 내가 적절한 시기에 자네를 불러 무겁게 쓸 것이네.”

“각하께서 보잘것없는 저를 그렇게 높이 평가해 주시니 몸 둘 바를 모르겠습니다. 저는 이 시간부터 각하에게 충성을 바치겠습니다. 제 목숨은 이제 각하의 것입니다.”

“그래그래. 나도 자네를 만나게 해주신 하느님께 감사하고 있다네.”

장개석은 지금 손명구[4]에게 자신의 마음과는 정반대의 말을 하고 있다. 마음속에서 그는 ‘이렇게 쉽게 진영을 배반하고, 이렇게 쉽게 자신의 부하를 헌신짝 취급하는 쓰레기를 어디에 가져다 쓰겠는가' 하는 생각을 하고 있다.

장개석이 이번 시안사변을 겪으며 확신을 두게 된 사실이 있다. 그것은 다름 아닌 동북군의 무용함이다. 청 왕조의 쇠락으로 말미암아 지역별 군웅들이 중국을 할거하던 20세기 초부터 대륙 최강의 군대라고 정평이 나 있던 펑톈 군벌 소속 동북군이 대원수 장작림 사망 이후 그의 아들 장학량의 지휘하에 들어가게 되면서 장교부터 사병까지 아까운 군비(軍費)만 축내는 밥벌레, 오합지졸이 되어버렸다는 사실이다. 그는 이러한 동북군을 더는 내버려 두어서는 안 된다는 결심을 한다.

장개석을 태운 차량이 저택에 도착하자 대문 앞에 삼삼오오 모여 있던 무리가 달려와 그를 맞는다.

"위원장! 양호성의 병사 모두가 철수하고 길을 터주었으니 어서 공항으로 갑시다!"

처남 송자문이 무리에서 나와 다급한 말투로 서두를 것을 제안한다.

이때, 장개석 특유의 통치 스타일이 다시 발동한다. 사람들 무리에 섞여 있던 민상국에게 지시한다.

"이것 봐, 왕싱하오! 조금 늦게 이곳을 떠나도 좋으니 양호성을 찾아서 이리 데리고 와!"

　　　　　　　　　　　　　　　　　해동의 새벽

최후까지 그의 억류를 풀지 않으려 고집을 부려왔던 양호성을 만나 확실한 입장을 확인하고 싶어졌다. 한때 '장안의 호랑이'라고 칭송받아 왔던 양호성을 잠재적 반대 세력으로 내버려 두고 떠날 수는 없다. 더욱이 그의 마음을 돌려세운 당사자가 자신이 아닌 공산 진영의 주은래였기에 그 찜찜함이 더 크게 다가온다.

당장이라도 이곳 시안을 떠나고 싶어 안달하던 그의 아내 송미령, 처남 송자문은 장학량과 양호성의 마음이 바뀌기라도 할까 봐 조바심이 난다. 그에 아랑곳하지 않고 장개석은 저택 안 침실로 들어가 옷을 갈아입고 다시 침대에 몸을 누인다.

약 한 시간이 지나 양호성이 장학량과 함께 그가 누워 있는 침상 옆으로 다가온다. 장개석이 누운 자리에서 상체만 비스듬히 일으킨 채 민상국과 자신의 부인 송미령을 곁에 두고 양호성, 장학량에게 말한다.

"나는 지금 너희 두 사람의 대승적 결심에 경의를 표한다. 너희들은 결국 나에게 그 어떠한 문서도 요구하지 않았고, 약속도 요구하지 않았다. 그리고 지금까지 가졌던 나에 대한 오해에 진심으로 반성하는 모습을 보였다. 그러나 언젠가는 이 사태에 대한 책임은 져야 할 것이다. 그리고 나는

나의 부하인 자네 두 사람의 이번 잘못에 대한 책임을 내가
스스로 지려 한다. 난징으로 돌아가면 나 자신의 자진 처벌
수위를 사람들과 논의하여 결정할 예정이다. 마지막으로 한
가지만 묻겠다. 장학량, 양호성! 너희들의 나에 대한 충성심
은 변함이 없는가?”

“예! 각하!”

“저희의 충성은 변함이 없습니다, 각하!”

두 사람의 대답을 듣자 곧바로 침대에서 내려와 일행들에
게 출발 준비를 명한다.

잠시 뒤 예정보다 늦은 시각 시안에서 출발한 장개석을 태
운 비행기는 날이 어두워지는 바람에 목적지를 난징이 아닌
뤄양으로 바꾼다. 1936년 성탄절, 중국 전역과 동북아시아,
그리고 전 세계를 뒤흔들어 놓았던 14일간의 시안사변이 이
렇게 마무리된다.

 해동의 새벽

1937

언약

경성(京城).

창경원(昌慶苑)[5] 정원 왕벚나무 꽃잎들이 봄바람에 나부껴 바닥에 흐드러지고, 뒤이어 만개한 아카시아꽃 무더기와 연푸른 나뭇잎이 5월의 찬란한 햇빛과 함께 초여름의 싱그러움을 뽐낸다.

부드러운 바람에 실려 오는 갖가지 풀꽃 내음을 맡으며 성열과 소희가 총독부 동쪽에서 북쪽 외곽으로 이어진 고즈넉한 길을 걸어가고 있다. 이들은 각각 김익현 내외의 심부름으로 계동 집에서 약 2km 떨어진 명륜동 조태호의 집을 향한다. 윤성열이 김익현의 집안 식구로 들어와 소희와 같이 한 지붕을 이고 살아온 지 벌써 3년이 지났지만, 아직도 두 사람은 서로 내외를 하는지 앞뒤로 조금씩 거리를 두고 어색한 모습으로 걷는다. 평소와 다른 점은 오늘 두 사람의 걸음 속도가 무척이나 느린 데 있다.

경성제국대학 건물 모퉁이를 막 지나면서 소희가 앞서 걷는 성열에게 쏘아붙이듯 말한다.

"보소! 진동 총각, 쪼매 천처이 갑시더!"

성열의 고향이 마산 진동이기에 사람들이 성열의 이름 대신 그를 진동 총각이라고 부른다. 그가 이름을 함부로 불러대도 될 만한 나이는 이미 지났기 때문이기도 하다. 소희의 투정 섞인 소리에 당황한 성열이 걸음을 멈추고, 천천히 돌아서서 소희를 바라본다. 제자리에 선 채 성열을 빤히 쳐다보는 소희를 보고 걱정스레 묻는다.

"어데 아픈 데 있는교? 부로 그짝 생각해서 천처이 가고 있구마는…… 이래 걷는 것도 몬 따라오겠소?"

"급한 심바름도 아니고, 종이 장부 몇 권하고 명륜동 마님 치마저고리 몇 벌로 전해 주마 되는구마는, 머시 그래 급하다꼬 바삐 걷소? 내하고 같이 감서…… 말도 몇 마디 해감서…… 찬차이 갑시더!"

함께 이야기해 가며 걷자는 말에 성열의 얼굴이 환해진다.

"그랍시더! 소희 씨가 그라자 카모 그래야지! 찬차이 가입시더, 찬차이!"

"소희 씨가 머꼬? 만날…… 징그럽구마. 고마, 소희야 카고 이름 부르소! 그짝하고 내가 동갑 아이요?"

소희의 투정 섞인 제안이 반갑다. 아니, 밤사이 자신이 기억 못 하는 용꿈이라도 꿨나 싶을 정도로 성열은 기쁜 표정을 감추지 못한다. 윤성열이 김익현의 집에서 머슴살이를 시작했던 이유는 단 한 가지, 그 집 식솔인 소희 처녀를 보고 한눈에 홀딱 반해버렸기 때문이었다.

성열이 부산항 부두에서 지게꾼으로 일하던 그해 봄, 일본 여행을 마치고 돌아온 김익현의 화물을 갑산마을까지 옮기는 일을 맡은 짐꾼 일행에 섞여 갑산마을에 왔을 때, 그날 밤 연찬(宴饌)에서 화톳불 가에 다소곳하게 선 채로 이난영의 '목포의 눈물'을 구성지게 불러대던 열여섯 소희 처녀의 모습을 머릿속에서 지울 수가 없었다. 그녀를 향한 마음에 그해 가을 그가 갑산으로 옮겨왔으나, 이런 성열의 마음을 아는지 모르는지, 3년을 같은 집에서 지내면서도 눈길조차 쉬이 주지 않고 싸늘하게 성열을 대해 왔던 소희 처녀가 오늘은 무슨 바람이 불었는지 천천히 걸으며 이야기를 나누자고 하니 마치 둘이서 소풍이라도 나온 듯 그 설렘은 이루 말할 수가 없다.

앞으로는 편하게 '소희야'라고 부르라는 말에 마땅한 대답을 찾지 못하고 우물쭈물하는 사이 소희가 말을 잇는다.

"그짝은 보통핵교를 졸업했다 캤지요?"

"예! 우등으로 졸업했지요!"

자랑삼아 말을 뱉어 놓고는 순간 '아차!' 하는 마음이 든다. 좋아하는 여자 앞에서는 노골적 잘난 척은 금물이라는,

조선 연애 소설의 일인자 이광수 작가의 글이 생각난다. 그러면서 어떻게든 지금의 실수를 수습해야 했기에 당장 아무 말이나 뱉어본다.

"우등은 아무나 받는 기지마는…… 못난 내가…… 예…… 못난 기, 자랑질로 했구마는…… 미안소."

"마님하고 어르신이 하시는 말씸 다 들었고마. 그짝이 보기 드물게 영특하다꼬! 내가 봐도 그짝은 참말로 똑똑해 보이요!"

소희의 칭찬에 얼굴이 화끈거린다. 생각이 엉키고, 뭐라 대답해야 할지 머뭇거리고 있는데 이번에도 소희가 계속 말을 붙여온다.

"그짝은 양반 자손이라 들었구마! 맞능교?"

"우리 할부지께서 작은댁 손이시라서 낼로 양반이라 카지는 몬하요. 그래도 제사 때, 묘사 때 가모 내한테도 절을 하라꼬 시키는 줍니다."

"그라모, 양반 맞는 기지……."

소희가 성열의 편에서 양반의 조건을 너그럽게 해석해 준다. 평소 소희가 황계댁의 흉을 볼 때 김익현의 육촌 황계 어른의 '양반이 아님'과 같은 이유인데, 귀여운 이율배반이다.

대답을 하지 않는 성열을 빤히 바라보던 소희가 시선을 내려 자신의 발끝을 바라보며 계속 말을 잇는다.

"그짝은 좋겠소! 내는 근본도 모리는 사당패에서 밥 주기도 아깝다꼬, 고마 이 댁에 내삐리듯기 널짜(떨어뜨려) 놓고…… 이름도 성도 없고…… 탯줄 묻은 날짜만 알리주고 갔다 카는데…… 내는 그때 기억이 없소! 우리 마님께서 민적에 올리줄 때, 성도 김가라고 지어 주시고 본관도 광산 김씨 쓰게 해주시고…… 성도, 본관도 없는 것보담은 낫다 카지만…… 그짝은 진빼이(진짜) 성하고 본관 아이요…… 내는…… 서럽구마는…….

미혼의 여성이 비슷한 또래의 남성에게 자신의 처지를 비관하며 이런저런 심정을 털어놓는 것이 어떤 의미인지 알 턱이 없는 성열은 계속해서 생각이 엉키고 있는 걸 느낀다. 위로해야 하는지, 맞장구를 쳐야 하는지 도통 판단이 서질 않는다.

잠시 두 사람 사이에 침묵이 흐른다. 멈췄던 걸음을 다시 떼며 소희가 성열에게 묻는다.

"어르신 모시고 서울서 사는 기 그짝은 좋은 기요?"

"예! 어르신이 서울에 계실 때는 직접 모시고 댕김서 여게저게 길도 익히고 구경하는 기 좋고, 어르신이 진주나 갑산, 부산하고 저 우게(위에) 원산, 신의주 가시고 나모 내 혼차서 서울 구석구석이 돌아댕김서…… 경성에는 참말로 신기한 일도 많고, 신기한 물건도 많고, 신기한 사람도 많소! 비행

     해동의 새벽

기라꼬 소희 처녀는 봤는가 모르겠다…… 사람을 태우고 무시무시한 천둥소리를 냄서… 쇳덩어리가 하늘로 막 날라댕기고…… 그라고 육조 거리에서 큰 장이 서는 날에는 얼굴하고 온몸이 숯 검댕이를 칠해 놓은 것맹키로 시커먼 사람이…… 손바닥하고 손톱은 우리맹키로 하얗더만…… 그 시커먼 사람이 피리를 요래 요래 살살 불어 가민서…… 뱀이를, 길쭉한 뱀이를 막 춤추게 시키고…… 아따! 신기하더만! 이래서 사람은 나모 서울로 보내고 말은 나모 제주도로 보내라 카는 말이 있다 아인교!"

"……."

저 혼자 신이 나서 손짓, 발짓 섞어 가며 얼마 전 처음 구경했던 비행기와 피리 소리로 코브라를 부리던 인도인 주술사의 목격담을 떠들어 대는 윤성열 옆에서 함께 걷던 소희가 갑자기 걸음을 멈춘다.

"소희 씨, 어데…… 불편한 데 있는 기요? 혹시 내가 말실수라도 했는 기요?"

"……."

"아따! 답답쿠마. 와 그라는교?"

"그짝은…… 서울이 좋으마, 고마 여게 사시오!"

"……."

소희의 퉁명스러운 말을 어찌 받아들여야 하나, 잠시 숨을 고른 성열이 호기롭게 제안한다.

"소희 씨도 고마, 서울로 오소!"

"내가 오고 싶다꼬 올 수 있는 기요? 그라고, 내는…… 내는, 서울로 오고 싶은 기 아니고, 그짝이…… 그짝이 있는데, 같이 고마 있으모……."

고개를 숙인 채 말꼬리를 흐리는 소희의 애매한 말과 행동에 성열의 가슴이 쿵 하며 내려앉는다. 이번에는 소희의 말뜻을 알 것 같다. 가끔은 상대방의 말뜻과 감정을 눈과 귀, 머리가 아닌 심장이 먼저 알아채고 반응할 때도 있다. 다시 곱씹어 보니 지금 소희의 말과 행동은 성열의 가슴이 내려앉을 만한, 그에게 큰일이 생겼음이 분명한 사실이다. 갑자기 그의 귀에 소희가 불렀던 노래 '목포의 눈물' 환청이 들린다. 눈을 깜짝이며 정신을 차려본다.

"……."

"……."

당돌하기로는 둘째가라면 서러울 정도의 소희가 평소와는 다르게 다소곳이 고개를 숙이고 옷고름을 만지작거리며 안절부절 어쩔 줄 모르는 모습을 보인다. 그리고 그녀를 지켜보는 성열도 이어서 무슨 말을 해야 할까 고민이다. 평소와 다른 점은 성열이 소희를 내려다보고 있다 느끼는 것이다.

여기서 소희를 내려다본다는 느낌은 성열의 키가 지난 3

년 사이에 껑충 자란 탓도 있겠지만, 지금은 두 사람 사이의 물리적 신장 차이라기보다는 강인한 남자와 연약한 여자 사이에서 확실하게 느껴지는 두 사람 사이의 심리적 키 차이의 탓일 것이다.

지난 3년간 두 사람 관계에서 항상 바라만 보던 위치에 서 있던 성열이, 이젠 그 반대 상황에 놓여 있는 것을 인지하고는 그녀를 대함에 있어 동물적 본능에 의해 순식간 차분해지고 대범해진다. 성열이 소희에게 묻는다.

"소희 씨는…… 내가…… 갑산으로, 진주로 내리갔으모 싶은교?"

"……."

성열의 단순 명료한 질문에 소희가 고개를 끄덕인다. 소희의 끄덕임에 성열은 명치 끝 언저리가 서늘해짐을 느낀다. 이어 그녀의 이마와 목덜미 솜털 사이에 몽글몽글 맺혀 있는 땀방울이 눈에 들어오고, 그 모습이 새삼 사랑스러워 보인다. 당장 그의 손등으로 그녀의 땀을 보드랍게 닦아주고픈 생각이 든다. 생각이 거기까지 미치자 그의 몸에 민망한 현상이 일어나기 시작한다. 그는 열아홉 살의 건강한 남성이다. 여성과의 애정이 서로 통하고 있다는 걸 인식하고, 그녀의 이마와 목덜미를 만지고 싶은 생각이 들자 신체의 다른 곳도 눈치 없이 반응한다. 아랫도리가 갑자기 묵직해

지고, 바지춤 아래가 스멀스멀 부풀어 오르는 걸 느낀다. 행여 민망한 변화를 소희가 눈치라도 챌까 봐 얼른 제자리에 주저앉아 버린다. 놀란 소희가 토끼 눈을 뜨고 달려들며 묻는다.

"옴마야! 오데 아픈교? 와 그라는교?"

"그기 아이고…… 쪼매…… 있다 가입시더. 다리에 쥐가…….."

"괜찮은 기요? 갑자기 다리에 쥐는 와…….."

"……."

자신을 향해 달려드는 소희에게서 여성의 향기가 느껴지며, 성열의 몸과 마음은 더욱 걷잡을 수 없이 흥분된다.

성열의 급작스러운 행동에 조금 전까지의 부끄러움을 잊은 소희가 성열에게 달려들어 그를 빤히 바라보며 이리저리 살핀다. 그녀와 눈이 마주치자 쪼그리고 앉아있던 성열은 얼른 시선을 다른 곳으로 돌리고, 공연히 자기 무릎을 때려가며 신체의 다른 부분을 진정시킨다. 한참을 그렇게 앉아있던 성열이 몇 번의 심호흡을 하고 천천히 일어선다. 선 자리에서 손바닥으로 바지를 툭툭 터는 성열, 그녀를 바라보는 눈빛이 예전과는 달라 보인다.

"소희 씨 마음을 알았으니, 인자부터는 내가 무신 방법을 강구해야겠구마는! 그란데 말이오, 소희 씨하고 내하고 서울서 지내는 거는 우찌 생각하요? 본디, 사람은 나모 서울로 보내라 캤고, 말은 나모……."

"좋구마! 서울도, 진주도, 부산도, 평양도, 저 멀리 춥어서 얼어 죽는다 카는 만주, 연해주도 내는 상관없소! 그짝이 인자부터 꾀를 한번 내 보소!"

소희가 성열의 말허리를 댕강 자르고, 장소야 어디가 됐든지 상관없다는 말을 한다. 여자로서는 말하기가 민망하고 부끄러운 대화라지만 소희의 급하고 당돌한 천성은 어쩔 수 없는 일이다. 성열이 소희의 말을 듣고는 다시 한번 확인한다.

"한 번 더 물읍시다. 그라모…… 소희 씨…… 내한테 시집을 오겠다는 말이요?"

"그짝이 내 머리를 얹어준다 카믄…… 마다하지 않을 참이니, 그란데 그짝은 양반 손이라 카더마는…… 내같이 근본 없는 천것하고 혼례가 되겠소? 방법이 있겠소?"

잠시 움찔하던 소희가 곧바로 제 뜻을 얘기한다. 이미 마음을 늘켜버렸으니 이제는 숨길 이유가 없다. 게다가 그녀는 벌써 열아홉, 혼기를 꽉 채운 상태라서 여차하다가는 형편없는 혼처가 나와 곤란한 상황이 생길 수도 있다. 소희의 말에 성열이 조금의 머뭇거림도 없이 제 생각을 내놓는다.

"잘 들으소! 소희 씨한테는 남경 어르신 내외분이 부모와 같은 기요. 영남 최고의 사대부 명문 집안서…… 소희 씨가 크고 자라믄서…… 정말 고매하신 인품을 보고 배왔으이…… 내한테 소희 씨는 법도도 예절도 제대로 익힌 참말로 참한 여자요. 그래서 소희 씨가 내한테 시집와 준다꼬 하모 내는 고맙소! 그라고 우리 쪽은 아무 걱정 안 해도 될 거요. 내는 부친을 조실하고 집안에 남은 어른이라꼬는 진동에 한 분 살아계신 중부(仲父)[6]가 계시는데, 암매도 그 어른한테 부탁을 디리가꼬 중신애비 한 분 앞세워가꼬…… 물론 내가 먼저 우리 어르신한테 말씸을 디리야겠지요. 그라고 나서 내 쪽 사주단자[7]도 보내고…… 정식으로 예를 갖추야 안 되겠능교. 그라고 세상이…… 양반 상놈 없어진 지가 운젠디…… 걱정 마소! 내가 책임지고 그짝 마음 상할 일 없이 처리할라요! 그라고 내캉 살민서…… 세상 누구도 우리 소희 씨를 우습게 보지를 몬하게 할 끼구마! 그거 하나는 믿어도 되는구마!"

평소와는 사뭇 다른 표정과 말투로 조목조목 앞으로의 각오를 설명해 주는 성열을 바라보는 소희의 눈에서 눈물이 또르르 흐르기 시작한다.

지금 소희의 눈에는 이 남자가 갑산마을 행랑채에 살면서 이따금 자신의 눈치를 슬몃슬몃 살피며 소심하게 구애를 해 왔던 작은 머슴 진동 총각이 아닌, 누구보다 두뇌가 명석하고 매사 강단 있으며, 예의와 법도를 아는 의젓한 대장부로

    해동의 새벽

다가온다. 절절한 감동과 함께, 비천한 태생과 신분으로 인하여 그녀가 겪어왔던 지금까지의 서러움을 알아주고, 이를 조심스레 어루만져 주며, 앞으로는 그 누구로부터의 업신여김도 허용하지 않겠다는 성열의 다짐에 지금껏 한 번도 느껴 보지 못한 편안함을 느낀다.

잠깐 성열의 멋진 말에 취해 의식하지 못하고 내버려 두었던 양 볼 위의 눈물을 두 손등으로 훔쳐내며 목멘 소리로 투정하듯 말한다.

"어르신 말씀이…… 그짝이 참말로 말도 잘하고 똑똑다 카더마는…… 듣기에는 말이 청산유수고마! 우선은 그 말로 믿고 지키볼라 카이…… 앞으로 단디 하소!"

"소희 씨는 앞으로 내만 믿으소! 내가 전부 책임질라 카이! 자, 가던 길 가입시다!"

그녀의 방식으로 나름의 다짐을 받아내려는 말에, 성열이 호기롭게 큰소리를 친다. 이어 두 사람, 갈 길을 걷기 시작한다. 처음 계동에서 출발할 때만 해도 어색하게 대각으로 서서 걷던 두 사람. 조금 전 원서동 입구에서는 대화를 나누면서 나란히 걸어왔다. 명륜동 입구에 들어선 지금은 어깨를 펴고 턱을 치켜든 채로 성큼성큼 걷는 성열의 뒤를 한 손으로 보퉁이를 들고, 다른 한 손으로는 치맛자락을 움켜쥔 소희가 총총걸음으로 따른다. 동행하는 두 사람의 각자 위치와 걸음걸이만 보고도 둘의 관계를 짐작할 수 있다. 그녀 앞에서 보무가 당당한 윤성열, 오늘은 그에게 인생 최고의 날이라 할 수 있다.

창덕궁 담벼락 너머 아카시아 꽃송이 사이를 재주넘듯 옮겨 다니며 울어대는 작은 새의 지저귐이 명랑하다.

동아일보 김성수

경성 명륜동.

일요일 오전, 긴 담장 한가운데 위풍당당 솟을대문이 두드러진 조태호의 집 앞에 인력거를 타고 도착한 김익현 부부가 활짝 열려 있는 대문 앞에 서서 이 집 식솔의 안내를 기다린다. 담 아래 여러 대의 고급 승용차들이 주차되어 있는 것과 대문간 말말뚝에 십수 마리 명마들이 매어져 있는 것을 보면, 이미 상당수의 손님이 이 집에 도착해 있음을 알 수 있다.

하객을 맞이하는 사람이 잠시 자리를 비운 것으로 보이자 부부를 수행하던 윤성열이 잽싸게 마당 안으로 들어서 큰 소리로 사람을 부른다.

"강 주사요! 이 댁 강 주사 아재 안 계시능교?"

"어이쿠! 이런 실례가. 남경 어르신 오십니까요? 어서 오십시오. 사모님도 안녕하십니까요?"

조태호의 비서 겸 집사(執事) 일을 보는 강 주사가 헐레벌떡 뛰어나와 김익현 부부를 맞으며 인사를 한다. 양복에 나비넥타이 차림인 그의 손에는 하얀 장갑이 끼워져 있다. 가슴에 달아 놓은 그의 명찰에는 한자와 영문이 병기되어 있다.

"흠…… 다른 손님맞이로 아주 바쁘시구먼!"

"아닙니다요. 제가 실례했습니다요. 그렇지 않아도 조금 전 인촌 어르신하고 고하 어르신께서 도착하셨습니다. 어서 안으로 들어가시지요. 제가 모시겠습니다요. 여보게! 여기 나 없는 동안 손님 좀 맞아주시게!"

강 주사가 다른 사람에게 대문 밖 응접을 맡기고 김익현 부부를 안내한다. 집안으로 들어서는 두 부부 뒤를 소희와 성열이 총총걸음으로 따른다. 소희는 남색 치마에 흰 저고리 차림이고 성열은 소박한 양상차림이다. 그의 손에는 늘 그러하듯 작은 가방과 책 한 권이 들려 있다.

중간 대문을 지나 안뜰에 다다르자 너른 잔디밭 위에 서양식 스탠딩 파티용 테이블들이 펼쳐져 있고, 그 위에 각종 음식이 먹음직스럽게 진열되어 있다. 테이블 주위에 무리를 지어 서 있는 사람들과 마당 이곳저곳에 마련된 좌식 원형 테이블을 둘러싸고 삼삼오오 모인 사람들이 각종 음료와 주류를 곁들여 다과를 즐기며 대화에 열중이다. 작은 무대 위에서는 연미복 차림의 남성 연주자들이 첼로, 비올라, 바이올린을 밝은 표정으로 연주한다. 은빛 플루트를 연주하는 붉은 장밋빛 드레스 차림의 아름다운 여성은 사람들의 시선을 한 몸에 받는 듯하다. 서양식 현악기와 관악기를 눈앞에서 처음 보는 소희는 두 손을 가슴께에 모은 채 잠시 넋을 잃는다.

김익현과 민지영이 먼저 도착한 사람들과 인사를 나누는 사이 윤성열이 이 댁 집사인 강 주사에게 재빠르게 다가서서 묻는다.

"강 주사 아재요. 아까 참에 우리 어르신한테 말씀하신 인촌 어르신하고 고하 어르신은 어느 분인교? 유명한 어르신은 먼저 알아보고 꾸벅 인사드리는 게 법도 아입니꺼?"

평소 자신에게 상전을 수행할 때 반드시 알아야 할 것들이나 혹은 서양인의 에티켓, 왜인과 경성 지역 상류층 사람들의 각종 의례 등을 적극적으로 배우고 물어보는 성열을 내심 예뻐라 하던 강 주사가 오늘도 환히 웃음을 지으며 알려 준다.

"하하. 오늘도 너한테 걸렸구나! 인촌 어르신은, 저쪽 서양인 보이지? 그분과 말씀 나누시는 잔을 든 분이고, 고하

     해동의 새벽

선생님은 저쪽 잿빛 양복에 콧수염이 있으신 분이야. 두 분 성함은 모두 알고 있지?”

“예! 동아일보 사장님 고하 송진우, 보성학원 이사장님 인촌 김성수! 맞지요?”

“하하. 그래 맞다. 그런데 성열아, 오늘은 내가 손님맞이로 아주 바쁘니 다른 질문들은 한두 시간 지나서 받으마. 오늘은 좀 봐다오!”

“예! 오히려 제가 미안쿠마요. 저는 항상 강 주사 아재한테 고맙다 생각하민서 산다 아입니꺼? 난중에 이 신세는 꼭 갚겠십니더. 그란데 한 개만 더 물어보입시더. 인촌 선생님 댁이 혹시 계동 아입니꺼? 동네서 몇 번 봬온 기억이 나서요…….”

“하하, 그래! 그렇구나. 그러고 보니 인촌 어르신 댁이 남경 어르신 댁과 지척에 있지. 네 눈썰미가 보통은 넘는구나. 그건 그렇고, 난 이만 가봐야겠다. 너는 저쪽 비서들을 위해 마련된 좌석에 앉으면 된단다. 그리고 명심할 것은, 서양인들과 일본 사람들은 자기 아들이나 조카, 친척, 사위를 비서로 삼는 경우가 많으니 혹시 네가 그걸 모르고 종놈 대하듯 하대를 한다거나 무례하게 굴면 절대로 안 되느니라. 알겠지?”

“예! 명심하겠십니더, 아재요!”

강 주사가 수행원용 자리를 알려 준 후 떠나고, 성열과 소희는 담벼락 아래 마련된 작은 의자들이 놓인 쪽으로 가서 대기한다. 성열은 선 채로 오늘 오찬 파티에 참석한 사람들 면면을 유심히 지켜본다.

소희는 의자에 다소곳이 앉은 채 아직도 콰르텟 연주자의 음악에 정신이 없다. 한참 음악에 취해 있던 소희가 갑자기 무엇을 보고 놀랐는지 성열을 툭툭 치며 호들갑을 떤다.

"옴마야! 저기 무신 짓일꼬?"

성열이 소희의 시선을 좇아 둘러보지만, 딱히 놀랄 일은 없어 보인다.

"무신 짓이라니요? 뭐가요?"

"저게, 저거 보소! 옴마야! 저 머리카락이 옥수수수염맹키로 노란 양코배기 여자가 지 손을 내밀고, 웬 머시마가 그 손을 잡고 입에 대고, 코에 대고, 킁킁거리민서…… 개가 막 뭐를 핥아묵는 것맹키로 주둥이에 대놓고 비비믄서…… 아이고 드러버라! 저기, 뭐꼬? 뭘까요? 냄시를 맡는 길까요? 저 머시마는 조선 사람 같구마는."

한껏 멋을 낸 서양 여성이 반가운 인사로 손을 내밀고, 조선 남성이 허리 숙여 그 손에 입을 맞추는 행위를 보고는 화들짝 놀란 소희가 소란을 떠는 것이다. 남녀가 함부로 말을 섞는 것도, 신체적 접촉을 하는 것도, 그리고 손을 맞잡는

　　　　　　　　　　　　　　해동의 새벽

행위도 금기시해 오던 문화에서 자란 소희의 눈에는 이렇게 스스럼없이 신체를 접촉해 가며 인사를 하는 사람들의 행동이 해괴망측해 보일 수 있다.

성열 역시도 김익현을 수행하면서 자주 보아온 장면 중 서양인들과 왜인들, 그리고 경성에 사는 지체 높은 신사·숙녀들의 행동들 가운데 눈으로 보면서도 무슨 법도와 예법에 따른 행위인지 도저히 이해가 가지 않는 모습들이 부지기수였다. 그럴 때마다 공책에 적어 두었다가 이곳저곳 예법과 법도에 정통한 조태호의 집사 강 주사에게 묻고는 했는데, 조금 전 소희가 보고 화들짝 놀란 상황은 지체가 높은 귀부인에게 동급 혹은 하급 남성이 인사를 올리는 예법 중 하나라고 들은 적이 있다. 소희가 놀라는 모습을 보면서 서양인의 예법 중 하나라고 설명을 해줄까 잠시 고민을 했지만, 괜스레 잘난 척이 되고, 소희 본인이 무안스러울까 봐 맘을 고쳐먹고 굳이 아는 척을 않기로 한다.

정오가 다 되어가면서, 사람들이 가득 들어찬 잔디마당 한복판에 마련된 연단 위에 올라선 조태호가 마이크를 붙잡고 사람들의 주목을 이끈다.

"아, 아, 흠, 나 조태호올시다. 올해도 벌써 망종(芒種)이 지났습니다. 매년 춘궁기 끝을 알리는 망종 직후 일요일에 개최되는 경흥회(京興會)의 이번 정기모임을 찾아주신 회원 여러분과 내외빈 여러분을 진심으로 환영합니다. 아시다시피, 오늘은 매년 경흥회 모임에서는 한 해 동안 새로이 가입하신 신입회원의 인사와 우리 회원 중 지난 일 년 동안 열심히 사업을 잘 일구시고 사회 발전에 이바지하신 분을 선정하여 그 노고에 감사하는 뜻으로 감사장을 수여하는 그런 날이올시다. 올해에는 영광스럽게도 제 누거(陋居)에서 이 모임을 개최하게 되었기에 기쁘기 그지없습니다. 한편, 지난해까지 행사를 주관해 주셨던 동일실업 이경찬 사장께서 그동안 너무도 훌륭하게 행사를 준비하고 치러 주셨던 기억이 있기에, 미력한 제가 이번 행사를 진행하면서 전 주관자의 반이라도 따라갈 수 있을지 걱정이 앞서게 됩니다. 부디 준비와 진행에 있어 미흡한 점이 발견되더라도 넓은 아량으로 봐주시기를 바랍니다. 여기 이곳, 경흥회 모임을 축하하러……."

조태호의 긴 인사말과 참석자 소개가 끝이 나고, 곧이어 연단에서 이 행사를 축하하기 위하여 찾아온 호즈미 신로쿠로(穗積新六郎) 조선총독부 식산국장(殖産局長)의 축하 인사말이 이어진다. 조선총독부 식산국장은 장관급 직책으로 이 모임의 명예 회장직을 맡는다.

"안녕하십니까? 호즈미 신로쿠로입니다. 먼저, 우리 미나미 지로(南次郎) 총독 각하께서 이곳에 직접 참석하지 못해 유감이라는 말씀과 함께, 이번 행사를 진심으로 축하한다는 말씀을 저를 통해 전달하셨습니다."

박수가 쏟아진다. 몇몇 사람들의 과하다 싶을 만치의 선동적 행동에 박수 소리가 좀처럼 줄어들지 않는다. 참석자 중 일본인들보다는 주로 조선인 사업가들이 앞장서서 이러한 분위기를 이끄는데, 조선에서의 이권을 한 손에 틀어쥐고 있는 총독의 위세와 식민 통치하에서 사업을 영위하는 조선인 사업가들의 자발적 비굴스러움이 여실히 드러나는 장면이다. 한참 계속되던 박수 소리가 잦아들고, 호즈미 신로쿠로의 연설이 계속된다.

"이 모임 참석자 절반 이상이 조선 사람으로 보입니다. 아는 사람은 다 아는 사실인데, 저 역시도 거의 조선 사람이 다 되었습니다. 도쿄에 사는 제 친구들이 저를 부를 때, 이름 앞에 반드시 '조선'을 붙여 부른답니다. 조선의 호즈미라고 말입니다. 제가 대학을 졸업하고, 문관 시험을 보고 나서 이곳 조선으로 부임한 지 올해로 24년째가 됩니다. 스물다섯에 이곳에 왔다가 지금 내 나이가 마흔여덟이 되었으니 저의 청춘 모두를 이곳 조선에 바쳤다고 할 수 있지요. 여러분께서 보시더라도 저는 다른 총독부 소속 쪽바리들하고는 조금 다르지 않습니까? 게다가 저는 여러분들이 우리 일본

인들을 쪽바리라고 부르게 된 다비(たび)[8]를 평소에는 신지 않습니다.”

그의 다소 파격적인 농담에 잠시 어리둥절하던 사람들이 이내 분위기를 파악하고 크게 웃으며 손뼉을 치기 시작한다.

참석한 몇몇 일인 사업가들은 자신들을 비하하는 농담에 잠시 인상을 찌푸리기도 하지만, 이내 분위기는 화기애애함으로 다시 돌아온다. 호즈미가 계속 말을 잇는다.

“앞으로도 여러분들이 저를 조선 땅에서 나가라고 밀쳐내지 않는 이상 저는 계속해서 이곳 조선에 저의 남은 열정을 쏟을 작정입니다. 일한 합방 이후 오랫동안 이곳 조선은 발전에 발전을 계속해 왔습니다. 합방 당시, 높은 영아사망률로 인해 조선인 평균 수명은 24세에 불과했습니다. 그러나 지금은 조선인 평균 수명이 45세가 되었습니다. 조선의 경제성장률은 꾸준히 미국과 유럽, 심지어 일본을 앞질러 왔습니다. 앞으로 조선의 산업시설은 늘어갈 것이고, 저 호즈미 신로쿠로는 이곳 조선의 산업 발전을 위해 여러분을 적극적으로 도와 가면서 평생 이곳에서 살 생각입니다.”

능변가인 호즈미의 연설에 사람들의 웃음과 탄식, 박수와 호응이 계속된다. 딱히 재미있는 오락거리가 없던 시절, 말솜씨 좋은 정치인들과 활동가들, 그리고 상당한 지식을 갖춘 고위 관료들의 연설은 때로는 대중들에게 훌륭한 오락이

 해동의 새벽

되기도 했고 시사 상식에 대한 학습이 되기도 했다.

한참 동안 호즈미 국장의 연설이 계속되는 동안, 누군가 김익현의 곁으로 조용히 다가와 속삭이듯 "매형!"이라고 부른다. 고개를 돌려보니 흰색 해군 장교 복색의 고하세 사부로 중령과 기모노 차림의 고하세 부인이 서 있다. 김익현과 민지영이 놀라움과 반가움에 함박웃음을 짓는다. 옆자리를 차지하고 있던 다른 손님이 예사롭지 않은 이들의 친밀함을 눈치챘는지 슬며시 자리를 양보해 준다. 연설에 방해가 되지 않도록 두 가족이 조심스럽게 소곤거리며 인사를 나눈다. 나란히 앉은 민지영과 고하세 사부로 중령은 마치 오누이 사이와 같이 손을 꼭 잡은 채로 연설을 듣는다.

김익현은 이런 두 사람의 모습을 흡족한 눈빛으로 바라본다. 다소곳하게 고개를 살짝 틀어 숙이고 있는 고하세의 부인은 상당한 미인이다. 치아를 모두 까맣게 물들인 것을 보면[9] 그 집안의 분위기가 얼마나 보수적인지를 짐작할 수 있다. 그동안 호즈미의 연설은 끝을 향한다.

"…… 저의 긴 연설을 들어주느라 고생이 많으셨습니다. 저 다음으로 인사를 드릴 분을 소개하겠습니다. 조선의 백년대계인 교육사업에 온 힘을 기울이고 계시는 보성전문학교, 중앙고등보통학교 이사장이신, 그리고 질 좋은 옷감을 생산하고 있는 조선의 대표 기업 경성방직을 책임지시는 모범 기업인을 여러분께 소개하고자 합니다. 큰 박수로 우리 김성수 선생을 맞이합시다.”

호즈미의 소개를 받고 김성수가 연단을 향해 성큼성큼 걸어가는 동안 호즈미의 연설을 듣던 사람 중 한두 명이 자리에서 일어나기 시작한다. 감히 식산국장이 연설하고 있는 중간에 자리에서 일어서지 못했던 사람들이 그동안 참아왔던 용변을 보기 위해, 그리고 오랜만에 만난 사람들과 못다 한 인사를 계속하기 위해 자리를 옮겨 다니기 시작한 것이다.

어수선한 분위기 속에서 김성수가 연단에 오르고, 한참 동안 청중들로부터 주목을 받지 못하는 매우 민망한 상황이 벌어진다. 김성수가 이런 분위기를 개의치 않고 호기롭게 연단에 서서 큰 목소리로 인사말을 시작한다.

“안녕들 하시오? 나 동아일보 김성수외다.”

청중의 반응이 미지근하자 그가 셔츠의 타이를 고쳐 매며 큰 소리로 목청을 가다듬는다.

“흠…… 흠, 히노마루!!!”

대뜸 큰 소리로 ‘히노마루’를 외치는 김성수. 그러고는 잠시 말을 멈추고 긴 뜸을 들이자, 사람들 모두가 그를 주목한다. 몇몇은 자리에서 일어서려다 엉거주춤 의자에 다시 앉는다. 김성수가 외친 ‘히노마루’[10]의 뜻과 그 이유를 미리 짐작한 조태호는 연단 아래에서 당황하여 안절부절못한다. 다

　　　　　　　　　　　　　해동의 새벽

른 사람들의 표정도 마치 소태를 씹은 듯 찡그리고 있다.

주위가 순식간에 찬물을 끼얹은 듯 조용해지고, 김성수가 청중의 시선을 끄는 데는 일단 성공했다는 득의양양한 모습으로 다시 말을 잇는다.

"난 아직도 히노마루를 보면 식은땀이 납니다."

다들 그를 지켜보는 가운데, 총독부 관리들이 모여 앉은 흰색 차양 안에서 몇몇 고위 관리들이 갑자기 손뼉을 마주치기 시작한다. 큰 웃음소리도 함께 나온다. 이들의 웃음과 박수를 장내 사람들이 하나둘 따라 하기 시작한다. 잠시 후 장내의 모든 사람이 박수를 치며 크게 웃는다. 어색했던 분위기가 반전되고, 김성수가 계속 말을 이어간다.

"여러분들이 아시는 대로 1년 전 히노마루 때문에 내가 아주 혼쭐이 났지요. 지금도 그렇고요. 그리고 한 가지 드릴 말씀이 있소이다. 조금 전 존경하는 우리 호즈미 국장의 소개대로 나는 경성방직, 중앙고등보통학교, 보성전문학교를 운영하는 사람이 맞지만, 그것보다도 내가 가장 좋아하는 소개는 동아일보의 김성수라는 말이외다."

1년 전 있었던 동아일보 강제 정간에 대한 소심한 항의에 더해 일본인들은 일본인대로, 조선인들은 조선인대로 가지고 있던 자신에 대한 온갖 억측과 오해, 그리고 시중의 풍문에 대하여 나름의 해명을 위한 발언을 시작하는 듯하다. 일장기 삭제 사건에서 동아일보의 사주였던 자신은 처벌을 피하는 대신 신문사는 무기 정간을 당하였고, 실무자인 편집국장 설의식과 주필 김준연이 책임을 지고 사직함으로써 논란은 일단락되었다. 그러나 그는, 계속되는 각종 악성 루머에 언젠가 한 번쯤은 공개 석상에서 대응할 요량을 하고 있었다. 마침내 오늘, 그는 자기 자신이 엄연한 동아일보의 사주이자 책임자이며 강한 민족주의 의식을 가지고 있는 조선인임을 알리려 작정을 한 듯 강경한 느낌의 어휘들로 연설을 이어간다.

"…… 그리고 주지하듯, 우리 동아일보는 처음 창간 때부터 젊은 신문이었소! 나를 포함한 기자 모두가 20대, 30대의 젊은이들이었고, 그 혈기가 하늘을 찌를 듯했었다오. 우리 신문은 지금으로부터 십칠 년 전, 다이쇼(大正) 9년[11]에 첫 창간을 하였는데, 창간한 지 보름 만에 평양에서 일어났던 조선 민중의 대궐기사건, 3·1운동 기념 시위를 보도했다는 이유로 첫 정간을 당했지요. 그리고 당국에서 듣기 싫어하는 쓴소리, 민중의 속을 시원하게 해주는 소식을 전한 죄로 셀 수 없을 정도의 발매 금지, 반포 금지, 압수, 삭제 등, 당국의 강제조치라는 강제조치는 다 받아왔었소! 그러나 이 김성수가 그런 것들이 무서웠으면 벌써 그때 신문사 문을 닫았을 것이오! 우리 청년신문 동아일보가 못 할 말이 무엇이

　　　　　　　　　　　　　해동의 새벽

있겠소? 할 말은 해야 하고, 전할 소식은 전해야 진정한 언론인 것이오. 총독부의 정책도 인민에게 전하고, 천황폐하의 말씀도 조선인들에게 전하고, 산 넘고 바다 건너 외국에서 활동하는 조선인 활동가의 말도 전하고, 시중의 풍문도 전하고, 물론 인민들이나 당국에 피해를 안길 만큼의 거짓 선동이나 풍문의 유포는 응당 처벌을 받아야 하겠지만, 총독부에서도 우리 동아일보를 통하여 조선 인민들의 마음을 좀 들여다봤으면 하는 마음이 크외다. 혜안이 필요하다는 말이요! 그리고……."

김성수의 발언 수위가 점점 높아지고, 아슬아슬 선을 넘으려 하고 있다. 일본인들은 자세를 고쳐 앉으며 시선을 돌려버리고, 조선인 참석자들도 차마 듣기가 민망해서인지 얼굴을 찡그린다. 이들과는 달리, 한쪽 구석에서 김성수의 대갈일성을 듣고 있는 윤성열의 가슴에는 자신도 모르게 뜨거운 불덩이가 들어오는 것을 느낀다.

지금 이 순간, 연단에서의 김성수의 외침은 윤성열의 삶에 있어 처음 듣게 되는, 마치 거인의 우렁찬 포효처럼 들린다.

"…… 근대 문명에 먼저 문호를 개방하고, 유신을 통하여 국가 개조에 성공한 일본에 비하여 한참 뒤처진 우리 조선인은 근대화에 있어 후발 주자라는 처지 때문에 겪어야 하는 각종 서러움을 안고 살아가고 있소이다. 그 와중에도 다행스러운 것은 지금의 조선인의 민도가 예전과는 많이 달라졌다는 것이외다. 문맹률이 현저하게 떨어지고 있고, 위생 관념도 많이 개선되어서 예전처럼 아무 곳에서나 요강을 비운다거나, 길가에서 대소변을 함부로 보는 사람들도 찾아보기 힘들게 되었소이다. 이런 민도 향상의 기저에는 우리 조선의 고유한 글로 제작되어 배포되는 우리 동아일보의 민중계몽 역할이 적지 않았다고 자부하는 바올시다! 여기 계신 여러분 모두 탁월한 행정가였던 미즈노 렌타로(水野鍊太郞) 전 정무총감을 기억하실 거외다. 그분께서 지날 날 조선의 말과 글로 제작되는 신문을 허가할 때, ‘굴뚝을 만들지 않고 불을 지피면 솥과 난로가 파열된다’라고 말씀하신 바 있소이다. 우리 동아일보는 창간일로부터 계속해서 그분이 말씀하신 조선 민중의 굴뚝 역할을 담당하고 있다고 감히 자부하여 왔소이다. 지난 히노마루 삭제 사건으로 우리 신문사의 주필직을 사임한 우리 조선 민족의 천재 김준연 군을 여러분 모두 알고 있을 거외다. 경기고보를 거쳐 수재들의 요람인 넘버스쿨[12] 제6고를 졸업하고, 도쿄제국대학교 법학부를 졸업한 후, 독일 베를린대학에서 정치학과 법학을 공부한 그는 누가 뭐라고 해도 우리 동아일보의 자랑스러운 주필이었소. 3년 전, 치안유지법 위반 등의 죄로 6년을 형무소에서 보낸 그를 감옥에서 출소하자마자 우리 동아일보에서 채용했을 때, 고등경찰이 우리 신문사를 찾아와서 김준연 같은 위험인물을 채용한 이유가 무엇이냐고 따져 물었던 적이 있었소. 그때 우리 신문사 사장이었던, 저기 앉아계신 고하 송진우 선생이 했던 말이 생각이 나외다. 당시 그가 뭐라고 했냐 하면, 김준연 같은 사람의 펜을 꺾어버리면 그는 곧바로 이곳 조선을 떠나 일본을 향하여 던질 폭탄을 제조하고, 일본에 적대적인 사람들을 모아 거대한 조직을 만들 인물이오! 라고 대답을 했는데, 나 역시도 똑같은 생각이외다. 사회의 부조리에 대한 불만의 목소리를 틀어막으면, 반드시 예측하지 못한 곳에서 큰 폭발이 일어날 것이오. 약 30년 전, 일본은 걸출한 영웅 이토 히로부미 총리를 잃었소이다. 그리고 우리 조선 민족은 안중근이라는 패기 넘치는 젊은이를 잃게 되었소. 일본과 조선은 같은 사건으로 두 사람의 영웅을 잃은 셈이오.”

김성수의 입에서 안중근의 이름이 나오자 사람들 모두 벌어진 입을 다물지 못한다. 이토 히로부미 저격 사건은, 함부로 입에 올릴 수 있는 것이 아니다. 사람들이 수군거리고 그 수군댐이 웅성거림으로 발전해 가는 와중에도 김성수의 발언은 계속된다.

“앞으로 일본과 조선이 이런 불행을 계속해서 겪지 않기 위해서는 조선인의 사상과 양심, 표현의 자유를 억압해서는 안 된다고 나는 감히 주장하는 바요! 특히 사회에 대한 불만을 이성적이고 평화적으로 표출할 수 있는 가장 효과적 수단인 언론사를 더는 탄압하지 말아야 한다고 주장하고 싶소. 나는 이 자리에서 언론의 자유에 대한 총독부의 적극적 태도 변화를 촉구합니다. 다시는 우리 역사에서 안중근과 이토 히로부미 같은 훌륭한 인물의 억울한 희생이 반복되지 않도록 총독부의 대승적 결단을 촉구하는 바이며, 난 이 자리에서 할 말을 다 했으니 다음 사람에게 이 연단을 양보하겠소. 다소 과격한 발언에 대해서는 여러분들의 양해를 구하는 바이올시다!”

그의 짧지만 스스럼없는 발언에 장내는 찬물을 끼얹은 듯 조용하다. 일본인들은 일본인대로, 조선인들은 조선인대로 불편한 심경을 차마 감추지 못하고 헛기침을 계속한다. 이때, 정원 중간쯤에 마련된 테이블에서 일본 해군 장교 고하세 사부로 중령이 벌떡 일어나 박수를 치기 시작한다. 이어서 김익현 부부도 자리에서 일어나 박수를 치기 시작하는데, 이를 시점으로 참석자 모두가 자리에서 일어나 손뼉을 치며 호응한다.

이 뜨거운 열기의 현장에 함께 있는 열아홉 살 청년 윤성열은 지금 온몸에 전율을 느낀다. 세상에 눈을 뜬다는 것이 과연 이런 것인가. 윤성열은 이때의 기억을 평생 간직하고

　　　　　　　　　　　　　　　　해동의 새벽

살아갈 것이다.

조태호의 저택 처마 아래로 제 새끼들을 먹이기 위해 부지런히 벌레를 잡아 나르는 날쌘 제비들이 계속해서 드나든다.

민상국 장군의 향수(鄕愁)

중화민국의 수도 난징(南京).

난징은 중화민국 국민당 정부(政府)의 소재지이다. 중화민국 17년(1928) 4월에 특별시로 승격 발표 후 지금까지 국가의 수도로서 기능하고 있다. 그 전부터도 난징은 중국인에게 상당한 의미가 있는 도시였다. 1421년까지 명(明) 왕조 최초의 수도였고, 19세기 후반 태평천국의 난이 벌어졌을 때 그 반란 세력의 수도이기도 했다.

중화민국의 국부(國父) 쑨원의 호를 딴 너비 8m 중산로(中山路)를 중심으로 새로이 도로들이 정비되어 있고, 그 도로들 사이로 큰 규모의 건물들이 조화롭게 들어서 있다. 난징이 다른 중국 내 대도시와 다른 점은, 새로 조성된 도로 주변에 상당량의 가로수가 식재되어 있기에 도심 속 녹음이 거리의 분위기를 한결 운치 있게 만들어 준다는 데 있다. 처음 특별시로 승격된 10년 전부터 이곳에 꾸준히 사람이 모여들면서 지금은 그 규모가 100만에 육박한다고 한다. 갑자기 늘어난 인구 때문에 애초의 계획대로 통제가 되지 않아 초기의 계획과는 다소 다르게 도시가 팽창되면서 도심 외곽에는 크고 작은 집들이 불규칙하게 지어져 있기도 하나 이 또한 대도시가 가진 매력이라 할 수 있다.

새로 건축된 정부 청사에서 종일 정치부·군정부 연석회의에 참석했던 민상국이 모든 정식일정을 마친 뒤, 3층에 있는 장개석 위원장의 집무실로 들어간다. 집무실에는 회의실에서 먼저 나왔던 장개석과 함께 퍼스트레이디이자 미국과 영국 등 서방 세계와의 외교에 있어 실질적 책임을 지고 있는 송미령 여사가 오붓하게 차를 즐기고 있다. 송미령이 민상국을 보자, 들고 있던 찻잔을 테이블에 내려놓고 환한 미소를 지으며 그를 맞이한다.

"어서 오세요. 민 장군님!"

지난 12월에 있었던 시안사변을 평화적으로 마무리 짓고 난징을 돌아온 장개석은 당시 상황에서 눈부신 활약을 했던 민상국을 대령에서 장군으로 진급시켰다. 그리고 동시에 그를 자신의 직계 사단 중 제88사단 정보참모 겸 국민당 군사위원회 정보국장으로 보직을 옮기게 하였는데, 야전군과 중앙 지휘부에 동시에 그를 배속시킴으로써 계속해서 그를 중

   해동의 새벽

용하겠다는 의지를 표명한 것이다. 공식 직제상 민상국은 제88사단장 휘하 참모이지만 지금 그를 직접 지휘할 권한이 있는 사람은 중국 내에서 단 한 사람, 장개석뿐이다.

송미령도 그가 조선인임을 알고 있다. 그의 원래 이름도 알고 있기에 듣는 이가 없을 때는 그를 종종 민 장군이라고도 부른다. 친근함의 표시일 게다.

"안녕하십니까? 영부인님."

그녀의 반가운 인사에 민상국이 화답한다.

"민 장군님 덕택에 잘 지내고 있답니다. 민 장군께서도 잘 지내고 계신 거죠? 조선엔 언제 다녀오실 계획이신가요? 가족 중에 저와 나이가 같은 누님도 한 분 계신 것으로 아는데, 맞죠?"

"예, 맞습니다. 제게 여사님과 동갑이신 누이 한 분이 계십니다."

"그죠? 이곳 난징에서 대학을 다니셨다고 들었는데, 지금은 조선에 계신다고 들었고요. 맞나요?"

"예, 맞습니다. 진링여자대학에서 영문학을 전공하셨습니다."

그의 누이 민지영이 다녔던 학교는 난징의 옛 지명인 진링 (금릉, 金陵)의 이름을 딴 유명 여자대학이다.

"이번에 장군 진급 기념으로 휴가를 얻어 가족들 만나러 조선엘 한번 다녀오시지 그러세요?”

“…….”

그녀가 반가운 마음에 다소 수다스러울 정도로 민상국에게 질문을 쏟아낸다. 민상국이 적당한 대답을 찾기 위해 잠시 머뭇거린다. 그사이 장개석이 끼어든다.

“이 친구, 조선에 지명수배령이 내려져 있기에 고향에 함부로 들어가지를 못하고 있소.”

“설마, 우리 측 군인이라는 이유인가요? 그렇다면 부당한 처사 아닌가요? 그러면 우리 중국도 우리 영토에 있는 일본군 모두를 범죄자 취급을 해야 하지 않나요!”

송미령이 발끈한다.

“그것 때문은 아닌 것으로 알고 있소!”

“큰 문제가 아니라면 위원장께서 노무라 기치사부로 제독에게 민 장군의 수배령과 관련해서 청을 넣어 보는 건 어떤가요? 그쪽 측근과 우리 민 장군님과의 관계도 있으니 말이에요.”

“글쎄…… 노무라 제독의 측근이자 민 장군의 상대였던 고하세 중령은 이미 조선총독부 미나미 지로 총독의 직계 보직으로 발령이 나 버렸소. 게다가 노무라 제독과 지금 조선 총독인 미나미 장군과는 서로 말이 통하는 사이가 아니라고 알고 있소. 조선의 미나미 총독은…… 노무라 제독은

　　　　　　　　해동의 새벽

물론 우리 측 편의를 봐줄 위인이 절대 아니오. 지난 만주사변 때 일본 내각의 육군 대신이 바로 미나미 지로 그 인간이었소.”

장개석의 말이 이어진다.

“그자는 들개의 흉포함과 여우의 교활함을 다 갖춘 위인이라, 인연을 맺는 것 자체가 꺼려지는 사람이라고나 할까……. 해군 측 노무라 제독의 심복인 고하세 중령을 은밀하게 손을 써서 자기 밑에 끌어다 둔 것도 군부 내 정적인 해군 엘리트의 견제를 위한 비열한 수법이었다고 들었소. 그 인간에게 우리 민 장군의 존재를 알리는 것은 좋은 생각이 아니오. 5년 전, 우리와 말이 통했던 인물인 이노우에 대장상의 살해사건[13]에도 분명 미나미 지로 이 자가 개입했었다고 나는 굳게 믿고 있소!”

“…….”

장개석 부부의 대화를 민상국은 가만히 듣고만 있다. 그렇지 않아도 가끔 고향의 소식을 전해 주던 어릴 적 친구이자 일본 정보장교인 고하세 사부로의 갑작스러운 조선총독부 파견 소식을 처음 들었을 때 적잖게 당황했었다. 그러면서 혹시 자기 자신과 고하세의 관계, 그리고 가족들과의 관계가 문제가 되었던 것은 아닌지 걱정하였으나 다행히도 그 문제가 아닌, 일본 군부 내부의 육군과 해군 사이의 알력 다

틈으로 벌어진 인사 조처였다고 결론이 지어졌다.

이어서 민상국과 장개석은 오늘 있었던 연석회의 내용과 최근 일본에서 암약 중이던 스파이로부터 전해진 각종 정보에 대한 분석, 정보기관 군통의 수장 대립으로부터 보고받은 국내외 정세들, 정부 내에서 공산 세력과 가깝게 지내고 있는 인사들에 대한 처리 문제에 대하여 깊이 있는 의견을 나누었다.

위원장 집무실에서의 일을 마치고 정부 청사를 나온 민상국이 난징 외곽 양쯔강 강변에 설치된 해군 선착장을 방문한다. 그곳에서 군사우편 행낭(行囊)속 물건 중 그가 직접 챙겨야 할 각종 정보 관련 문건을 일일이 확인하고 일과를 마무리 짓는다.

자신의 승용차를 그 자리에 대기시키고 선착장 인근 강기슭을 정처 없이 터벅터벅 걷는다. 근처 군부대에서 외출을 나온 듯해 보이는 사병 여럿이 무리를 지어 떠들며 걷다가 민상국을 발견하고는 흠칫 놀라 멈춰서 부동자세로 거수경례를 한다. 이들의 거수경례에 가볍게 손을 들어 답례한 민상국이 계속해서 길을 걷는다.

도로 옆 작은 연못에서 기어 나온 듯한 남생이 한 마리가 흙먼지 가득한 바닥을 힘겹게 기어간다. 잠시 시선을 고정해 남생이를 지켜보던 민상국이 그 남생이를 집어 든다. 남생이가 네 발을 허공에 버둥거린다. 남생이가 향하던 방향에는 건물을 짓기 위해 평판작업을 해둔 공터만 있을 뿐이다. 남생이는 잘못된 목적지를 향해 가고 있었던 것이다. 잠시 주위를 둘러본 민상국이 도로 옆 연못의 수풀 사이로 그 남생이를 조심스레 던져 넣는다. 손에 묻은 물기와 흙을 다른 손과 부딪쳐 털어 내고, 가던 길을 계속 걸어간다. 상당한 거리를 걷고 난 후 자신이 하는 이 행동이 혹시 배회는 아닌지 자문하고, 씁쓸한 웃음을 짓는다. 그러면서 조금 전 본, 그 길 잃은 남생이와 자신을 비교해 본다.

문득 이십여 년 전 자신이 자주 했던 우울한 시절의 배회를 기억해 낸다. 도쿄 육군사관학교 입학을 거절당하고 깊은 절망감에 빠진 채 한성 운현궁으로부터 시작해서 창덕궁 담벼락을 거쳐 명륜동, 양주 미아리고개 방면으로 하염없이 걸었던 그날을 회상한다.

잠시 제자리에 멈춰 서서 시선을 높이 들어 저 멀리 성곽 너머에 보이는 쓰진산(자금산, 紫金山)을 바라본다. 산중의 짙은 녹음이 자신이 나고 자랐던 한성의 삼각산 인수봉과 만경대를 떠오르게 한다. 이곳 쓰진산에 비해 더 웅장하고 화려했던 삼각산과 북악산을 떠올리며 옷깃과 어깨에 붙어 있는 계급장을 더듬어 만져 본다. 그리고 지난 1월, 그가 어려서부터 꿈꾸어 왔던 장군 계급장을 달던 날, 그 순간을 생각해 본다. 그러면서 마냥 기쁘지만은 않았던 그때의 심정을 기억해 낸다. 이상하게도 자신의 꿈이었던 장군 계급장을 달았던 그 순간부터 지금, 이 시각까지 순간마다 이유 모를 비감이 그를 괴롭혀 오고 있다.

깊은 사색 이후, 뭔가를 깨닫는다. 까닭 모를 이 허무함과 슬픔의 원인, 그것은 바로 향수(鄕愁)였다. 단순히 고향과 가족에 대한 향수뿐만 아니라 민상국 그 자신의 실존에 대한 깊은 향수였다. 지금 그는 민상국이 아니다. 자신의 어깨에 붙은 금색 바탕의 화려한 장군 계급장은 자신의 존재에 대한 부정과 거짓을 바탕으로 한 성취물이다. 지금 자신은 '민상국 장군'이 아닌 '왕싱하오 장군'이며, 자신의 성공을 함께 축복해 줄 가족조차 하나 없는 그림자와 같은, 그야말로 허무한 존재이다.

막연했던 슬픔의 이유가 구체적으로 발현되자 시큰해지는 콧날의 느낌과 함께 눈시울에서 뜨거운 눈물이 솟아 넘쳐 그의 볼을 타고 흐른다. 충혈된 눈을 들어 하늘을 바라본다.

'아! 한성의 하늘도 이렇게 푸르렀던가? 북악산 자락, 세검정 냇가, 친구들, 형님들, 그리고 고왔던 우리 누이!'

생각이 그곳까지 다다르자 흐느낌이 그의 목구멍을 통해 흘러나온다.

　　　　　　　　　　　　　해동의 새벽

한참을 흐느끼던 그가 뭔가를 작정한 듯 입술을 깨문다. 이어서 헛기침을 하고 자신의 차량을 향해 바삐 걷는다. 지금의 발걸음은 분명한 목적지가 있기에 더는 배회라고 할 수 없다. 조선에 있는 그리운 가족에게 전보를 보낼 그를 태운 차가 우체국으로 향한다. 쓰진산 정상에 우뚝 서 있는 혁명기념탑 위로 초여름 뜨거운 햇살이 쏟아진다.

조선총독부의 산업정책

경성(京城).

단정한 머리에 흰색 셔츠 소매를 팔뚝까지 접어 올린 젊은 남자가 빗장이 걸려있는 김익현의 계동 집 대문을 조심스레 두드린다. 한두 번 두드리고 나지막하게 사람을 불러보아도 대답이 없자, 이번에는 제법 세게 문을 두드린다. 옆집 개가 시끄럽게 짖어댄다.

"계신가요? 댁에 아무도 안 계세요?"

이웃집 개 짖는 소리에 이어서 집안에서 인기척이 들리고 윤성열이 대문 가운데 달린 쪽문을 열고 나온다.

"뉘요?"

“이 댁이 김익현 선생님 댁이 맞습니까?”

담 너머 개가 짖어대는 통에 골목 전체가 시끄럽다. 성가신 소음에 잠시 얼굴을 찡그리던 윤성열이 대문간 건너 상대방을 향해서는 최대한의 호의적인 눈길을 보인다. 찾아온 남자의 이마와 관자놀이에 땀이 송골송골 맺혀 있다.

“예. 맞소. 우리 어르신이 김, 익자 현자 쓰시는 분이오. 그짝은 무신 일로 오싰능교?”

윤성열이 대답하고 되묻는다.

“총독부에서 심부름 왔습니다. 선생님께서…… 지금은…… 댁에 계신가요?”

다소 어색한 말투. 이 사람, 아무래도 조선에서 태어난 왜인 2세가 아닌가 싶다.

“예. 지금 계십니다만, 찾아오신 용무가 직접 뵈어야 하는 일인교? 그기 아이모 제가 전해 올리도 되는 일인교?”

“저는 총독부 식산국에서 왔습니다. 선생님께 말씀을 당신이 전해 주어도 좋고요. 제가 직접 만나서 전해 올려도 됩니다. 오늘 오후 두 시까지 김익현 선생님께서 총독부 식산국장님 집무실을 방문해 주시오 하는 호즈미 신로쿠로 국장님의 전달입니다.”

“그런 용무는 직접 뵙고 가시야 할 용무이구마요. 언능 들어오소.”

찾아온 손님을 대문 안으로 들인다. 찾아온 사람을 잠시 기다리게 한 후 사랑채 큰 방 앞에서 성열이 김익현을 부른다.

"어르신! 총독부 식산 국장님께서 사람을 보내왔십니더!"

김익현이 방문을 열고 마루로 나와 환하게 웃으며 심부름 온 사내를 맞이한다.

"어서 오시지요! 그래, 국장님께서 무슨 일로 사람을 보내셨소?"

"다름이 아니옵고, 오후 두 시에 김익현 선생님께서 식산 국장님 사무실로 조태호 사장님과 함께 방문해 주십시오 하는 전달입니다. 조태호 사장께는 이미 전화로 말씀을 드렸다고 하시면서 김익현 선생님께만 말씀 전달하면 된다고 하셨습니다."

"더운데 수고하셨소. 정확히 두 시까지 시간 맞춰 가겠다고 전해 주시오. 한 달 전에 집 전화 가설 신청을 하기는 했소만, 앞으로도 전화 가설이 석 달은 족히 걸린다고 하니…… 이거 여러 사람 불편하게 하는구먼…… 미안하기도 하고."

"예, 그러시겠지요. 저는 이만 돌아가서 국장님께 두 시까지 방문 가능하시다고 전해 말하겠습니다."

"날씨가 더운데, 돌아갈 때는 인력거를 타고 가시오. 성열이 네가 인력거를 잡아 드리거라!"

심부름 왔던 총독부 직원, 김익현이 건네는 거마비를 한사코 사양한다. 성열이 큰 길가 운현궁 근처에 대기 중이던 인력거 한 대를 불러 요금을 선불로 지급하고, 이마저도 사양하던 그를 반강제로 태워 보낸다.

이어 식경이 지나지 않아 다른 한 무리의 사람들이 이 집을 찾아와 대문을 두드린다. 성열이 이들을 맞이한다.

"어디서 오신 분들이오?"

"전화 놓아드리러 왔소!"

통상 대여섯 달은 넘게 기다려야 한다는 전화 가설이 마침 총독부에서 사람이 다녀가고는 불과 한두 시간 만에 이뤄지고 있다. 아마도 전화 가설 과정이 늦는 관계로 여러 사람을 불편하게 만들고 있다는 김익현의 혼잣말을 심부름 다녀온 직원으로부터 전해 들은 호즈미 국장이 손을 쓴 것으로 보인다. 윤성열이 기술자들에게 전화기 놓을 곳을 지정해 주고 있는 김익현에게 다가가 웃으며 너스레를 떤다.

"어르신! 이래서 뒷배라 카는 기 필요한 모양입니더. 호즈미 국장 어르신 한마디에 애타게 기다리던 전화도 빨리 개통이 되고 말입니더."

"글쎄다. 이게 괜한 새치기라면 나로 인해서 피해를 보는 사람이 없을는지……."

"우리 어르신 맘 쓰시는 것이 참말로 공자님 같으십니더.

　　　　　　　　　　　　　　　

이깟 전화 설치하는 거로 새치기한다꼬 해서 누가 피해를 보겠십니꺼?”

“허허. 그 녀석. 세상일이란 게 그리 간단치가 않아. 사회에서 공공질서라는 게 무너지면 모든 사람이 피해자가 되는 거란다. 경성에서는 네댓 달을 기다려야 전화 가설이 된다는 것이 통념인데, 누군가의 뒷배가 있으면 한 달 안에도 가능하다는, 이런 종류의 특혜가 알려진다면 사회 구성원 모두가 앞다퉈 뒷배를 찾게 되고, 결국 세상의 기본적 신뢰라는 게 무너지게 되는 것이란다. 그리고 뒷배를 찾지 못한 사람들은 사회에 이런저런 불만을 가질 것이 뻔하고, 불만 세력이 많아지면 사회 전체가 혼란스럽게 되는 게야. 그래서 남에게 피해가 갈 특혜는 거절할 줄도 알아야 하느니라. 알겠느냐?”

“예, 어르신! 그란데 말입니다요, 열차 일등칸하고 극장 일등석하고는 특혜가 아닙니까요?”

윤성열이 진정으로 궁금해서인지 눈을 초롱초롱하게 뜨고 되묻는다. 이 질문에 김익현이 웃으며 대답한다.

“허허. 그 녀석. 그것들은 값이 정해져 있지 않으냐? 열차나 선박의 일등칸과 같이 값이 정해진 특별 대우는 모두의 약속이니 용납이 되는 것이지. 하지만 같은 값을 치르고도 너만 좋은 대접, 편한 대접을 받는다면 그것이 바로 눈총받을 일인 게야. 당장 편해지자고 눈총받을 짓을 하며 뭔가를 얻어내게 되면, 네가 정당한 값을 치르고 가진 것들 모두가 남들로부터 부정당하게 되고, 종국에는 오히려 온전한 네 것을 빼앗기는 경우가 생길 수도 있단다. 이 점 유념해야 하느니라.”

윤성열은 요즘 들어 부쩍 자신에 대한 김익현의 훈계가 늘어가고 있음을 실감한다. 이런 훈계를 들을 때마다 그는 외려 김익현에게 감사한 마음이 든다. 김익현의 훈계가 깊은 애정의 표현이란 것을 알기 때문이다.

얼마 전 성열은 소희와의 혼인과 관련하여 두 사람의 대화 내용을 김익현에게 솔직하게 털어놓았었다. 성열의 이야기를 들은 김익현이 소희의 마음을 직접 확인하고는 내년 5월경에 두 사람을 맺어 주겠다는 허락을 해주었는데, 그 후부터 김익현의 성열에 대한 애정과 관심이 부쩍 많아졌음을 성열은 물론 주위 사람 모두가 실감하고 있다.

자주 책방에 들러 서적을 사 주기도 하고, 표면적으로는 자신을 수행하는 아랫사람의 입성을 생각해서라고는 하지만 성열의 옷가지를 신경 써서 사들여 입히기도 했다. 성열도 자신의 주인이 구해 주는 서적을 재독 삼독하고, 새로 맞춰 준 옷들을 항상 정갈하게 손질해 입고 다니면서 그의 뜻에 부응하고 있다.

“예! 가르치신 말씀을 항상 가슴 깊이 새겨 놓겠십니더.”

“무엇보다, 남의 호의로 인해 생겨난 혜택을 자랑삼아 함부로 떠벌리는 것은 네게 호의를 베푼 사람과 너 자신, 이렇게 두 사람의 명을 한꺼번에 재촉하는 일이 될 수도 있으니, 이 점도 잊지 말아야 할 것이야. 알겠느냐?”

“예, 어르신!”

전화 설치가 끝나고, 간단하게 점심을 마친 김익현이 성열을 데리고 조선총독부를 방문한다. 호즈미 식산국장은 아직 다른 일정이 끝나지 않아 조금 늦을 수 있다는 연락을 남겨 놓았다. 조태호와 김익현이 국장 집무실에 딸린 부속실에서 국장을 기다리는 동안 오전에 김익현의 집을 방문했던 직원의 다과 대접을 받는다.

성열은 조태호 사장 댁 강 주사와 함께 복도에 놓인 긴 나무 의자에 앉아 자기 주인의 용무가 끝날 때까지 기다릴 요량이다. 그러면서 그가 항상 하던 습관대로 무릎 위에 책을 펼쳐 읽는다.

이때, 호즈미 신로쿠로 국장이 바쁜 걸음으로 복도를 걸어오고, 그를 알아본 성열이 읽던 책을 접고 강 주사와 함께 일어나 허리를 숙이며 인사를 한다. 성열과 강 주사를 힐긋 본 호즈미 국장이 눈인사로 답하고, 자신의 사무실로 들어간다.

“이런 실례가! 손님들을 청해 놓고 내가 조금 늦었소. 용서하시오. 자, 들어갑시다.”

두 사람에게 큰 소리로 사과를 한 호즈미 국장이 자신의 집무실로 두 사람을 데리고 들어간다. 호즈미 국장이 자리에 앉으며 다시 자신의 결례를 사과한다.

“두 분께 미안합니다. 긴급한 회의안건이 생기는 바람에 조금 늦었습니다. 기다리시는 동안 지루하지는 않으셨는지요.”

“아닙니다. 채 5분도 기다리지 않았습니다. 그나저나, 국장님께서 제 집 전화 가설에 힘을 써 주셨는지요? 전화 가설을 신청한 지 한 달도 안 되어 기사들이 찾아와서 설치해 주고 갔습니다.”

이때 양과자와 커피를 새로 내온 부속실 남자 직원이 나지막하게 말을 한다.

“사실은 제가…… 죄송합니다. 국장님께 여쭙지 않고 조치했습니다.”

“자네가?”

호즈미가 놀란 표정으로 묻는다. 이에 부속실 직원이 허리를 숙여 사과한다.

“예. 죄송합니다.”

“허허. 이거 자네가 문고리 권력을 제대로 행사했구먼!”

“국장님 전달 사항을 김익현 선생께 전하면서, 앞으로도 계속 자리를 비우고 다녀올 수는 없는 노릇이라서 말입니다.”

“잘했네, 잘했어. 그리고 자네, 바깥 복도에 앉아있는 여기 김 선생 댁 비서 그 젊은 친구 좀 잠시 데리고 와주게!”

윤성열을 무슨 일 때문에 호출하는지 알 턱이 없는 김익현은 다소 당황한 표정이다. 부속실 직원과 함께 들어오는 윤성열의 표정도 불안감에 경직되어 있다. 호즈미가 윤성열에게 묻는다.

“자네가 조금 전 들고 있던 그 책은 어디에 두셨나?”

“예?”

놀란 토끼 눈이다.

“조금 전 복도에서 읽고 있었던 책 말이야. 그 책을 어디에 두었는지 물었네.”

“예…… 바깥에…… 함께 온 일행인 강 주사 아재한테…….”

우물쭈물 말을 흐리는 윤성열에게 호즈미가 나지막하게 그러나 강단 있게 말한다.

“가서 가져와 보시게.”

호즈미의 말에 윤성열이 잽싸게 복도로 나가 강 주사에게 맡겨 두었던 책을 들고 들어온다.

“이리 내놔 보시게.”

호즈미 국장의 말에 윤성열이 손을 부들부들 떨며 공손하게 책을 건네고, 이 광경을 지켜보는 김익현의 얼굴이 잿빛으로 변한다. 불온서적을 함부로 읽다가 된통 당하는 젊은이나 학생이 많은 시절이다.

“이 책 자네가 산 것인가?”

“예…… 제가 돈 주고 샀십니더. 본정통에 있는 서점에서 지난달에…… 죄송합니더…….”

순간 김익현의 가슴이 쿵 하고 내려앉는다. 윤성열이 읽는 책의 반 이상은 김익현이 구해 준 것들인데, 가끔 이책 저책 남독하는 성열을 걱정해 왔었다. 혹여 불온서적이 섞여 있어 무슨 사달이라도 나는 것은 아닌지 안절부절못하고 있다.

“언뜻 들치 보이까는 책에 쓰인 말씸들이 논어에서 봤던 구절인 데다가…… 너무 좋아서…….”

긴장된 표정으로 이 상황을 지켜보고 있는 자기 주인에게 작은 해라도 끼칠까 봐 묻지도 않은 말을 계속 주절거린다.

“우리 어르신께서 말씸하시기를…… 책을 볼 때는 아무 책이나 읽지 말고 조심스럽게 내용을 가리 가민서 보라꼬 하싰는데…… 제가 쪼매 건방짔구마요. 용서하이소. 인자부터는 책을 읽을 때마다 우게(위에) 어른들 허락을 받고 보겠십니더.”

“흠…… 자네 그 책을 지은 사람이 어떤 사람인지 아는가?”

“모릅니다요. 저 같은 놈이 책을 지으신 어른을 우째 알겠
십니꺼? 죄송합니더.”

“내가 묻는 말에는 거짓말을 해서는 안 된다네. 아시겠나?”

“여부가 있겠십니꺼? 어느 안전이라꼬…….”

호즈미 국장이 갑자기 고개를 돌려 조태호를 바라본다. 긴
장하는 김익현에 비해서 조태호는 뭔가 재미있는 일을 지켜
보는 듯 호기심 어린 눈빛이다. 두 사람은 상당 기간 허물없
이 친하게 지내왔던 사이었기에 조태호는 호즈미의 이런 시
선에 거리낌이 없다.

“조 사장 자네 이 책을 아는가?”

“글쎄요. 제목을 언뜻 보니 불온서적 같지는 않은 듯합니
다만, 논어와 산반(散盤)이라…… 논어하고 주판하고 무슨
상관이 있을까요?”

“그렇다면 이 책의 저자가 누군지 조 사장 자네는 아는가?”

“글쎄요, 어디 보자…… 시부사와 에이치…… 음, 알지요.
알다마다요. 이 어른, 한 삼 년 됐나? 최근에 돌아가셨지요?
이 책은 처음 봅니다만 책의 저자는 워낙 일본 경제학자들
과 기업인 사이에 유명한 어른이라서…… 이 책이 불온서적
일 리는 없는 것 같군요. 시부사와 에이치라는 분이 쓴 책이

라면 말이지요!”

조태호의 불온서적일 리 없다는 말에 윤성열과 김익현이 일단 마음을 놓는다. 호즈미 국장이 실눈을 뜨고 다시 묻는다.

“흠, 그렇다면, 시부사와 에이치 이 분과 내가 어떤 사이인지는 알고 있는가?”

“글쎄요, 이분과 국장님이…… 사제지간이신가요?”

“그렇다면 혹시 김익현 선생께서는 나와 이분 사이를 아시오?”

호즈미의 김익현을 향한 시선에 다소 의심의 기미가 서려 있다.

“모릅니다.”

조태호와 김익현, 그리고 윤성열이 모른다고 대답하자 다시 호즈미 국장이 윤성열을 바라보며 묻는다.

“자네 이 책을 얼마나 읽으셨나?”

“내용이 쪼매 어려워서…… 반 치도 몬 읽었십니더.”

“대강의 내용은 기억하고 있는가?”

“제 좁은 소견에는…… 책 제목에 이미 내용에 대한 의미가 나와 있다고 생각합니더. 이 책에서 논어는 덕과 윤리, 주판은 돈을 다루는 자세와 이윤을 추구하는 상업인의 계산을 의미한다고 생각합니더. 윤리와 도덕하고 자신만의 이윤

추구를 목적으로 하는 상업과는 거리가 먼 것처럼 보이더라도 실제 경제적 풍족함이 없는 곤궁한 상태에서는 덕과 윤리를 시행하기 어렵고, 올바른 윤리와 도덕에 기초하지 않고 축재한 재산은 오래 지켜내지 못한다고 나와 있십니더. 그러니 돈을 우습게 알면 안 되고, 마찬가지 돈을 숭배하며 덕을 잃어서는 안 된다 이런 말씸들을 적어 놓으신 걸로 알고 있십니더."

처음에는 호즈미의 질문에 더듬거리며 우물쭈물 대답하던 성열의 목소리가 책의 내용을 설명하는 중간부터는 나름의 힘 있고 자신감 넘치는 목소리로 바뀐다. 성열의 대답을 들으며 흡족한 표정으로 고개를 끄덕이던 호즈미가 다시 말한다.

"흠, 맥락을 잘 이해하고 있구먼. 자네, 나이가 어떻게 되고 교육은 어디까지 받았나?"

"예, 지는 올해 열아홉이 됐십니더. 공부는 한학 공부 3년을 서당에서 했고, 마산 진동서 보통학교를 겨우 졸업했십니더."

"알겠네. 놀라게 해서 미안하구먼. 그 책을 차근차근 읽어 보기를 권하네. 내가 보기에도 그 책은 참 좋은 책이야. 그만 나가보셔도 되네. 하하."

윤성열이 집무실에서 나가자 호즈미가 김익현과 조태호에

게 환하게 웃으며 말한다.

"사실, 시부사와 에이치 이분이 내 외조부 되는 분이십니다. 나의 부족한 행실이 행여 이 어른의 훌륭하신 존함에 먹칠이라도 할까 봐 사람들에게 이 어른과의 관계를 가능한 알리지 않고 지냈습니다만, 오늘 이분의 저서를 읽고 있는 조선의 젊은 친구를 보니 갑자기 마음이 들떠서…… 그리고 가끔 나의 부친, 그리고 나의 외조부님과의 확인이 곤란한 관계를 들먹이며 조선에서의 이권을 찾아 저를 찾아오는 사람들이 있었기에, 다소 예민하게 반응한 점도 없지 않았습니다. 여러분께 큰 실례는 아니었는지, 사과드립니다. 그나저나 김익현 선생은 제법 총명한 비서를 두고 있으시군요."

"제가 데리고 있는 사람을 그리 후하게 봐주시니 몸 둘 바를 모르겠습니다."

호즈미의 사과와 칭찬의 말에 김익현이 감사의 답을 한다. 조금 전 호즈미가 말했듯 그의 가계(家系)는 당시 경성에 주재하고 있는 일본인 중 가장 화려한 명문가에 속한다. 그의 부친은 도쿄제국대학 교수 호즈미 노부스케이다. 그리고 조금 전 작은 소동을 일으키게 했던 시부사와 에이치는 1840년도에 태어나 1931년도 사망 때까지 메이지, 다이쇼, 쇼와 시대 격동기 일본의 근대화와 산업화의 기틀을 마련했다는 평가를 받는 유명한 경제인이다. 메이지 시대 일본의 500여

개 기업을 일으키고 600여 개 민간 사회사업에 관여하면서 일본의 근대 자본주의에 상당한 이바지를 한 인물이다.

윤성열이 복도 의자에서 읽고 있던 《논어와 산반(주판): 論語と算盤(籌板)》은 시부사와 에이치의 대표 저서로써, 당시 사익만을 추구하던 서양식 자본주의 사고방식과는 사뭇 다른, 부의 축적을 올바른 윤리에 접목한 동양적 경제사상을 표방한 일종의 경제 철학서였다.

평소에 자신이 나름 명문가의 혈통이라는 자부심을 품고 있던 호즈미 식산국장이 그가 존경해 마지않는 외조부의 대표 저서를 일본이 아닌 식민지 조선에서 우연히, 그것도 학교가 아닌 총독부 건물 복도에서 앳된 청년의 손에 들려 있는 것을 보고 너무 반가운 나머지 그 청년을 국장실에 들여 짧은 대화를 나눈 것이다. 아울러 자신의 호의를 기대한 연출된 모습이 아니었나 하는 의심과 함께.

호즈미가 자세를 고쳐 앉으며 대화의 화제를 바꾼다.

"자! 이제 본격적 사업 이야기로 들어갑시다. 제가 오늘 두 분을 이곳으로 오시라고 한 것은 다름이 아니라 지난달에 두 분께서 우리 총독부 식산과에 제출해 주셨던 제련사업시설 허가 신청에 관한 검토 의견을 드리고자 함입니다."

그의 서론에 김익현과 조태호가 긴장한다. 호즈미의 말이 이어진다.

"사실 만주 일대에서 생산되는 철광석과 구리, 각종 금속 원료 등을 그곳 만주 쇼와제철소에서 제련한 후, 제품화된 물건을 일본 본토나 조선으로 들여올 때마다 지불해야 하는 관세가 일본 기업들 처지에서는 상당한 부담이 되고 있다는 불만을 자주 들어왔습니다. 이 점은 두 분 모두 아시는 일이고, 그래서 일본과의 관세자유지역인 이곳 조선에 제련시설을 크게 지어 보자는 의견을 내셨고 저 역시도 공감했었습니다마는, 검토 과정에 작은 문제가 생겼습니다. 그 문제는 바로, 지금도 시설 확장을 계속하고 있는 쇼와제철소의 입장입니다. 쇼화제철소에서는 최근까지도 막대한 비용을 들여 시설 확장을 계속하고 있는데, 조선 반도에 자신의 경쟁업체가 들어서는 게 반가울 리가 없지요. 이런 쇼화제철소의 입장을 본국 내각에서 무시를 못 하고 있다는 것입니다. 현재 일본 내각에서는 범아시아 경영이라는 계획하에 만주 영내의 중공업육성정책을 펼치고 있는데, 두 분께서 이런 당국의 시책에 보조를 맞춰 주는 셈 치고 신의주와 원산의 계획은 당분간 연기하고, 압록강 건너 안둥에 기존 계획보다 규모를 줄여서 제련시설을 짓는 게 어떤지…… 제가 제안을 하는 것입니다. 물론 그쪽 인허가 담당이 이곳 조선총독부가 아닌 만주국 실업부가 되겠습니다만, 그쪽에는 저와 말이 통하는 사람이 많고 하니…… 그리고 이건 두 분을 믿

　　　　　　　　　　　　　해동의 새벽

고 드리는 말씀인데…….”

호즈미의 발언 중간에 크게 실망한 조태호가 당황하며 나서려는 것을 김익현이 급히 제지한다. 호즈미가 이들의 반응을 살피며 말을 잇는다.

“제 느낌상 두 분이 조선인이라는 이유에서 오는 차별은 분명코 아닙니다만, 우리 총독 각하와 일본 본국 내각에서는 조선에 중공업 시설을 짓는 것에 대한 의견이 저의 그것과는 많이 다른 듯합니다.”

잠시 적막이 흐르고, 호즈미 국장이 곤란한 표정을 지으며 담배를 입에 문다. 두 사람에게 담배를 권하자 조태호는 사양하고, 김익현이 담배 한 개비를 받아 불을 붙인다. 성냥의 유황 타는 냄새가 방안을 가득 채운다.

붉으락푸르락 조태호의 얼굴에 비해 침착한 표정의 김익현. 그는 조태호의 제련소 동업 제안을 받아들일 때부터 조선 땅에 대규모 시설 허가가 쉽지 않을 것이라는 예측을 하고 있었던 터라 호즈미의 말에 당황도 하지 않고 큰 실망도 하지 않는다.

김익현이 담배 연기를 길게 들이마신 후 천천히 내뱉으며 신중한 목소리로 자신의 의견을 말한다.

“사흘 전, 북경 근처 노구교[14]에서 북지나 주둔군하고 중국군 사이에 총격전이 시작되어 지금까지 계속 산발적 총격이 일어나고 있다는 이야기를 들었습니다. 그곳에서 안둥까지는 자동차로 한나절이면 닿는 거리인데, 그런 곳에 대규모 설비를…… 위험하지 않겠습니까?”

“글쎄요. 우리 총독부 정보에 의하면 그 일은 크게 신경 쓰지 않아도 되는 일이라고 합니다. 중국 측에서 계속 소란을 일으킬 명분도 없고, 우리 군사력이 그들에 비하여 압도적 우위를 점하고 있으니 극복 가능한 문제 같습니다.”

총독부는 최근 수십 년간 있었던 일본과 중국 사이의 크고 작은 무력 충돌에서 일본이 단 한 번도 패배했던 적이 없었기에 김익현의 이런 우려를 기우(杞憂) 정도로 취급하는 분위기다. 그러나 김익현은 김익현대로 자신의 의견을 계속해서 피력한다.

“매우 조심스러운 말씀입니다마는, 지난해 연말에 발생했던 시안사변 이후로 중국의 분위기가 많이 달라졌다고들 합니다. 예전과는 달리 중국 정부에서 이번 사건과 관련하여 상당히 거칠게 나오지 않을까 하는 우려가 있습니다. 제가 오늘 심각한 내용의 전보를 받은 게 있습니다. 약 보름 전에 제 안사람이 진링여자대학교 초청으로 난징을 열흘 예정으로 방문하여 그곳에 머물고 있었는데, 여행을 마치고 조선으로 돌아오려고 보니 난징과 상하이에서 시모노세키는 물론 인천 등 일본령을 향한 민간 선박의 항해가 무기한 전면

금지되면서 현재 이곳으로 돌아올 길을 찾지 못하고 있다는 소식이었습니다. 그래서 말씀입니다마는, 안둥에 대한 투자는 잠시 지켜보고 결정하는 것으로 하고, 우선 저희가 확보해 두었던 신의주와 원산의 공업용지에 대한 기반 공사를 먼저 시작할 수 있도록 용도와 상관없이 착공 허가를 해주셨으면 하는 바람입니다. 어차피 그 부지는 어떤 식으로든 조선의 산업 발전을 위해 쓸모가 많은 땅이 될 터이니 향후 수요에 따라 설치할 생산시설을 미리 염두에 두고 공업용수, 생활용수의 확보와 상하수도 정비, 전력 수급을 위한 기반시설 공사, 그리고 약간의 간척사업과 채석(採石) 허가 등을 미리 부탁드리겠습니다. 다시 말씀 올리자면 꼭 제철소 부지로 사용하겠다는 것이 아니라, 앞으로 있을 국가 시책에 따라 다른 생산시설로의 전용(轉用)도 염두에 두고 기본적 개발을 미리 할 수 있도록 말입니다. 그리고 얼마 전 국장님께서 약속하셨던 금융지원도 함께 부탁드리겠습니다. 그리하고 나서 당국에서 다른 시책이나 계획이 생긴다면 그 계획에 맞추어 저희가 재빠르게 부응하고자 합니다."

김익현이 자연스럽게 차선책을 내어놓는다. 나름의 설득력도 있고, 총독부 입장에서도 국토의 이용과 발전을 위해 민간 자본이 투입되겠다는데 굳이 망설일 이유가 없어 보이는 말이다. 김익현의 제안에 잠시 눈을 감고 생각에 빠져있던 호즈미 국장이 눈을 번쩍 뜨고 대답한다.

"좋습니다! 일단 조금 전 말씀하신 대로 계획서를 새로이 작성해 식산과에 제출해 주시오! 기반시설 부분과 관련한 토목사업부터 시작합시다. 내가 돕지요! 나도 개인적으로 두 분에게 말빚을 진 게 있으니 최대한 돕겠소!"

호즈미의 호방한 결정과 전폭적인 지원 약속에 기뻐하며 김익현과 조태호가 자리에서 일어서서 허리를 깊이 숙이며 인사를 한다. 도쿄제국대학 출신에, 고등문관시험을 단번에 합격한 수재이면서, 조선의 산업현장에서 20년 넘도록 실무를 익혀 온 호즈미 신로쿠로는 조선 관내 산업계획안의 성공과 실패에 관한 판단만큼은 빠르고 정확하다. 김익현에 대한 그의 호감은 상당한 편인데, 평소 김익현의 태도나 몸가짐, 그리고 대화 중에 주로 사용하는 세련된 어휘들과 언어 구사력이 한몫하였다. 물론, 오랫동안 신뢰 관계를 쌓아 왔던 조태호와의 관계도 고려되었겠지만, 말수가 적고 정제된 언어만 쓰는 김익현의 사업 설명에 대한 신뢰가 컸던 것 같다. 사람 간 소통에 있어 화려한 언변보다는 정제된 짧은 표현이 더 신뢰가 가는 법이다.

오늘, 김익현은 께름칙한 만주 투자 제안을 부드럽게 사양하면서, 자칫하면 큰돈을 들여 매입했던 원산과 신의주 땅이 쓸모없어질 뻔했던 일을 바로잡았다. 그가 수년간 갑산

 해동의 새벽

에서 농지개발을 하면서 머릿속에 정리된 토지개발 기본 개념을 순간 발휘하여 위기를 기회로 바꾼 셈이다. 조태호는 십 년을 감수했다는 듯 안심한 표정이다. 그러나 큰 안도감을 느껴야 할 이 시점에 김익현은 뭔가 개운치 않은 뒷맛을 느끼는지, 표정이 좋지 못하다.

총독부에서의 면담을 마친 김익현과 조태호가 야마토정(大和町)에 있는 그들의 사무실로 향한다. 시간을 다투어 원산과 신의주 일대 대규모 산업시설용지의 개발계획을 새로이 마련해야 하기 때문이다.

습기를 가득 머금은 남서풍과 함께, 관악산 너머로부터 검은 먹구름이 몰려온다. 가로수에서 울어 대는 매미 소리가 요란하다.

상하이 대폭격

중국 상하이(上海).

상하이 연안, 일본의 대형 무역회사인 오사카상선주식회사가 운영하는 민간 접안시설인 OSK 항구 사무실. 일본인 직원과 이른 아침부터 한참 동안 대화를 나눈 민지영이 무거운 표정으로 걸어 나온다. 그녀의 눈치를 살피던 소희의 낯빛이 금세 어두워진다.

"마님, 여게 잠시만 계시이소. 제가 언능 가서 인력거 하나 잡아오겠십니더."

"그래, 고맙다. 어서 다녀오거라."

소희가 짐가방 서너 개를 바닥에 둔 채 항만 경계선을 넘어 해안도로를 총총히 달려간다. 곧이어 이마에 수건을 질끈 동여맨 차부(車夫)가 1인승 인력거를 끌고 달려온다. 인력거 뒤를 쫓아오는 소희에게 민지영이 작은 보퉁이를 품에 안고 부드럽게 나무란다.

"왜 1인승이냐? 어서 가서 2인승을 불러오너라. 시내까지 거리가 제법 되니 너도 같이 타고 가자꾸나."

"지는 고마 괜찮십니더."

"녀석. 이 더위에…… 그래 일단 여기서 나가서 다시 큰 인력거로 갈아타자꾸나."

아침이라지만, 동중국해에서 불어오는 후텁지근한 바닷바람과 뜨거운 아침 햇볕에 시달렸던 민지영과 소희 두 사람 모두 지친 기색이 역력하다. 인력거를 모는 차부에게 소희의 걸음에 맞춰 천천히 가자고 주문하고, 이어서 큰길로 나와 2인승 인력거로 갈아탄 두 사람이 상하이역으로 향한다.

"마님, 또 남경으로 가실 요량입니꺼?"

"오늘 들은 얘기로는…… 곧 큰 전쟁이 나긴 날 모양이다. 중국이 자신들의 배를 일부러 침몰시켜 이곳 항구 인근 뱃길을 막아 버렸다고 하는구나. 그리고 벌써 북경도, 천진도 일본군이 점령했다고 하고 말이야. 곧 상해로도 일본의 대규모 병력이 몰려올 예정이라는데, 아무래도 이곳이 전쟁터가 될 것 같아. 이럴 땐 아무래도 행정부가 들어서 있는 수도로 가는 게 가장 안전할 것 같구나. 그리고 남경에는 우리를 지켜줄 상국 삼촌이 있으니 그곳이 비교적 안전하지 않겠니?"

얼마 전 민상국으로부터 그의 오랜 꿈인 정규군의 장군 자리에 오르게 되었다는 소식과 함께, 그런데도 가족과 오래 떨어져 있는 동안 몸과 마음이 많이 지쳤으며, 사무칠 정도로 누이와 가족이 그립다는 내용의 편지를 받았다. 이에 한 달음에 인천발 상해행 배편을 알아보고, 이어 중국 내륙항로를 통해 남동생이 있는 난징으로 달려온 민지영은 며칠 전 북경 인근에서 일어난 중국군과 일본군의 무력 충돌, 이른바 노구교 사건이 중국 전역으로 크게 확대되는 바람에 발이 묶여버렸다.

"벌씨로 한 달 사이 남경하고 상해를 세 번이나 왕복하고 있십니더. 차비로 돈 다 내삐리겠네예. 고마 여게서 양코베기 동네로 들어가서 배편을 기다리기나 경성 어르신 연락을 기다리는 기 낫지 않겠십니꺼? 중국 군인도 일본 군인도 양 코배기 동네 안에 있는 사람한테는 해코지를 몬 한다 카더 마는예.”

“…….”

소득 없이 반복되어 온 난징과 상하이로의 왕복 여행을 그 만하고, 상하이에 있는 외국 조계지에서 뱃길이 열릴 때까 지 기다려 보자는 소희의 의견에 민지영이 잠시 고민에 빠 진다. 요 며칠 사이 소희의 의견이 부쩍 는 것이, 최근 상전 의 갈팡질팡하는 모습이 그녀의 눈에는 꽤 답답해 보였나 보다.

민지영의 답답한 행동들이 그녀의 판단력이나 지혜의 문 제에서 비롯한 것이 아닌, 강한 전운(戰雲)이 중국 전체를 집 어삼켜 사회의 모든 기능이 예상치 못하게 오작동되는 총체 적 혼란 때문이라는 걸 두 사람 모두 알고 있다. 이럴 때는 어려서부터 발달한 본능적 눈치 빠름을 가진 소희의 임기응 변이 큰 도움이 된다. 타국 한복판에서 갈피를 잡지 못하고 있는 민지영에게 이런 소희의 존재가 상당한 의지가 되고 있기도 하다.

잠시 고민하던 민지영이 인력거의 행선지를 상하이 시내 난징로에 위치한 케세이 호텔로 바꾼다. 난징로(南京路)는 상 하이 국제공공조계지 안을 가로지르는 중심도로이다. 국제공공조계지는 영국, 미국, 일본 조계구역을 통합하여 구성한 곳인데, 이곳 말고도 상하이에는 프랑스 단독 조계구역이 하나 더 있다. 조계지에는 상하이에서 시가전이 임박했다는 소문이 파다해지면서 몰려든 피난민들 때문에 거리와 골목 곳곳은 남루한 차림의 중국인들이 넘쳐나고 있었다.

케세이 호텔에 도착한 민지영이 체크인을 한다. 몰려든 피난민 중 경제력이 있는 사람들의 넘치는 수요 때문에 평소의 두 배가 넘는 객실 요금에 더해 토요일 오전 시간의 체크인이라 별도의 추가 요금을 지급해야 했다. 객실에 들어와 소희가 짐 정리를 하는 동안 민지영이 호텔 로비로 다시 내려가 한쪽에 마련된 장거리 전용 전화로 난징에 있는 민상국에게 당분간 이곳 상하이에서 머물기로 마음먹었음을 알린다.

남동생과 긴 통화를 마친 민지영이 객실에 들어선다. 침대 모서리에 몸을 기대 바닥에 앉은 채 쪽잠에 든 소희를 발견한 민지영이 침대 위에 놓인 작은 모포를 펼쳐 소희의 몸을 살며시 덮어준다. 그녀가 탁자 위에 놓인 〈North China Daily News〉[15]를 펼쳐 읽는 동안 소희가 자기 자신이 코를 고는 소리에 흠칫 놀라 잠에서 깬다.

"옴마야! 마님 언제 오셨어예?"

"많이 피곤할 텐데 한숨 더 자거라."

“아무리 난리 통이라꼬 하지마는 아랫것이 상전 앞에서 낮잠이 가당키나 합니꺼? 제가 깜빡 졸았네예. 죄송합니더.”

“아니다. 괜찮다. 그나저나 네 의견대로 이곳에 든 것이 잘한 결정이지 싶구나. 상국 삼촌이 이곳 상해에 일이 있어서 오늘 밤에 이곳으로 올 계획이라고 하더구나. 하마터면 길이 엇갈릴 뻔했다.”

신문을 넘기며 민지영이 소희에게 칭찬 겸 현재 상황을 알려 준다. 소희가 말을 받는다.

“그나저나 마님요! 앞으로 상국 삼촌 말씀을 들을 긴지 고하세 삼촌 말씀을 들을 긴지 마음을 정해야 안 되겠십니꺼? 벌씨로 몇 날을 상국 삼촌이 알아본다꼬 해서 중국 화물선 배편을 쫓아댕기봤지만도, 조선으로 가는 배편을 하나도 못 찾았다 아입니꺼? 그라고 고하세 삼촌 말씀을 듣고는 목요일부터 오늘 아침까지 사흘 내도록 일본 사람들 무역회사로 왔다 갔다 함서 헛탕을 쳐삐렸구마요. 인자는 고마, 한쪽에 줄을 제대로 대야 안 되겠십니꺼?”

“나중에 상국이 삼촌이 오거든 상의를 해보자꾸나. 우리로서는 어떤 방식으로든, 누구의 도움을 받아서든 조선으로 돌아가기만 하면 될 일이니 양쪽 의견을 다 들어 보고 좋은 의견이지 싶은 방법을 취하면 되는 게 아니겠냐?”

민지영의 점잖은 대답에, 소희가 한숨을 푹 내쉬며 혼잣말

     해동의 새벽

아닌 혼잣말을 중얼거린다.

“진작부터 일본 화물선을 알아봤시마는 이래 오래 여게 잡혀가 있지 않았실 긴데…… 아무리 캐도 중국 왕서방들보다는 일본 나까무라들이 야물더마는…….”

민지영은 혼자서 구시렁대는 소희의 말에 관심을 두지 않고 신문을 읽고 있다. 그 와중에 객실의 전화벨이 시끄럽게 울린다. 민지영이 깜짝 놀라 몸을 흠칫하고는 얼른 수화기를 집어 든다.

“Hello.”

[여보세요.]

“Hello. This is operator speaking, Can I have talk to Madam Kim Min Jiyoung?”

[여보세요. 여기는 전화 교환수입니다. 마담 김 민지영 계십니까?]

일본과 서양의 양식에 따라 그녀의 성과 이름에 남편의 성을 함께 붙인다.

“This is she.”

[제가 맞습니다.]

“Chinese Military officer Colonel Kai finds you. Would you get him?”

[중국군 카이 대령이 당신을 찾습니다. 전화를 받으시겠습니까?]

“Sure. Please.”

[예.]

곧이어 수화기 건너편에서 굵고 차분한 남자의 음성이 나온다.

“Hello.”

[여보세요.]

“Speak.”

[말씀하세요.]

“Madam Kim Min ji−young?”

[마담 김 민지영인가요?]

“Yes. This is She. Who's calling?”

[네. 맞습니다. 누구시죠?]

“This message is coming from General Wang and… contains classified information. So I demand your cooperation to maintain secrecy before I speak further. Can you keep a secret?”

[이 메시지는 왕 장군으로부터 온 기밀정보입니다. 따라서 메시지를 전하기 전에 기밀유지를 요구하겠습니다. 가능하시겠습니까?]

‘왕 장군’이 민상국이 사용하는 성에 붙은 계급이란 사실을 아는 민지영, 짧게 대답한다.

“Yes. I would do that.”

[예, 그렇게 하겠습니다.]

"Ok. Today, There is a military mission has been planed involving an Air-strike targeting the International Settlement Area and coastal line of Shang-hai……"

[좋습니다. 오늘 국제조계구역과 상하이 연안 일대에 공중폭격을 위한 군사작전……]

"Hold on a second please."

[잠시만 기다려 주세요.]

상대방 남자의 군사기밀에 대한 비밀유지 부탁을 받아들이고 나서 가만히 전화기에서의 내용을 듣던 민지영이 갑자기 상대방의 말을 끊는다. 그가 잠시 말을 멈춘다.

"……."

"You speaking to Madam Kim Min ji-young, right?"

[당신 지금 마담 김 민지영에게 말하는 것이 맞나요?]

"Yes, Mother of Young-ha. Keijo, Korea. Right?"

[맞습니다. 영하의 어머니. 경성. 조선. 맞지요?]

"아!"

군사용어에, 공습폭격에, 국제조계지에 대한 공격계획이라는 상대의 말에 놀라 잠시 확인을 다시 했는데, 자신에게 이런 어마어마한 이야기를 하고 있다는 사실을 재차 실감하는 순간 민지영은 순간 소름과 함께 두려움을 느낀다. 게다가 가슴 깊이 들어있던 아들 영하의 이름을 듣고는 뭐라 형

언할 수 없는 서글픔과 긴장감, 그리고 초조함마저 느껴진다. 그리고 처음부터 상대는 비밀유지가 필요하다는 표현에서 'Ask(부탁)'가 아닌 'Demand(요구)'라는 어휘를 사용했다. 누군가로부터 피동적 요구나 의무에 구애받으며 살아온 경험이 전혀 없었던 그녀였기에 'Demand'라는 어휘는 부담스럽다.

"You want me to stop to talking?"

[당신은 내가 말을 멈추기를 바라나요?]

그녀의 외마디 신음에 상대방 남자가 다시 민지영에게 묻는다. 잠시 결정을 고민하던 민지영이 정신을 가다듬고 대답한다.

"Go forward please. I am ready."

[계속하시죠. 들을 준비가 되어 있습니다.]

"OK, would you promise that you will keep a secret?"

[좋습니다. 비밀을 지킬 것을 약속하실 수 있겠습니까?]

"I promise."

[약속합니다.]

"Right after this conversation, you need to leave your hotel and get out of the International Settlement Area. Head toward suburban site of Shang-hai immediately. Because, Chinese Airforce has a plan to Air-raid on the settlement and the harbors. So, you must hurry. A number of bombers are flying over the city, and if you can not evacuate in time, find a shelter and get in there. Understand?"

[지금 대화가 끝나는 대로 이 호텔을 떠나서 국제공공조계지에서 상하이 교외 방향으로 달아나십시오. 곧 중국 공군에서 조계지와 항만에 폭격을 가할 것입니다. 서둘러야 합니다. 지금 이 시간에도 여러 폭격기가 시내 쪽으로 가고 있습니다. 만약 탈출에 실패했다면 방공호를 찾아 그 안으로 들어가세요. 알아들었나요?]

"I do."

[예.]

"And, don't forget the importance of secrecy. If you reveal this information under any circumstances, it could be bad influence on your brother. This is not a threat. This is for your own good. Understand?"

[그리고 기밀유지를 잊지 마세요. 어떤 상황에서든 이 정보에 대해 말을 하면 아마도 당신의 동생에게도 나쁜 영향이 있을 겁니다. 이것은 협박이 아닌 당신들을 위한 말입니다. 이해하셨습니까?]

"I do."

[이해했습니다.]

"……."

민지영이 이해했다고 대답은 했지만, 대화 내용 중에 전혀 이해가 가지 않는 부분이 있었다. 중국군이 왜 자신의 영토인 이곳 상하이를 파괴할 예정인지, 왜 자국민들에게 대피 안내를 하지 않고 있는지였다. 의심도 잠시, 감사하다는 인사조차 할 틈 없이 상대방이 전화를 끊어 버린다. 손과 입술까지 덜덜 떨어 가며 전화 통화를 이어가던 주인을 걱정스러운 눈빛으로 바라보던 소희가 창밖의 상황을 보고 쭈뼛거리며 제 주인을 부른다.

"마님요…… 저게…… 저게 좀 보이소……."

소희가 가리키는 대로 창밖을 바라보자 길 건너 건물 너머로 덩치가 큰 항공기가 날아오는 모습이 보인다. 낮은 고도로 비행을 하면서 요란한 굉음과 함께 시가지 건물에 무시무시한 진동을 일으킨다. 민지영이 정신을 차리고는 소희에게 다급한 목소리로 말을 시작한다.

"소희야. 우선 급한 짐부터 챙기자. 짐을 챙기면서 내가 하는 말을 잘 듣거라!"

눈치 빠른 소희가 제 주인의 말이 떨어지자 곧바로 손을 바삐 움직이며 조금 전 풀었던 짐을 다시 챙긴다. 민지영도 귀중한 물건들부터 가방에 주워 담으며 떨리는 심정을 차분하게 눌러 가며 말을 계속한다.

"곧 이곳에 비행기가 날아와 폭탄을 떨어뜨릴 예정이란

　　　　　　　해동의 새벽

다. 어서 이 근처를 빠져나가야 하는데, 난리 통에 우리가 만약 헤어지게 되더라도 절대 당황하지 말고 프랑스 조계구역으로 찾아가서 그곳 우정국(우체국) 앞에서 나를 기다리거라. 하루 이틀이 아니라 보름이 지나고 한 달이 지나더라도 틈틈이 그곳 우정국 앞을 주시하며 서로를 찾아야 할 것이다. 이건 만약에 대비해서 하는 말이란다. 알겠느냐?"

"제발 그런 말씸 하지 마이소! 저번에 남경역에서 기차를 타러 감서도 똑같은 말씸을 하싰구마요. 그때는 남경우정국이라 카시더마는…… 제가 절대로 마님 혼자 내삐리 두지를 않을 깁니더. 걱정 마이소!"

민지영을 지켜주겠다는 소희의 말이 맹랑하고도 기특하다. 그간 민지영이 만약에 있을 난리 통 이산을 걱정해서 틈날 때마다 소희에게 당부하는 것이 '당황하지 마라!'와 특정 지역의 우정국을 기준으로 하여 만남의 장소를 약속하는 것이었는데, 지금 소희가 외려 상전을 걱정해 주고 있다.

"혹시나 비행기가 폭탄을 떨어뜨리거든 당황해서 성한 건물 안으로 뛰어 들어가는 짓을 해서는 아니 된단다. 이미 무너져 내린 건물 더미 구석으로 숨거나 지하 방공호를 찾아야 하느니라. 알겠느냐?"

같은 자리에 두 번의 폭탄이 떨어지지 않는다는 법칙을 소희에게 가르친다. 전쟁의 참화를 직접 경험하지는 못했지만, 민지영은 이미 여러 매체로부터 전쟁 상황을 간접 경험해 왔었다. 평소 신문을 꼼꼼히 읽어 왔고, 미국의 남북전쟁과 러일전쟁, 5년 전 상해사변 등을 소재로 한 각종 서적을 픽션과 논픽션을 가리지 않고 읽어 왔기에 나름 재난에 대비한 요령을 알고 있다. 독서의 힘이라는 것이 이럴 때 발현된다.

“내가 예전에 네게 적어 줬던 간단한 외국어 쪽지들을 잘 가지고 있겠지?”

“예! 마님! 여게, 속치마 줌치(주머니) 안에 신줏단지맹키로 잘 갖고 있십니더.”

민지영이 혹시 있을지 모를 곤란한 상황에 대비해서 얼마 전 소희에게 일본어, 중국어, 영어로 각종 필수표현을 적은 쪽지들을 전해 준 적이 있다.

“큰 짐은 일단 여기에 두고 가자. 폭격이 끝나고 돌아와서 찾으면 될 터이니 우리 각자 두 손으로 들고 갈 만큼만 짐을 가져가자꾸나.”

가방과 보퉁이를 양손에 하나씩 들고 호텔 객실을 나와 계단을 내려가 로비에 도착한 두 사람의 앞에, 앞으로 있을 참사에 대해 아무것도 예상치 못한 채 한가로이 식당에서 조식을 즐기거나 라운지에서 대화를 나누는 사람들이 보인다. 거리의 사람들도 항공기 소음이 단지 훈련상황으로 보이는

　　　　　　　　　　　　　해동의 새벽

지, 소음에 전혀 개의치 않고 일상생활의 일부분을 즐기는 듯 웃고 떠들며 제 갈 길을 가고 있다.

"저게 우리한테 잘 해주던 저 총각한테는 말을 해주야 할 끼 아입니꺼?"

평소 그들에게 유난히 친절하게 대해주었던 직원 하나를 발견한 소희가 제 안주인을 바라보며 묻는다. 이에 민지영이 검지를 입술에 대며 고개를 가로젓는다. 민지영을 빤히 쳐다보던 소희의 눈망울이 갑자기 젖어 들고, 이내 울상이다.

"암것도 모르는 저 불쌍한 총각은 우짭니꺼?"

울먹이며 따지듯 묻는 소희의 말에 민지영도 잠시 깊은 갈등에 빠진 듯 머뭇거리다 단호한 표정을 되찾는다. 그녀가 죄책감으로 혼미해졌던 마음을 다잡고 걸음을 재촉하여 호텔 정문 도어맨에게 다가가 근처 방공호의 위치를 묻는다. 루거우차오 사건 이후 상하이에서도 이미 몇 주 전부터 여러 차례 방공훈련을 치른 적이 있기에 도어맨이 머뭇거림 없이 약 200m 떨어진 곳에 대형 방공호가 있음을 알려 준다.

하늘에서는 다시 서너 대의 항공기가 요란한 소리를 내며 날아다닌다.

"소희야, 어서 서두르자!"

서둘러 걸음을 재촉해 방공호 방향으로 달린다. 대형 상점 옆 계단 입구에 지하 방공호 표시를 확인한 민지영이 소희의 손을 잡고 하늘을 올려다보며 고민을 한다. 그리고 소희에게 묻는다.

"차량이나 인력거를 타고 멀리 떠나는 게 낫겠냐? 아니면 이 계단 밑으로 내려가 숨어있는 게 낫겠냐? 네 의견을 말해보거라."

민지영의 질문에 소희가 잠시 고민을 한다. 길 건너편, 좌측 우측을 둘러보던 소희가 침착한 표정으로 대답한다.

"마님! 비행기에서 폭탄을 떨군다 카는데, 멀리 가다가 길에서 뚜디리 맞는 거보담은 여게 웅크리고 있다가 조용해질 때까지 기다리는 기 낫지 않겠십니꺼? 여게는 병원도 많고, 묵을 음식을 파는 점방도 많고, 난리가 나더라도 수습이 안 편하겠십니꺼? 백지, 멀리 간다꼬 길을 나섰다가 아까 말씀하신 것맹키로 마님하고 저하고 떨어지삐리마, 고마, 낭패 아이겠십니꺼?"

이때 갑자기 쿵 하는 소리가 나고, 이들이 서 있는 곳에서 수 km쯤 떨어진 곳에서 시커먼 연기가 솟아오르는 것이 보인다. 곧이어 시야가 닿지 않는 먼 곳에서 여러 차례의 굉음이 들려온다. 이어 갑자기 나타나 이들의 머리 위를 날아가는 항공기에서 큼직한 물체들이 공중에서 포물선을 그리며 바닥으로 떨어진다. 그 시커먼 물체 중 하나가 이들이 조금 전 빠져나왔던 케세이 호텔 바로 건너편 팰리스 호텔 건물

　　　　　　　　　　　　해동의 새벽

의 옆면을 사정없이 부수고 들어가 폭발한다.

두 사람 모두 이제껏 볼 수 없었던 강한 불빛과 폭음에 놀라 제 자리에 주저앉는다. 이때 여러 명의 남성이 이들을 밀치고 방공호 계단을 뛰어 내려간다. 옷차림을 보니 조금 전까지 교통정리를 담당하던 경찰들이다. 시민의 안전은 아랑곳하지 않고 평소 훈련 시 익혀 두었던 방공호의 입구를 찾아 무작정 달려온 듯하다. 이들의 밀침에 바닥에 나동그라진 소희가 얼른 털고 일어나 민지영을 재촉해 그녀를 방공호로 이끈다.

누가 전기를 켰는지, 컴컴하던 방공호에 작은 백열등이 들어와 내부를 밝힌다. 먼저 뛰어 들어와 있던 대여섯 명의 경찰들이 전등이 켜져 있는 한쪽 벽에 기대어 서 있다. 소희가 눈치 빠르게 민지영을 이끌고 그들 옆으로 다가간다. 이럴 땐 제복을 입은 남성들 곁이 안전해 보이는 법이다.

잠시 뒤, 계속해서 지축을 울리는 충격과 폭음이 들려오고, 방공호 입구를 통해 사람들이 홍수처럼 밀려 들어오기 시작한다. 밀폐된 공간에 사람들의 비명과 아우성이 가득 찬다. 잠시 폭음이 멈춰 조용해지는가 하더니, 그 사이를 틈타 이곳저곳에서 달려 들어오는 사람들에 의해 방공호 내부는 이미 발 디딜 틈조차 없다. 방공호 중간쯤에서 벽에 기대어 서 있던 민지영과 소희는 어느 틈엔가 방공호 맨 끝 모서리까지 밀려 들어와 있다. 아기의 울음소리와 부상자가 내는 듯한 앓는 소리가 어지럽다. 한여름의 열기가 지하실 전체를 숨 막히게 만든다. 곧이어 계속해서 간헐적인 폭발과 흔들림이 느껴지고, 그때마다 천장과 벽에서 쏟아지는 먼지와 콘크리트 가루들이 온몸을 덮어 이들을 더 깊은 공포로 몰아넣는다.

얼마나 지났을까, 어둠을 쫓아 주던 작은 백열등이 꺼지고, 방공호 내부는 칠흑 같은 암흑 세상이 된다. 아이들이 일제히 울음을 터뜨린다. 사람들의 말이 많아진다. 모두 각자의 언어로 각자의 의사를 표현하지만, 떠드는 이만 있을 뿐 듣는 이는 아무도 없다. 소희가 꼭 잡고 있던 민지영의 손을 잠시 놓고, 이마의 땀을 손등으로 훔친 뒤 다시 손을 내밀어 민지영의 손을 잡으려는데, 그 위치에 있어야 할 민지영의 손이 없다. 대신 거친 질감의 물체와 금속장식만 손에 닿을 뿐이다. 캄캄한 어둠 속에서 갑자기 불안해진 소희가 제 주인을 속삭이듯 부른다.

"마님! 마님!"

주위가 너무 시끄러워 자신이 내뱉은 말조차 잘 들리지 않는다. 더 큰 소리로 제 주인을 불러보지만, 사람들이 내는 소음 속에서 민지영의 대답을 찾아낼 수 없다. 갑자기 공포가 밀려온다. 이번엔 고함치듯 민지영을 부른다.

"마님! 마님!"

대답이 없다. 갑자기 울음이 터져 나오고, 서러운 소희는 계속해서 처량하게 민지영을 부른다.

"마님요…… 어데 갔십니꺼…… 우리 마님요……."

민지영을 찾던 소희가 이제는 아예 엉엉 울음을 터뜨린다. 무슨 일이 생겨도 당황하지 말라고 최근에 여러 번 다짐을 받았건만, 막상 이역만리 중국 상하이까지 와서 전란 중에 주인을 잃어버렸다는 큰 상실감에 소희가 공황상태에 빠진다.

8월의 어느 토요일 오전, 소희는 난생처음 몸서리칠 만큼의 극한 공포를 경험한다. 계속해서 요란한 폭음들이 들려오고, 알아들을 수 없는 중국어, 일본어, 영어, 불어 등이 암흑 속에 갇혀 있는 그녀의 혼을 쏙 빼놓는다.

땀에 흠뻑 젖은 소희의 울음이 계속된다.[*]

---

[*] 1937년 8월 14일. 중국군이 상하이항에 정박한 일본 전함에 대한 공습 작전을 벌이는 과정에서 상하이 국제조계지에 심각한 오폭을 저지르게 된다. 정사(正史)에서는 이 사건을 오폭으로 다루고 있으나, 몇몇 학자는 중국의 장개석이 국제사회의 이목을 집중시키기 위해 자행한 계산된 자폭이었다는 설도 제기한다. 본 작품에서 다룬 민지영과 중국 측 한 정보장교와의 전화 통화는 작가의 상상에 의한 허구임을 밝힌다.

노심초사(勞心焦思)

조선 경성(京城).

어스름이 조금씩 내려앉는 초저녁, 바람 한 점 없는 된더위에 지친 윤성열이 행랑채 앞에 차려 놓은 작은 평상에 멍하니 앉아 부채질하고 있다. 한여름 태양에 종일 달궈진 땅에서 잔열과 습기가 스멀거리며 올라온다. 안채에서는 방문과 마루 문 모두를 활짝 열어 두고 김익현과 민규 아범, 그리고 지난겨울부터 박도철을 대신하여 김익현의 경상도 일대 재산을 관리하기 시작한 강만수가 장부책을 잔뜩 펼쳐 두고 비지땀을 흘려 가며 셈을 맞춰보고 있다.

강만수와 김익현이 이런저런 명목의 수입과 지출에 대해 논의를 하고 있으면 민규 아범이 옆에서 적당히 고개를 끄덕여 가며 아는 척을 하고 있지만 사실 민규 아범은 그저 참관인에 불과하다. 글도 읽을 줄 모르는 데다가 기본적 산수 실력도 부족하기에 자신의 단출한 재산에 관한 셈에서도 어린 민규에게 의지할 정도인데, 지난번 박 서방과 소 서방의 횡령 사건 적발과 관련하여 나름 지대한 공이 있었기에 매번 이런 일이 있을 때마다 김익현이 그를 불러 앉혀 형식적으로나마 참관을 시키고 있다.

연산을 못하고 글을 몰라도 옆에 앉아 대강의 계산을 듣기만 해도 눈치와 느낌으로 옳은 셈인지 아닌지 정도는 가늠이 되는 법이다. 매번, 자신이 참관할 주제꼴이 아니라고 사양을 해 왔지만, 김익현은 그 일대 재산과 관련한 정산 과정에는 가능하면 그 자리에 민규 아범을 참관시킨다. '몰라도 측근 자격으로 앉아있으라'는 뜻이다.

강만수는 진주에서 반나절 거리, 풍요로운 항구도시인 통영에서 온 사람이다. 워낙 셈이 빠르고 정확해서 면서기로 근무하면서 통영 일대 파시(성어기 바다 위에서 열리는 생선 시장) 상인들의 장부 정리도 틈틈이 도와주던 그 일대 소문난 회계 전문가였는데, 지난겨울에 있었던 박 서방과 소 서방의 작당질 이후 그 둘을 대신해 김익현이 그의 재산 관리인으로 어렵사리 데려온 사람이다. 물론, 지역사회에서 재무 관련 사람 씀이 항상 그러하듯 강만수를 채용할 때도 누군가의 보증 겸 추천이 있었는데, 그 일대 만석꾼으로 유명했던 진주의 김해 허씨 집안 천거로 그를 데려왔고, 더불어 매우 후한 조건으로 강만수를 채용했다.

안채 부엌에서 신촌 댁 할머니가 칼피스 한 잔씩을 식구들에게 나눠준다. 신촌 댁도 김익현의 친구 조태호의 천거로 이 집 행랑 할멈으로 들어오게 되었는데, 손끝이 야무지고 서울 태생 특유의 나긋나긋함에 금세 이 댁 식솔 모두와 허물없이 지내고 있다.

칼피스 한 잔을 단숨에 들이켠 성열이 잔을 내려놓고, 평상에서 일어나 마당을 공연스레 왔다 갔다 어슬렁거린다. 곧이어 김익현이 성열에게 나무라듯 타이른다.

"허허, 그 녀석. 너무 조바심 내지 말라고 하지 않았느냐? 조금 있으면 고하세 중령이 오기로 했으니 차분하게 앉아서 기다려라. 아마 좋은 소식이 있을 것이야."

"예……."

제 주인의 핀잔에 고개를 푹 숙이고는 다시 평상에 앉아 부채질한다. 한 시간 전부터 마음을 달래려 펼쳐 놓았던 책은 새 책장을 넘긴 지 이미 오래다.

이때, 전화벨이 울리고 김익현이 급히 수화기를 든다. 수화기 너머의 몇 마디 말을 들으며 고개만 끄덕이다가 "그래, 알겠네"라는 대답만 하고는 수화기를 이내 내려놓는다. 윤성열은 진작 벨이 울릴 때부터 벌떡 일어선 채로 김익현의 표정을 살피고 있다.

"고하세 중령이 총독부 관방실에 비상 근무령이 내려진 관계로 오늘 저녁에 이곳을 방문할 수 없다는구나."

"상해에서는 별 소식이…… 없다…… 카던가예?"

"흠. 전화로는 내밀한 이야기를 하지 않는 법이다."

김익현의 무뚝뚝한 표정과 말투에 기운이 빠진 듯 윤성열이 다시 평상에 앉아 고개를 숙인다. 강만수와 계속해서 주판알을 세며 대화를 나누던 김익현이 고개를 성열에게 돌리며 큰 소리로 묻는다.

"네가 직접 총독부에 한 번 다녀오려느냐?"

성열이 벌떡 일어나 튕겨 나가듯 김익현 앞으로 달려가며 대답한다.

"예, 어르신! 한달음에 갔다 오겠십니더. 엎어지마 코 닿을 만치 앞인데, 얼마나 걸리겠십니꺼? 궁금해가꼬, 고마 죽겠십니더. 얼른 다녀오겠십니다."

"알았다. 잠시 기다리거라."

김익현이 수화기를 들고 교환수에게 총독부를 연결해 달라고 한 뒤, 총독부 교환수를 통해 고하세 사부로를 찾는다.

"바쁜데 실례가 많네. 가족의 안위가 걱정되어서 그러니 자네가 근무하는 곳에 우리 식구 하나를 보내도 되겠는가? 기밀에 속하지 않는 것들만이라도 소식을 부탁하네. 가능하겠나?"

전화 통화를 끝내고 김익현이 성열에게 점잖게 얘기한다.

"세수하고 머리를 감고 옷을 정갈하게 차려입고 다녀오너라. 토요일 저녁이라 총독부에 사람은 많지 않겠지만 땀에 젖어 관공서 출입을 하는 것은 채신머리없어 보일 수 있으니 뛰지 말고 천천히 다녀오너라. 아니면 자전거를 타고 가든지 하는 게 좋겠구나. 그리고 고하세 중령에게 이것저것

캐물어 가며 귀찮게 해서는 절대 안 되느니라. 고하세는 기밀을 다루는 군인 신분이라는 것을 명심해야 한다. 알겠느냐?"

"예, 어르신."

성열이 수챗가로 가서 대야에 물을 받아 씻기 시작한다.

지난 6월 중순쯤에 경성을 떠나 중국을 방문한 민지영과 소희가 7월 그곳에서 발생한 중국과 일본의 무력 충돌 탓에 귀국길이 막힌 지 벌써 한 달이 넘었다. 오랜 기간 노심초사하던 김익현이 지난주 고하세 사부로에게 은밀히 상의하고, 고하세가 며칠 전 상하이에 있는 민간무역회사에 연락해 배편을 알아봐 주었는데, 늦어도 오늘쯤에는 배편을 구했다거나 혹은 차제의 귀국 일정이라도 통보될 줄 알았었다. 그러나 감감무소식. 새로운 소식을 기다리던 김익현도 더는 느긋함을 견지하지 못하고 성열을 총독부로 보내 고하세 중령을 만나고 오라 심부름을 시킨다.

깔끔하게 옷을 갈아입은 윤성열이 김익현이 적어 준 서신을 들고 총독부 건물을 찾는다.

토요일 저녁 시간이 한참 지났음에도 총독부 건물 이곳저곳에는 불이 밝혀져 있다. 입구에서부터 헌병의 안내를 받아 총독 관방실로 들어선 윤성열이 긴장된 표정으로 접견

　　　　　　　　　　　　　해동의 새벽

대기실에 앉아 고하세 중령을 기다린다. 다른 부서와 달리 총독의 비서실 업무를 총괄하는 관방실은 언제든지 총독과 마주칠 수 있어서 민간인이 출입할 때는 반드시 헌병의 안내를 받아 들어간다. 그만큼 문턱이 높은 곳이다.

얼마 지나지 않아 군복을 차려입은 고하세 중령이 접견 대기실로 들어온다. 성열이 벌떡 일어나 허리를 깊이 숙여 인사한다. 성열이 인사를 마치자, 고하세 중령이 반갑게 말을 붙인다. 서로 안면은 있는 사이지만 신분의 다름이 있음을 알기에 두 사람 모두 몸가짐이 조심스럽다. 때로는 윗사람이 너무 격의 없이 대하는 것도 아랫사람으로서는 부담스러울 수도 있다.

"잘 지내고 계십니까?"

간단한 인사를 고하세가 건네자 성열이 최대한 예의를 갖춰 대답한다.

"덕분에 잘 지내고 있습니다. 감사합니다."

누 사람, 따로 자리를 마련하지 않고 접견 대기실에 앉아 대화를 나누기로 한다. 성열의 격에 맞춘 적당한 응접이다.

성열이 품에서 서신 한 장을 꺼내 고하세에게 공손하게 건넨다. 서신을 받아 찬찬히 읽은 고하세가 곧바로 성열에게 자신이 가진 정보에 관해 설명을 시작한다.

"그렇지 않아도 오늘 저녁에 찾아뵙고 말씀드리려다가 보시다시피 이곳에 비상대기 명령이 떨어져서 내일 찾아가려고 했었습니다. 상하이지역에서 중국 국적의 민간 선박 출항이 그 나라 정부에 의해 금지된 지는 꽤 오래됐고, 우리 일본의 선박은 가끔 상하이를 드나들고는 했는데, 이틀 전부터는 정박 중인 선박의 이동이 불가능하게 되었고, 인근 바다에서 항해 중인 우리 국적 선박들도 가능한 상하이 항구에는 접근하지 말라는 경고가 있었습니다. 그리고 어제, 중국군이 상하이에 합법적으로 주둔하고 있는 우리 일본 해군 진영에 공격을 가했습니다. 그래서 비상사태가 선포된 것이지요. 더 나아가 오늘은 중국 국민당 측에서 있을 수 없는 일을 저질렀는데, 상하이 민간시설을 상대로 대대적인 폭격이 있었습니다. 우리 일본의 군시설과 민간시설, 그리고 국제 민간시설에도 무차별 공습을 가해서 많은 희생자가 생겼습니다. 중국 측에서 용서받을 수 없는 일을 저질렀지요. 자세한 피해 상황은 내일 아침 무렵에나 집계할 수 있는데, 조금 전 들어온 통신 내용으로는 군인과 민간인 상당수가 희생되고 시내 건물들이 파괴되었다고 합니다. 김익현 선생님 부인과 일행에 대한 소식은 토요일 오전, 그러니까 오늘 오전까지는 무사했다는 비공식 소식이 있었습니다. 그러니 일단 마음 편히 잡수시고 다음 소식을 천천히 기다리는 방법 외에는 없을 듯하고, 저 역시도 김익현 선생님 가족이 무사히 중국에서 빠져나와 조속하게 조선으로 돌아올 수 있도록 여러 방법을 최선을 다해 알아보겠습니다."

성열이 아는 바에 의하면, 중국을 먼저 침략한 쪽은 일본인데 고하세는 지금 중국의 반격을 용서할 수 없는 일이라고 표현한다. 말하는 자가 아무리 일본군 장교라고 하지만 엄연히 상식을 벗어난 침략행위는 일본이 시작했는데, 성열은 순간 말이 되지 않는다는 생각이 든다. 하지만, 우선은 아쉬운 쪽이 이쪽이고, 부탁하는 쪽도 이쪽이라 심정적으로 일본 편에 서보려 마음을 먹는다.

"중국 놈들이 잘못했구마요."

그의 추임새에 고하세는 그저 고개를 끄덕일 뿐이다. 잠시 대화의 흐름이 끊기고, 답답한 성열이 불쑥 묻는다.

"고하세 중령께서는 이제는 해주실 일이 없다는 겁니꺼?"

김익현이 질문을 가능한 삼가라고 신신당부를 하였고, 고하세 중령이 해줄 수 있는 말은 조금 전에 다 했다는 생각이 들었지만, 답답한 마음은 어쩔 수 없다.

"……."

고하세의 묵묵부답에 다시 성열이 따지듯 묻는다.

"하마, 마님은 우찌 되는 깁니까요?"

"하마?…… 우찌?……"

고하세가 성열의 사투리를 잘 못 알아들은 듯 어휘를 따라

해본다. 표정에는 약간의 불쾌함도 묻어있다.

"아! 그렇다며는…… 어떻게…… 해줄 기냐, 말입니다요."

그의 입에서 나오는 성열의 말투가 평소의 그답지 않게 공격적이다. 아무래도 소희의 신상에 대한 불안함에 다소 이성을 잃은 듯하다.

"전쟁은 재난이고 불가항력입니다. 기다려 보는 수밖에요. 5년 전에도 상하이에서 똑같은 일이 벌어졌습니다마는 일본인을 포함한 외국인은 많이 희생되지 않았습니다. 그러니 우선은 마음을 편하게 먹고 기다려 보시라고 전해 주십시오. 나도 수시로 상하이와 통신하면서 김익현 선생님 가족을 포함해서 일본인과 같은 국민인 조선인의 안전을 걱정하겠습니다."

너무도 형식적인 말이다. 아무래도 관방실 직원들의 눈과 귀를 의식하는 말인 듯하다. 총독부 내에서 누가 어떤 식으로 고하세를 의심하고 또 지켜보는지 모르는 데다가 상대가 일본 헌병대에서 수배령이 내려진 민상국의 가족이니 그의 처지에서는 이 자리가 마냥 방심할 수는 없는 만남이다.

이런 고하세의 입장을 알 리 없는 윤성열이 순간 흥분을 감추지 못하고 큰소리로 되묻는다.

"고하세 사부로 중령님하고 우리 마님하고, 또 가족하고, 억수로 친하다꼬 들었십니더. 그란데 다른 조선인하고 똑같

    해동의 새벽

이 취급하시모 섭섭다 아입니꺼!"

윤성열의 격앙된 목소리에 고하세의 표정이 굳어지고 무뚝뚝한 대답이 돌아온다.

"내 대답은 이것이 다입니다. 이만 돌아가 주시기 바랍니다."

갑자기 태도가 바뀌고 손가락으로 나가는 문을 가리키는 고하세의 매몰찬 표정과 말, 몸짓에 윤성열이 당황한다. 고개를 깊이 숙이며 인사를 하는 윤성열의 마음은 오히려 이곳을 방문하기 전보다 더 착잡하다. 깊이 숙였던 고개를 들어 고하세의 안색을 살핀다. 기분이 많이 상했는지 고하세는 이미 성열에게서 눈길을 거둔 상태다.

성열은 순간 아차 하는 마음이 들었지만, 상대의 태도를 보아 이미 엎질러진 물이다. 뭐라 변명이라도 하고 싶지만, 그 또한 계속된 결례인 듯한 생각에 허둥지둥 관방실을 나와 어두운 복도, 그리고 계단을 내려와 총독부 건물에서 정신없이 빠저니온다. 고하세 사부로의 배웅도 없었다는 사실을 건물 바깥에 나와서야 생각해 내고는 머릿속이 복잡해진다.

자신의 무례 때문에 마님과 소희의 귀국에 차질이 생기는 것은 아닌지 걱정이다. 김익현에게 어떻게 조금 전의 상황들을 전달해야 할지도 걱정이다. 설움이 북받쳐 오른다. 하늘을 올려다본다. 상현달이 서럽게도 밝은 밤이다.

폐허

중국 상하이.

　습기와 소음이 가득 찬 방공호 안에서 얼마나 긴 시간이
지났을까. 소희가 반쯤 정신을 잃고 있는 동안, 해가 지며
공습이 멈췄다. 육중한 철문이 열리는 소리와 함께 방공호
출구로부터 희미한 빛이 들어오기 시작한다. 밀폐된 공간
에서 사람들이 쏟아내던 불쾌한 열기들이 조금씩 식어 가는
것을 느낀다. 사람들이 방공호에서 나가기 시작한다. 인파
가 썰물처럼 빠져나가고, 소희가 사람들의 밀침에 바깥으로
밀려 나간다.

　땀에 흠뻑 젖은 치마와 저고리가 천근만근이다. 훅 하고
불어오는 바람 한 줄기가 젖은 옷을 휘감는다. 극한 한기를
느낀다. 마치 깊고 긴 잠에서 깨어난 듯, 지난 시간에 대한
기억이 희미하다. 어둠 속 극한 공포 속에서 얼마나 흐느끼
고 얼마나 몸서리쳤는지, 혼미하다. 매캐한 냄새. 숨이 멈춘
듯한 건물들의 휘황찬란했던 장식용 불빛은 모두 사라지고,
화재의 잔불들만 듬성듬성 남아있다. 하늘을 올려다본다.
흰색, 검은색, 회색 연기에 가려 달빛조차 희미하다.

　방공호에서 나온 사람들이 길을 따라 제각기 흩어지고, 온

　　　　　　　　　　　　　　　　　　　해동의 새벽

몸을 축 늘어뜨린 소희도 터덜터덜 아무 행렬의 흐름을 따라 걷는다. 얼마나 걸었을까. 제자리에 서서 주위를 둘러본다. 알 수 없는 각종 언어, 먼 곳에서 엄마를 찾아 울부짖는 아이의 소리가 또렷하게 들려온다. 하나도 둘도 아닌 여러 군데에서 여러 아이의 울부짖음이 들려온다. 이 울부짖음만이 소희가 온전히 알아들을 수 있는 언어이자 부름이다. 잔뜩 확장된 그녀의 동공을 통해 어두운 거리의 참혹한 모습들이 서서히 그리고 선명하게 그녀의 의식으로 전달되기 시작한다.

여기저기 널브러진 것들의 실체를 파악하게 되고, 의식이 점점 명징해지면서 그녀의 오감이 과민반응을 일으키기 시작한다. 다리 한쪽이 뜯겨나간 남자의 시체, 덜 탄 머리칼과 옷가지가 화상 입은 피부에 엉겨 붙은 채 죽어있는 반 나신의 여인, 하반신이 사라진 어린아이의 시체에선 내장이 흘러나와 있다. 어둠 속에서 이런 처참한 주검들을 알아보게 되면서 소스리치고, 연신 구역을 느낀다.

살아서 숨이 붙어 있는 존재들은 더욱 처참한 모습들이다. 뒤집힌 달구지 줄에 몸이 엉킨 채 버둥거리는 소는 앞다리 하나가 꺾인 채 버둥거린다. 뒷발 하나는 날카로운 무언가에 잘려 나간 상태이다. 누운 채 입과 콧구멍을 조금씩 벌름거려 가며 울음소리를 내려 하지만 약한 숨만 나올 뿐 더는 성대가 제 기능을 하지 못하는 듯하다.

쏟아져 나온 내장을 손에 받치고 가쁜 숨을 쉬고 있는 노인이 보인다. 숨이 붙어 있는 것이 더 안쓰러운 일이다. 이제 갓 두어 돌이 지난 것으로 보이는 파란 눈을 가진 아이, 금발의 곱슬머리가 잿빛 먼지를 뒤집어쓴 채 헝클어져 있다. 입을 한껏 벌리고 도로 경계석에 주저앉아 두 주먹을 움켜쥔 채 울고 있다. 아이의 곁에 나동그라진 물체, 자세히 보니 젊은 여인의 사체이다. 아이의 어미가 틀림이 없다. 우는 아이의 몸을 감싼 그을린 담요에서는 아직도 연기가 피어오르고 있다. 피투성이에, 화상에, 골절에, 처참한 몰골의 산 생명이 내는 신음이 죽은 자의 침묵보다 절망적이다. 도움이 필요해 보이는 사람들이 연신 비명을 질러 보지만, 그나마 성한 자들도 이들에게 관심을 줄 기운조차 없다.

이런 아수라장 속에서 소희는 몸이 굳어버려 입만 떡 벌린 채 서 있다. 갑자기 누군가 소희의 팔을 확 낚아챈다. 흠칫 놀라 몸을 돌린다. 민지영이다. 순간 소희가 눈물을 주르륵 흘린다.

"소희야! 무사했구나. 다행이야. 한참을 너를 찾아 헤맸단다."

"……."

"방공호 안에서는 사람들에 떠밀려 네 손을 놓쳤다. 많이 놀랐지?”

“······.”

“소희야, 왜 아무 말이 없느냐? 어디 몸이 상한 데는 없느냐?”

“······ 마님.”

“그래 소희야. 정신을 차려 보거라.”

“마님······ 갑산에 언제 가실랍니꺼? 우리 언능 가입시더. 집에 가입시더.”

“그래. 그래, 어서 배편을 알아봐서 여길 떠나도록 하자!”

“마님······ 고마, 지금 가입시더. 중국도 싫고, 경성도 싫고, 진주도 싫습니더. 고마 우리 갑산으로 가입시더.”

“오냐, 그래 소희야. 갑산 우리 집으로 가자꾸나.”

민지영이 소희의 얼굴을 살며시 매만진다. 정신 줄을 놓은 듯한 소희를 이리저리 살핀다. 표정 없이 초점을 잃은 듯 먼 산을 바라보는 소희를 두 팔로 천천히 감싸 안아준다. 민지영이 눈에서도 눈물이 흐르기 시작한다. 입술을 깨물며 눈물을 참아 보지만 한 번 쏟아지기 시작한 눈물은 멈추지 않는다.

두 사람이 한참을 끌어안고 눈물을 흘리는 동안, 멀리서 구령 소리와 함께 규칙적인 군홧발 소리가 들려온다. 대혼란 속에서 들려오는 나름의 질서가 이들의 마음을 안정시킨다. 이어서 수십 명의 일본 군인들이 대열을 갖추고 발을 맞춰 난징로 일대로 진입하는 모습이 보인다. 큰길 한가운데에 집결한 뒤 누군가의 지시에 따라 도로의 장애물들을 치우기 시작하고, 상처를 입은 민간인들을 찾아내 응급처치를 해준다. 이미 숨이 끊어진 시체들도 수습하여 한쪽에 가지런히 정리한다. 달구지 옆의 다친 소는 한 발의 총성과 함께 고통에서 벗어난다.

시간이 지나면서 군용 차량의 진입이 시작되고 도움이 필요한 사람을 찾아내 간단한 치료와 구호 식량도 지급해 주고 있다. 어둠 속에서 천막이 세워진다. 몇몇 사람들에게 회중전등도 나누어 준다. 평소라면 소희가 맡았을 역할인 약삭빠른 줄서기를 민지영이 대신해, 회중전등 하나와 미숫가루 한 봉지를 받아 온다. 여러 봉지를 얻어 올 만큼의 요령이나 몰염치는 원래 없었던 여인이니 기대할 수도 없다.

일본 군인들이 국적과 인종을 가리지 않고 사망한 자를 수습하고 애도하며, 아픈 사람에게는 치료와 약품을 제공한다. 야만적 침략의 주체인 일본군의 일사불란한 구호작업을 지켜보는 민지영은 순간 그들의 이런 행동에 의아함을 가진다. 그러나 곧 일본군의 이런 조치가 인도주의적 구난 작전이 아닌, 물리적 점령 과정임을 깨닫는다. 다만, 이 일을 겪는 자로선 선과 악의 경계가 모호하다. 중국을 침략한 일본을 악이라 정할 수도 없다. 반대로 침략을 당한 중국, 지금 이 순간만큼은 용서받지 못할 무자비한 폭력의 가해자이다.

 잠시 정신을 차린 후, 두 사람은 어쩌면 쉴 공간을 찾을 수 있고, 그들의 짐이 남아있을지 모르는 케세이 호텔로 향한다. 길을 걸으며 시간이 지남에 따라 길거리의 참혹함이 그들에게도 익숙해진다. 어둠 속에서 널브러진 시체를 피하고 넘으며 걷는다. 어떨 땐 시체의 손과 발이 자신의 발에 밟히고 종아리 맨살에 닿아도 아랑곳하지 않게 된다. 민지영이 막 스쳐 지나간 시체에서 꿈틀거림을 감지하고 걸음을 멈춰 고개를 돌린다. 소희도 무심결에 제 주인이 그러했듯 돌아본다. 자세히 바라보니 꿈틀거린 것은 사람이 아닌 고양이였다. 몸뚱이가 하얀 고양이가 턱이 날아가고 목덜미가 찢긴 사람의 시신에 올라앉아 시체의 목구멍에 대가리를 파묻고 허기와 갈증을 해결하고 있다. 참혹함에 어느 정도 무뎌졌음 직했던 민지영이 주둥이 언저리가 벌겋게 핏물이 든 고양이를 보고 다시 몸서리를 친다. 소희는, 무표정이다.

 잠시 뒤 그들의 눈앞에 나타난 케세이 호텔은 황폐해져 있다. 상처를 입은 다른 생물들과 같이 이 건물도 삐걱삐걱, 타닥타닥 소리로 신음한다. 맞은편의 무너지고, 불타고, 그을린 여타 고급 호텔들도 더는 투숙객의 출입을 허락하지 않는다. 아직도 시커먼 연기와 붉은 화염을 토해내는 건물도 있다. 도심 이곳저곳에서는 간헐적으로 총성이 들려온다. 흠칫 놀라며 잠시 불길을 바라보고 서 있던 민지영이 방향을 가늠하고, 연안 반대 방향인 서쪽을 향해 가는 사람들에 묻혀 함께 걷기 시작한다. 무리와 함께 가능한 도심에서 멀리 벗어날 작정이다. 소희도 걸을 기운이 남아있는지 아무 말 없이 사람들의 속도에 맞춰 터벅터벅 따라 걷는다.

　밤새 얼마나 걸었을까. 너른 들판 시골길을 지나 작은 돌담집들이 밀집해 있는 마을이 나타난다. 피난민들과 함께 부지런히 걸음을 재촉해 마을 어귀에 다다르자 민지영이 걸음을 멈추고 왔던 길을 뒤돌아서 바라본다. 저 멀리 보이는 상하이 시내에서는 여전히 검은 연기가 피어오른다. 연무 너머 동쪽 하늘에서 붉은 여명이 밝아온다. 다시 고개를 돌리자 작은 고갯길을 돌아 한 무리의 군사가 이들을 향해 행진해 오는 것이 보인다. 마을 어귀에 다다른 다른 피난민들이 이들을 보고 당황한다. 군인들의 모자엔 일본군임을 표지하는 일장기 문양이 있다. 진흙이 묻은 군화 말고는 나름 깔끔하게 정돈된 군복차림인 것으로 보아 최근 이 근처 전장에서 중국군과의 교전을 벌인 병력은 아닌 듯싶다.

　피난민 행렬과 행진하는 군인 무리가 뒤섞여 일대가 혼란스러워진다. 성미 급한 한 병사가 피난민을 흩어 놓으려 허공에 대고 총을 발사한다. 피난민 사내 여럿이 우르르 몰려

　　　　　　　　　　　　　　해동의 새벽

가 이에 항의한다. 잠깐의 소란, 다시 한두 발의 총성이 들리고, 사내 하나가 배를 부여잡고 바닥에 나동그라진다. 그의 겉옷에 피가 흥건히 배어난다. 이를 본 피난민들이 마치 늑대를 만난 양 떼처럼 흩어져 이곳저곳으로 달아난다. 민지영과 소희도 사람들과 함께 사력을 다해 들판을 가로질러 달리기 시작한다. 무논에 심어진 작물 사이를 헤쳐가며 달리는 동안 머리칼이 흩어지고, 온몸이 진흙투성이가 된다.

피난민 무리에서 벗어나 야산 기슭을 타고 올라간 두 사람. 일본군의 시야를 피해 숲속으로 들어가 수풀을 헤친다. 몸을 스치는 나뭇가지와 억센 풀잎에 얼굴과 목덜미, 종아리가 쓰라리다. 얼마나 달렸을까, 사방이 고요해진다. 큰 나무 아래에 헐떡이며 주저앉는다. 더는 움직일 힘이 없다. 바닥에 누워 하늘을 보며 숨을 고른다. 온몸이 땀에 젖은 두 사람, 그 자리서 눈을 감고 스르륵 얕은 잠에 빠져든다.

얼마나 잠들어 있었을까. 햇살의 눈 부심과 나뭇가지 바스락거리는 소리에 흠칫 놀라 눈을 뜬 민지영. 남루한 옷차림에 험상궂은 얼굴을 한 남성 대여섯이 빙 둘러서 자신을 내려다보고 있다는 걸 알게 된다. 허리를 숙여 자신의 얼굴을 빤히 들여다보는 사내, 이마에 굵게 패인 주름살 사이의 반질반질 검은 피부가 햇살에 반사된다. 짙은 눈썹과 커다란 눈이 위협적이다. 그의 몸에서 나는 듯한 시큼한 냄새가 코를 찌른다. 이때, "으악!" 하는 소희의 외마디 비명이 들려온다.

위험한 선민사상(選民思想)

일본 도쿄(東京).

　도쿄 혼코다이(本鄉台) 제1고등학교 교정, 건물과 건물 사이 아름드리나무들이 신록을 뽐내고 있다. 벤치며 잔디밭 나무 그늘이 머무는 이곳저곳마다 많은 학생이 보인다. 여름 방학 기간임에도 상당수의 학생이 학교에 남아있다. 대부분 책을 읽거나 노트를 펼쳐 놓고 열심히 무언가를 적고 있는 모습들이다. 제1고등학교에서 이런 모습들은 그리 새삼스럽지 않은 광경이다.

　본관 건물 뒤, 이곳 학생 전원이 의무적으로 입소하는 큼직한 기숙사 건물 현관에서 이 학교 2학년생 마쓰무라 오사치(松村雄幸)가 노끈으로 가지런하게 묶은 책 꾸러미들을 작은 수레에 싣고 있다. 여름 교복 차림의 왜소한 체형, 하얀 피부, 짙은 눈썹을 가진 마쓰무라는 누가 봐도 모범생이다.

　이마에 송골송골 맺힌 땀방울을 손등으로 훔쳐내고, 책이 잔뜩 담긴 작은 수레를 혼자서 끌고 학교 정문 밖을 나선다. 교문 서쪽 고이시카와(小石川) 언덕을 만나는 지점에서 고개를 숙인 채 부지런히 수레를 끄는 그에게 누군가 다가와 어깨를 툭 친다. 고개를 들어 보니 다부진 체격의 고향 친구 스즈키 신타로였다. 스즈키 신타로는 바로 옆 제국대학의 여름 교복을 입고 있다.

"아! 스즈키……."

"기어이 결심을 굳힌 건가? 이 책들은 어디로 가져가는 거야? 설마 저 언덕 위 후지와라 아저씨가 운영하는 헌책방으로 보내는 건 아니겠지?"

스즈키의 질문에 마쓰무라가 머뭇거리며 대답한다.

"어…… 사실 이제는 이 책들이 소용이 없을 것 같아서 말이야. 내 사정을 설명했더니 헌책방 주인어른께서 값을 후하게 쳐준다고 해서 그리 가져가는 중이야."

대답을 듣는 스즈키의 표정이 어둡다. 잠시 멈췄던 수레를 다시 끌고 가려는 마쓰무라를 막아서고는 심각한 표정으로 얘기한다.

"이것 봐 마쓰무라. 이 책들 내가 살게. 내게 팔았다가 나중에 필요할 때 다시 되사가는 건 어때?"

스즈키의 말에 마쓰무라가 피식 웃으며 대답한다.

"자네가 이 책들이 무슨 소용이 있나? 이미 자네는 제국대학에 입학했는데 말이야. 괜한 신세를 지고 싶지는 않네. 뜻은 고맙네만 사양하겠네.”

“아니, 우리 사이에 신세는 무슨 신세인가? 그리 말하면 내가 서운하지. 이러지 말고 이 책들을 내 기숙사로 가져가자고. 내가 생각지 못한 돈이 들어와서 주머니 사정이 넉넉한 편이야. 그리고 나는 마쓰무라 자네가 보던 책들이 익숙하고 유용하다네. 지난 고등학교 입시 때며 대학교 입시 때 자네 책과 노트를 수없이 빌려 보며 공부를 하지 않았는가? 신세라고 생각하지 말고 그 책을 내게 넘기게.”

수레 손잡이를 잡고 엉거주춤 선 채 잠시 고민하던 마쓰무라가 스즈키의 눈이 뚫어지라 바라본다. 스즈키의 말에 진정성을 가늠하는 듯하다. 스즈키가 말을 보태 설득력을 더한다.

“이것 봐! 우리에겐 고등학교 교재 내용이 지혜의 정수가 아니겠나? 방정식부터 삼각함수, 기하, 대수. 평생의 지식이 이 안에 다 들어있지. 영문법, 국문법, 지리, 화학, 생물학 등 모든 기초 교양 지식이 여기 다 있는데, 전문 분야에 천착하는 대학 교재 속 내용이 앞으로 살아가는 데 얼마나 도움이 될까에 대해 의심스러워. 난 우리가 고등학교 때 배웠던 지식이 가장 유용할 거라 믿네.”

말을 마친 스즈키가 살짝 미소 짓는다. 스즈키의 미소에

　　　　　　　　　　　해동의 새벽

설득당한 마쓰무라가 고마운 마음으로 그의 제안을 받아들인다.

"고맙네! 스즈키. 그렇다면 일단 이 수레를 끌고 저 위 헌책방에 가서 주인어른에게 양해를 구하고 다시 돌아오도록 하세. 내가 아쉬워서 먼저 그 헌책방을 찾았고, 또 책을 넘기겠다고 했으니 실제 책을 가지고 가서 최소한의 격식을 갖추고 양해를 구하는 게 순서인 것 같아. 다소 번거롭겠지만 같이 다녀와 주겠나?"

"그래! 그러자고."

마쓰무라와 스즈키는 도쿄 인근 가마쿠라(鎌倉)라는 해안 도시에서 함께 자란 동갑내기 친구 사이이다. 소학교와 중학교를 함께 다녔고, 제1고등학교 입학도 동시에 했었다. 작은 규모의 어촌 중학교에서 한 해 제1고등학교 합격생을 둘씩이나 배출했을 때는 인근 마을들이 떠들썩했었다.

이렇게 두 사람이 함께 입학했었지만, 고등학교 시절 마쓰무라가 결핵을 앓게 되는 바람에 2년간 휴학을 했고, 스즈키는 그사이 먼저 제국대학에 입학하게 되었다. 2년간 병원에서의 치료와 고향 집에서의 휴양을 마친 마쓰무라가 복학한 직후 이번에는 그의 친누이가 몸져눕게 되었는데, 그러면서 마쓰무라의 학업을 위해 가족들이 겪어 왔던 희생들을 구체적으로 알게 되었다.

자신이 속한 가족의 비극사를 때로는 가족 구성원으로부터가 아닌 이웃의 입을 통해 듣게 되는 경우가 있다. 이번 여름 방학 때 가마쿠라 고향 집을 방문했던 그에게 마을 촌장이 그가 몰랐던 이런저런 그의 가족사를 알려 주게 되었는데, 자신의 병시중과 학업을 위해 오누이 둘과 홀어머니가 얼마나 큰 고초를 겪어왔는지 시시콜콜 자세히 알게 되었다. 마쓰무라가 아주 어린 시절 부친이 돌아가시면서 남긴 빚이 상당하였으며, 그 빚을 갚아 나가기 위해 그의 어머니가 얼마나 고생했는지, 두 누이의 희생이 얼마나 컸었는지를 알고 나서 그는 도쿄에서의 학업을 계속할 수가 없었다. 곧장 도쿄로 나와 학교에 휴학원을 내고, 자신의 가장 친한 친구인 스즈키에게 지난주 그 결심을 밝힌 바 있었는데, 마침 오늘 오랫동안 모아둔 그의 책을 정리하는 과정에서 두 사람이 다시 만나게 되었다.

헌책방 주인에게 양해를 구한 뒤 두 사람은 곧장 도쿄제국대학 내 스즈키의 기숙사에 마쓰무라의 책 전부를 옮겨 놓는다. 만만치 않은 양의 책들을 옮겨 놓고서 두 사람이 대학 교정 내 산시로 연못[16]가 벤치에 앉아 대화를 이어 나간다.

"이것 봐 마쓰무라. 지난주 자네의 애길 듣고, 자네 집 형편이 예전보다 좋지 않다는 정도로만 생각했고, 휴학원을 내고 학교를 쉬는 것도 당장 결론을 내려는 것은 아니라고

 해동의 새벽

생각했었는데, 이렇게 급하게 학교를 때려치우고 고향으로 가야 할 상황인 거야? 이건 너무 갑작스러운 일이 아닌가? 그 정도로 심각한 거야?”

“스즈키 군! 사실 너무나 부끄럽게도 우리 집의 열악한 사정을 이번에야 제대로 알게 되었어. 어머님이 편찮으시고부터 내게 보내오는 송금액이 줄고, 날짜도 가끔 늦어지면서 이상하다고 생각하기는 했는데 이번 방학 때 집에 가서 자초지종을 듣고 보니 그동안 우리 집안 살림이 어떻게 꾸려졌는지, 내가 얼마나 우리 집 재산을 축을 내며 살아왔는지 알게 되었네. 누님들의 희생도 상당했었는데, 아버님께서 남겨 두신 빚과 그동안의 내 치료비며 학비며…… 누님들과 어머니한테 많이 미안하고…… 게다가 지금 큰누님마저 기관지염 때문에 당분간 요양을 해야 한대서…… 그 사실을 알고부터는 심적으로 아주 힘든 날들을 보내고 있어.”

가장을 잃고, 어머니 혼자 여름철 민박 손님을 받아 조금씩 생활비를 벌어 쓰던 옹색한 마쓰무라 집안의 형편 때문에 누나 둘은 소학교를 다 마치지도 못하고 그 당시 서민 집안 딸들 대부분이 그러했듯이 오사카 공단의 여공으로 취직을 해서 나갔다. 그동안 누나들이 받은 급료의 7할 이상이 가마쿠라의 마쓰무라 집으로 송금되어 왔는데, 그 돈으로 아버지가 남겨 놓은 각종 빚을 갚아 나가면서 동시에 마쓰무라의 학비에 더해, 그의 병중 병원비까지 감당해 왔었다고 한다.

소학교 6년과 중학교 5년 내내 일 등을 놓치지 않았던 마쓰무라의 명석함에 가족들 모두 그에게 큰 희망을 걸고 살아왔는데, 그가 덜컥 결핵을 앓게 되고, 2년의 투병 과정을 겪으면서 가족들의 희생이 가중되었다. 다행히도 마쓰무라의 몸은 완쾌되었지만, 가족의 불행은 항상 연달아 이어 다가온다고 했던가. 이번에는 큰누나와 어머니가 동시에 몸져눕게 된 것이다.

"그래도 마쓰무라 군! 너무 의기소침하지 않았으면 해. 가족들이 이렇게 절망하는 자네를 보면 마음이 더 불편할 테니 말이야. 그나저나 우리 여기서 이러지 말고 어디 간식이라도 먹으러 가자! 아침부터 힘을 썼더니 시장기가 드는구먼. 내가 낼게!"

스즈키는 마쓰무라보다 집안 형편이 조금 나은 편이다. 게다가 당시 도쿄제국대학 학생들 상당수가 그러했듯 그에게도 후견인이 있었기에 주머니 사정이 제법 넉넉한 편이었다.

시내로 나와 우에노 근처 제과점을 찾은 두 사람이 단팥빵과 아이스크림 등을 주문해 먹는다. 아직 이른 오전 시간이라 제과점 안은 비교적 한산한 편이다. 두 사람이 여유롭게 선풍기 앞에 앉아서 아이스크림을 빵에 곁들여 먹는 동안,

옆 테이블에 근처 사립여자대학 학생들로 보이는 일이십 대 여자아이들이 자리를 잡고 앉아 시끌벅적 수다들을 떤다.

여학생들의 재잘거리는 소리가 점점 도가 지나치게 커지고, 마쓰무라와 스즈키가 이들의 소란스러움에 불편한 기색을 내보이자 그중 한 명의 여학생이 얼른 자리에서 일어나 이들에게 사과한다. 마쓰무라와 스즈키가 점잖게 사과를 받아들인다. 이어서 여학생들이 소곤거리며 대화를 다시 시작하는데, 대화의 화제가 마쓰무라와 스즈키 이 두 사람으로 바뀌었는지 작은 속닥거림과 함께 연신 두 사람을 힐끔거리며 쳐다본다.

마쓰무라와 스즈키, 각각 제1고등학교와 도쿄제국대학 교복을 입은 데다, 둘 다 준수한 외모를 가지고 있기에 한창 이성에 관심이 많은 어린 여학생들로부터 이목을 끄는 일은 당연한 일일 테다. 그중 한껏 멋을 부린 여학생 한 명이 스즈키에게 말을 붙인다. 상냥함에 더해 교태마저 섞인 듯한 고맹맹이 소리를 낸다.

"후배분에게 한턱내는 자리인가 봅니다. 제1고 학생과 제국대학 학생이…… 보기가 참 좋네요. 실례지만 전공이 어떻게 되시나요?"

피 끓는 청춘, 또래 여자아이가 자신에게 보이는 관심은 횡재와도 같다. 스즈키가 반색하며 답한다.

“여기 이 친구는 후배가 아니라 친구입니다. 이 친구가 사정이 있어서 고등학교 졸업이 조금 늦어졌을 뿐 저와 소학교, 중학교 11년을 함께 다녔습니다. 저는 법학부 정치과[17]에 다시고 있는 스즈키 신타로입니다. 이 친구는 마쓰무라 오사치이고요. 잘 부탁드리겠습니다.”

스즈키의 인사와 소개에 옆 테이블에 앉아있던 여학생들이 돌아가며 자기소개들을 하기 시작한다. 수업료가 비싸기로 유명한 인근 사립여자대학 학생들답게 입고 있는 옷과 구두, 양말이 고급스럽다. 이런 인사치레 와중에 마쓰무라가 차갑고 무거운 목소리로 화를 낸다.

“이것 봐! 난 지금 팔자 좋은 너희 같은 계집아이들과 노닥거릴 기분이 아니다. 어서 저리 꺼져라!”

마쓰무라의 예상치 못한 돌발행동에 모두 꿀 먹은 벙어리가 된다. 스즈키 역시도 마쓰무라와 상대 여학생들을 번갈아 봐가며 안절부절못한다. 타인에 대한 배려가 몸에 밴 고등학생한테서는 볼 수 없는 행동이다. 게다가 교복을 입고 있으면서 낯부끄러운 행동을 하는 것은 본인은 물론 자신의 학교 명성에도 해가 되는 일이라 배워 왔고, 그들은 대개 경박한 짓을 자제해 왔다. 스즈키가 나지막이 마쓰무라를 나무라며 달랜다.

“이 친구 평소와 다르게 왜 이러나. 어서 여기 숙녀분들께

　　　　　　　해동의 새벽

사과해."

"조금 전에 이야기했듯이 난 지금 여기서 무뇌아처럼 너희들과 노닥거릴 기분이 아니다. 어서 썩 꺼지지 않을 거라면 내가 가지! 잘들 놀아라!"

마쓰무라가 자리에서 일어서 나가려고 한다. 놀란 스즈키가 마쓰무라의 팔을 잡고 말린다. 이때 여학생 중 지금껏 아무 말 않고 다소곳하게 앉아있던 한 명이 자리에서 일어서 이들에게 다가선다. 곱고 단정한 외모를 가진 그녀, 어울리지 않게 한쪽 다리를 절룩거린다.

"아까부터 실례했었습니다. 두 분께서 뭔가 심각한 말씀들을 나누고 계시는데 저희가 이런 개방된 장소에서 너무 소란을 떨며 여러 차례 방해했나 봅니다. 얘들아, 우리가 자리를 피해 드리자."

이 여학생의 사과와 제안에 모두 우르르 자리에서 일어나 제과점을 나간다. 여학생들이 떠난 테이블을 정리하는 점원 아가씨가 마쓰무라와 스즈키 쪽을 힐끔거리며 살핀다. 영업장 한쪽에 놓인 라디오에서는 프랑스 여가수 에디트 피아프의 노래가 흘러나온다.

잠시 두 사람 사이에 어색한 침묵이 흐르고, 비통한 표정의 마쓰무라가 스즈키에게 비감을 토로한다.

"이것 봐 스즈키. 갑자기 화를 내서 미안해. 하지만 난 지금 벼랑 끝에 내몰린 심정이야. 오랜 기간 병마와 싸워서 겨우 몸을 추스르고 복학했지만, 누님이 몸져눕고 어머니마저…… 우리 가족들이 나 하나 바라보며 너무도 가혹한 환경 속에 살아왔다는 걸 깨우치고 나서는 내 맘이 너무 아프네. 불쌍한 누이들, 내 학비와 치료비 때문에 열악한 환경의 공장에서 유해 먼지를 뒤집어쓰고 더러운 공기를 마셔가며 악착같이 돈을 벌었고, 우리 어머니도 여름에는 누군지도 모르는 사람들이 어질러 놓은 오물들을 치우고 이부자리를 세탁해 가며 돈을 버셨지. 겨울이면 남의 영업장에 고용되셔서 온갖 허드렛일을 다 해가며 날 키우고 공부시켜 왔는데, 그러다 몸져누우셨는데, 내가 지금 도쿄 한복판에서 교복을 입고 여학생들과 아이스크림을 먹으며 노닥거릴 기분이 전혀 나지가 않아! 오죽하면 내가 학업을 중단했겠나?”

친구의 비통한 심정의 깊이를 이제야 절감한 듯 스즈키가 자리에서 일어나 허리를 깊이 숙이며 마쓰무라에게 정중히 사과한다.

“미안하네! 마쓰무라 군. 나는 그저 옆에서 말을 걸어오는 사람들에게 무례하게 굴지 않으려 웃으며 인사를 하려는 것이었네. 그런데 지금 곰곰이 생각해 보니 자네로서는 내가 눈치 없이 여학생들과 시시덕거리는 것으로 보였을 수도 있겠다는 생각이 드네. 미안해, 마쓰무라 군.”

스즈키의 진심 어린 사과의 말에 마쓰무라도 자신이 과하게 화를 낸 것이 아니었나 하는 반성과 함께 머쓱해진다. 마쓰무라도 자리에서 일어나 허리를 숙이며 사과의 말을 한다.

"스즈키 군. 내가 너무 예민하게 굴었네. 나도 사과할게. 미안해."

두 사람의 고향인 가마쿠라에서는 이 두 사람이 동시대에 나오기 힘든 수재로 소문이 자자했었고, 이들의 끈끈한 우정 또한 주위 사람들에게 주목받을 만큼 큰 화젯거리였다. 오랫동안 서로를 배려해 왔던 몸에 밴 습관에서인지 오늘도 두 사람이 서로에게 번갈아 가며 일본인 특유의 과장된 몸짓으로 사과를 한다. 조금 전까지 이들의 작은 소란을 힐끔거리며 보아오던 가게 점원 아가씨도 옅은 미소를 띤다.

다시 자리에 앉은 두 사람이 조용히 대화를 이어간다.

"그래서, 마쓰무라 군 자네는 휴학 후 고향으로 돌아가서 어머님 간호에 힘을 쏟을 예정인가?"

"아니. 고향으로 돌아갈 생각은 없네. 어머니와 누이의 병환으로 내가 학업을 중단하고 고향으로 돌아가게 되면 오히려 누이와 어머니의 마음만 아프게 해드리는 결과를 낳을 것 같아. 마을 사람들의 동정 어린 시선도 불편하게 느껴질 테고 말이야. 그래서 난 사람들에게 좀 더 의미 있는 모습을 보일 수 있는 길을 선택하기로 했네. 더욱 대승적인, 그리고 사람들로부터 본보기가 될 수 있는 길 말이야.”

“그 길이란 게 어떤 길인가?”

스즈키의 질문에 마쓰무라가 손을 들어 라디오를 가리킨다.

“저 라디오 소리를 들어 봐!”

제과점 한구석 라디오에서는 약 30분 전부터 정규 음악방송 편성을 중단하고 총리대신인 고노에 후미마로 공의 특별 담화를 반복하여 중계하고 있다.

“…… 북지나에서 벌어진 일련의 사건을 원만히 해결하려는 우리의 눈물겨운 노력은 완전히 실패했다. 이제 우리가 할 수 있는…… 군사 행동뿐이며…… 지난 7월 베이핑과 텐진…… 우리 동포의 생명과 재산을 보호하기 위하여…… 자위권을 행사…… 이 사건의 평화적 해결을 위하여 여러 차례 난징의 세력과…… 그러나 그들은 우리의 신의를 무시하였고 결국 8월 13일 상하이에서 우리 해군과 동포의 생명…… 철저히 응징할 것임을 천명하며, 황국 신민의 궐기를 촉구한다. 젊은이들이 총을 들고 전진하여 국체를 보존하고…….”

고노에 총리의 연설 내용은 대륙에서의 전면전이 벌어질

수 있다는 시국 설명과 일본 젊은이의 자원입대를 촉구하는 대강의 내용이다. 고노에 총리의 담화 발표가 두어 번 더 진행된 뒤, 정규 음악방송이 다시 시작되자 스즈키가 마쓰무라에게 조심스레 묻는다.

"마쓰무라 자네…… 입대할 생각인가?"

"어제저녁 때 내가 받은 육군 팸플릿이야. 읽어 보게."

마쓰무라가 교복 가슴 주머니에서 여러 겹으로 접은 종이를 꺼내 스즈키에게 건넨다.

'황국의 청년들이여! 대륙에서 일어나고 있는 동아시아 혁명에 동참하라!'

마쓰무라가 건넨 팸플릿의 헤드라인 문구에는 중국에서 벌어진 무력 충돌을 전쟁이 아닌 혁명이라 정의하고 있다. 20세기 초, 청일 전쟁과 러일전쟁, 그리고 제1차 세계대전과 만주사변을 승리로 이끈 일본은 단기간에 상당한 크기의 영토 확장을 이룩했다. 타이완과 한반도, 그리고 산둥반도와 만주 지역의 지배권을 차지한 일본이 그 일대에 오랫동안 상당한 노력을 기울여 사회기반시설 투자를 해 왔기에 일본이 투자한 수십억 엔 상당의 각종 기반시설을 지키기 위한 일본 군대의 상주는 그들로서는 불가피한 선택이었다 주장한다. 일본의 무력 팽창에 대해 오랜 기간 불만을 가져왔던, 그러나 무력하기 짝이 없었던 중국 국민당 정권은 1936년 시안사변 이후 공산당과 힘을 합쳐 일본에 대항하기로 결의하였고, 그로 인한 중국과 일본의 전면적 무력 충돌은 필연이었다.

일본도 최근 과거 일본이 청일전쟁과 러일전쟁, 제1차 세계대전 등의 승리로 획득한 조약상의 권리를 장개석의 국민당 정부에서 인정하지 않는다고 비난하고, 이를 각종 분쟁의 명분으로 선언해 왔다. 당국의 선전 선동 때문일까, 일본 사회에서는 그들이 상당한 희생을 치르고 얻어낸 대륙에서의 권익을 무법자인 중국 국민당으로부터 지켜내야 한다는 인식이 저변에 공고히 자리 잡고 있었다. 그리고 이러한 분위기에 동조하는 많은 젊은이가 중국을 향한 강한 적개심을 품고 있었다. 그러면서 중국 국민당 정권을 일본의 권익을 지속해서 위협하는 존재로 여기게 되었고, 최근 일어난 중국과의 무력 충돌을 혁명이라 정의하였던 육군의 슬로건은 일본 국민에게서 많은 지지를 얻게 된다. 오랜 불황으로 인해 현실도피가 필요하고 사회에 불만이 많았던 다수의 젊은이는 육군의 이 슬로건에 매료될 수밖에 없었고, 그러한 사회현상 속에서 마쓰무라 역시도 자신의 곤궁한 처지를 피할 도피처로 입대를 생각하게 된 것이다.

스즈키가 육군 팸플릿을 읽고 있는 동안 마쓰무라가 말을 계속한다.

"사실은 며칠간 깊이 고민을 하다가 오늘 아침에야 결심했어. 징집면제 대상인 제1고 학생인 내가 지원병으로 군대에 입대하게 되면, 마을 사람들이 나의 결정에 대해 자랑스럽게 여길 것 같아. 그리고 무엇보다, 지금 이 나라가 처해 있는 위기 상황에서 일본의 남아인 내가 침묵하고 방관만 할 수 없지 않겠나!"

마쓰무라의 말에 스즈키가 고개를 끄덕거리며 공감을 표시한다. 마쓰무라가 계속해서 말을 이어간다.

"지금 상황에서 구차하게 여기저기 손을 벌려 가며 학업을 계속하는 것은 자존심이 허락하지 않아. 그래서 지금 군에 입대하고 복무기간을 마치고 난 뒤 형편을 보아 다시 대학에 진학 후 고등문관시험을 보려고 하네."

마쓰무라가 잠시 말을 멈추자 스즈키가 곧바로 끼어든다.

"이것 봐! 마쓰부라 군. 우린 역시 같은 운명을 타고난 것 같아. 사실 나 역시도 이틀 전 상하이에서 정박 중이던 우리 해군함정의 피격 소식을 듣고 피가 끓어 넘치는 것을 느꼈다. 지금 이 상황에서 피가 끓지 않는다면 황국의 남아가 아닌 거지! 북지나에서 우리 병사가 납치되고, 쇼카이세키(장개석)가 만주, 베이핑, 텐진, 상하이 등지에 있는 우리 동포들을 모두 죽이고 재산을 빼앗을 것이라고 선언했을 때, 우리 일본의 군대가 당연히 그들을 보호해야 한다고 느꼈고, 나 역시도 심각하게 입대를 고민했었네. 그래서 언제 어떤 형식으로 입대를 할까 생각하고 있었는데…… 마쓰무라! 네가 간다면 나 스즈키도 간다!"

동기와의 치기 어린 결의에 의한 동반 입대는 동서고금을 막론하고 젊은이 사이에서 자주 볼 수 있는 사건 중 하나이다. 스즈키의 결의에 찬 선언에 마쓰무라가 흥분하며 말을 한다.

"스즈키 군! 난 오늘 한 번 더 확신하게 되었다. 우리 일본인들은 절대 노예의 삶을 살지 않을 민족이라는 사실 말이야! 우리 야마토 민족은 여타 다른 아시아 민족이나 유색계열 민족들과는 분명히 다른 기질을 갖고 있다고 본다. 가까운 조선을 보아도 그렇고, 포모사(대만의 옛 지명), 인도, 남방의 여러 민족 등의 경우, 억압받는 자들을 그냥 내버려 두면 필연적으로 분열되지 않던가! 그러나 우리 일본은 어떤가? 몽골제국의 침공 때도 규슈지방의 귀족과 평민, 그리고 천민 모두가 합심하여 그들과 투쟁했고, 그에 감복한 하늘에서는 신풍(神風)을 보내줘서 침략자들을 몰아내지 않았나? 난 지금 나와 자네가 의기를 투합하여 대륙에 있는 우리 동포의 생명과 재산을 보호하는 일에 목숨을 걸 결정을 한 것

     해동의 새벽

에 크게 감동했다. 내 개인의 심리적 불안과 방황을 끝낼 종점을 입대로 정한 내 뜻을 존중하고 그 고난의 길을 친구로서 함께해 주겠다는 스즈키 군에게 경의를 표한다! 고맙다, 스즈키!"

역사적으로 보자면 선민(選民)의식만큼 위험한 집단 최면은 없다. 여호와로부터 유일하게 선택된 백성이라는 의식을 가졌던 이스라엘 유대민족도 그 선민의식 때문에 역사적 중요시기마다 큰 재앙을 초래했었고, 일본 역시도 자신들은 만세일계 천황의 신민이라는 선민의식 탓에 아시아 전체를 전쟁의 포화 속으로 끌어들이고 있다. 지금 아시아 최고의 지성이라 할 수 있는 이 두 청년 역시도 이런 위험한 사상에 의식화되어 가고 있다.

동·서양에서 거의 동시에 찾아올 인류 전체의 비극이, 위험한 선민의식으로부터 말미암은 것이라는 걸 깨닫게 되기까지 그리 오랜 시간이 걸리지 않을 것이다.

세계대전의 전조(前兆)

중국 강소성(江蘇省, 장쑤성).

상하이에서 남서쪽으로 약 50km 떨어진 곳. 신해혁명 이후부터 지역 군벌의 주둔지로 사용되어 오던 이곳에 며칠 전부터 일본과의 전면전을 위한 장개석의 직계 중국 국민당군 제88사단의 임시사령부가 설치되어 있다. 건물에서 민상국 소장과 각 부대에서 모인 정보참모들이 회의를 마치고 연병장으로 나온다. 이 자리에 모인 정보장교들은 제88사단뿐 아니라 제87사단, 교도총대, 제국사단, 제6사단 등 장개석 직계 각 55개 사단을 책임지고 있는 정보 분야 장교들이다.

일본 항공기로부터의 공습 위험 때문에 임시사령부에는 빈틈없이 위장막이 설치되어 있다. 물론 대공화기도 경계를 늦추지 않고 있다. 대형 위장막 아래에 대기 중이던 수십 대의 고급 승용차와 지프형 차량이 회의를 마치고 나온 정보장교 한두 명씩을 태워 차례대로 연병장을 빠져나간다. 평상시의 의전과는 정반대로 위관급 장교들부터 차량을 이용해 떠나고, 영관급 이상 장교들은 한동안 이동을 자제하고 있다. 동시에 여러 부대 소속 장교가 공격당하는 일을 피하기 위함이다. 일정 시간이 지나 몇몇 영관급 이상 장교들도 사령부에서 떠나고, 나머지 십여 명의 고급 장교들만 남아 민상국 장군과 내밀한 이야기들을 나눈다.

카이밍 대령이 민상국 앞에서 거수경례한다. 반갑게 경례를 받은 민상국이 그를 연병장 한쪽 구석으로 데리고 간다.

     해동의 새벽

“카이 대령! 혹시 다른 소식 들은 바 있소?”

“아직 없습니다. 장군님!”

“공습 당일의 소식을 아는 만큼 알려 주시오.”

“국제공공조계를 담당하는 현장 요원의 보고에 의하면, 그날 두 여성분이 무사히 상하이 시내를 빠져나간 것 같다고 합니다. 밤 아홉 시경에 방공호에서 나와 일본군 구호 막사에서 간단한 구호품을 받은 뒤 시가지를 떠나는 모습을 확인했다고 합니다만, 그 후 두 사람 모두 순식간에 우리 요원의 시야를 벗어나는 바람에 다음 도착지까지 따라가지는 못했다고 합니다.”

“다친 곳은 없어 보였소?”

“먼 곳에서 지켜본 우리 요원의 말에 의하면, 두 사람의 움직임에는 불편함이 없었던 것으로 보였다고 합니다. 계속 인근에서 두 여성분을 수소문하라고 당부해 두었습니다. 장군님!”

“고맙소. 이 신세 잊지 않겠소, 카이 대령!”

“아닙니다. 장군님!”

오래전부터 민상국을 잘 따르던 황푸군관학교 후배 카이밍 대령은 민상국이 조선인이란 사실과 왕싱하오가 위장 신분이란 사실을 알고 있는 군부 내의 몇 안 되는 사람 중 하나이다. 공교롭게도 그의 부인 역시 조선인이다.

민상국은 민지영이 난징을 떠나 상하이에 도착해서 일본행 배편을 알아보던 8월 11일부터 14일까지, 상하이 일대를 책임지고 있는 정보장교 카이밍 대령에게 누이인 민지영의 안전을 돌봐달라고 은밀하게 부탁했었다.

그리고 8월 14일, 민상국이 제안하고 장개석이 승인했던 상하이 국제공공조계지 자폭작전이 시행되는 날, 민지영이 국제공공조계지 내 공습 타깃 중 하나였던 케세이 호텔에 여장을 푼 것을 알게 된 민상국이 누이와의 통화 때 당장 그곳을 빠져나오라고 알리고 싶었으나, 통신 보안 때문에 곧이어 카이밍 대령에게 안전한 군사통신을 이용해 연락하였고, 카이밍 대령이 케세이 호텔 전화 라인을 해킹하여 민지영에게 그곳을 빠져나오라고 경고해 주었었다.

당시 카이밍 대령에게는 그날 공습 작전에 대한 사전 정보 접근 권한이 없었다. 따라서 민상국의 이런 행위는 심각한 기밀유출 행위였고, 군사재판에 부쳐지면 무거운 처벌을 감수해야 할 위법행위였다.

민상국 장군이 이어 제3사단과 제14사단 소속 정보장교 세 명을 불러 모아 이들의 성공적 임무 완수에 대한 장개석 위원장의 치하 말을 전한다.

"제3사단 양대령과 후소령, 그리고 14사단의 리소령! 귀관들이 지난 7월 말, 난징 주재 일본 대사관 소속 무관과 만남에서 꾸준히 역정보를 흘려준 덕에 상하이 주재 일본 해군 분견대에 대한 공격이 생각보다 효과 있게 이루어졌다! 그에 대해서 위원장께서 치하의 말씀을 전하셨다.”

“감사합니다. 장군님!”

세 명의 영관급 장교들이 부동자세로 치하의 말을 듣고 이어서 감사의 대답을 한다. 민상국이 조곤조곤한 말투로 말을 계속 이어 나간다.

“그리고 베이핑 근처와 톈진에 주둔 중인 일본군 병력을 가능한 오랫동안 그곳에 묶어 놓을 수 있게, 계속 우리 병력의 베이징 방향으로의 북진 소식을 적에게 흘려 주기 바란다.”

“예. 장군님!”

장개석은 자신의 병력을 중국 북부와 중동부 방향으로 파견할 생각이 없었다. 난징으로부터 보급선이 길어지면 자연스레 전력이 약해지고 종국적으로는 그가 구상한 장기 항전이 불가능해질 것으로 생각했기 때문이다.

그러나 지금은 동북 3성 쪽의 일본 관동군와 조선 주둔군이 난징과 상하이 인근으로 배치되지 않게 하려고, 다시 말해 중국 북부의 일본군 병력이 남쪽으로 움직이지 못하도록 발목을 묶어둘 필요가 있어서 중국군 정예 병력이 북상을 준비 중이라는 거짓 정보를 계속 흘려야 한다.

중국과 일본의 전면전이 시작된 지금, 중국은 표면적으로는 191개 사단의 병력을 보유하고 있다. 그러나 그 중 절반에도 못 미치는 약 80개 사단만이 제대로 훈련된 병력과 신식 병기를 갖추고 있을 뿐이다. 여기서 장개석의 직접 지휘를 받는 병력은 55개 사단이고, 나머지는 지역 군벌 연합체라 볼 수 있다. 그중 그나마 독일식 훈련을 받고 현대화 과정을 거쳐 편성된 20개 정예사단만이 겨우 일본군과 싸워볼 만한 전력이 있을 뿐이다.

"그런데 장군님! 아까 전체 회의에서 말씀하신 러시아 군부의 움직임은 사실입니까?"

제14사단의 리춘잉 중령이 민상국에게 묻는다.

"그렇다. 사실이다. 러시아에서 지속해서 우리와 일본의 전선 확대에 관심을 두고 있으니 최대한 요란하게 우리와 일본의 전투 상황을 외부에 알려야 한다. 따라서 적과 러시아 모두에게 혼란을 가중할 수 있게 수시로 우리 병력의 허위 이동계획을 흘려 주기 바란다."

"예. 장군님!"

이 세 정보장교의 임무는 이번 중국군의 상하이 주둔 일본군에 대한 공격작전이 있기 전부터 일본군의 관심을 여러 곳으로 분산시키고, 실제 공습작전을 단순 군사훈련으로 위장하는 것이었다. 그리고 앞으로도 각종 공격계획을 상대가 파악하지 못하도록 허위 정보를 흘려 일본군을 교란하는 임무를 맡게 될 것이다.

세 장교들과 이야기를 마친 민상국이 교도총대 소속 차이잉민 대령을 불러 몇 가지 사항을 전한다. 차이 대령은 영국에서 유학한 경험과 그때 쌓은 인맥으로 미국과 영국 언론사를 담당하는 정훈장교 겸 정보 업무를 담당하고 있다.

"차이 대령! 지난주 8월 13일, 우리 쪽의 일본 해군기지에 대한 공격 소식을 미국 뉴욕타임스 1면 헤드라인에서 취급하게 해준 것은 전적으로 차이 대령의 공이었다고 생각하오! 그리고 뉴욕타임스 칼럼에서 우리 중국에 대한 우호적인 견해를 밝혀 준 것에 대하여 경의를 표한다는 우리 장개석 위원장의 감사 인사를 전해 주시오. 그리고 이것은 내 예상인데 차이 대령에게 곧 훈장 수여가 있지 않을까 하오!"

"감사합니다. 장군님!"

여기 모인 장교들은 서방세계에서의 유리한 여론을 끌어내기 위하여 각국 언론사와 관계를 유지하면서 필요에 따라 고급 정보를 주고받아 가며 서로 협조하기도 한다. 이들 정보장교들은 편제상으로는 각 사단과 여단에 분산 배속되어 있지만, 실제 활동에서는 장개석의 직접 명령을 따르게 되어있다. 그리고 보고 체계에서도 편제상 이들의 직속상관인 각 여단장, 사단장을 거치지 않고 중앙군사위원회에 직접 보고할 수 있다. 심지어 국방부 장관 격인 중앙군사위원회

군정부장을 건너뛰고 장개석에게 직접 보고하여도 문책을
받지 않을 면책권이 부여되어 있다. 단, 이 과정에서 민상국
의 확인과 승인은 반드시 거치게 되어있다.

　베이징 인근에서 국지적 분쟁이 생긴 지 약 한 달여 시간
이 지난 지금, 대륙에서의 분쟁은 서로가 의도치 않은 양상
으로 걷잡을 수 없이 확대되고 있다.

　중국군의 제29군 군장 쑹저위안 장군과 일본의 북지나 주
둔군 작전참모 하지모토 군 장군 두 사람은 그 지역에서 오
랜 기간 친분을 유지하며 친구처럼 지내왔었다. 각자 서로
의 체면을 지켜주는 대신 그 지역 중국과 일본 민간인들의
안전을 최대한 배려하기로 합의하였고, 오랜 기간 서로가
편의를 인정해 가며 공존해 왔었다. 심지어 루거우차오 사
건 발생 나흘 뒤인 7월 11일, 일본 총리 고노에 후미마로[18]
가 기자회견을 통해 군대를 추가로 동원 중임을 밝힐 때, 같
은 시각 현지에서는 쑹저위안과 하시모토는 정전에 합의했
었다.

　그러나 문제는 중국과 일본 국민의 여론에 있었는데, 상
하이와 난징을 비롯한 중국의 대도시 지역 학생과 각종 시
민단체들은 중국의 강경 대응을 촉구하는 시위를 연일 개최
하였고, 일본 국민의 여론 역시 전쟁 확대 쪽으로 기울기 시

작했다. 당시 일본은 오랜 기간 경제불황에 시달려 오면서 국민들의 국내정치에 대한 불만이 최고조에 달했는데, 이때 마침 베이징 인근에 파견된 일본 군인이 중국군에 의해 납치, 실종됐다는 보도에 흥분하기 시작했고, 군부와 함께 호전성을 가진 상당수 일본 정치인들이 국민을 선동하면서 전쟁 분위기가 무르익게 된 것이다.

외부의 적이 생기면서 평소 국민이 가졌던 불만의 배출구가 생겨나자 귀족인 동시에 정치인이었던 고노에 후미마로는 이 기회를 놓치지 않고 그의 정치 행보에 일본 국민의 중국에 대한 적대감을 적극적으로 이용하기 시작한다. 그의 호전적 발언에 다수의 국민이 열광하였고, 일본 열도 전체가 전쟁을 지지하는 분위기에 휩쓸리게 된다.

이런 일본의 움직임에 장개석도 더는 인내하지 않고 적극 대응하게 된다. 7월 13일, 중국 전역에 전쟁 돌입을 전제로 한 대규모 훈련을 명령함과 동시에 전면전에 대비한 병력의 동원을 지시하였디.

중국의 대규모 병력 동원 소식을 들은 다음 날인 7월 14일, 고노에 후미마로 총리는 일본 각 지방 현(縣)의 지사들과 모임을 하고, 이 자리에 기자들을 불러 모아 "일본 국민은 중국과의 전면전에 대비해야 한다"고 선동한다.

이런 식의 소위 '마주 보고 뺨 때리기' 과정에서 양국 간

자존심 싸움이 커지면서 급기야 7월 26일 일본군이 베이징과 톈진을 공격해 점령하게 되고, 중국군은 중국 북부지역의 전면전 개시를 위해 현지 군벌 출신 장군들이 모임을 하고 전의를 다지게 된다. 그런 과정에서 일본과 비교하면 턱없이 부족한 전력을 실감하게 된 장개석은 결국 마오쩌둥의 홍군(紅軍)을 승인하게 된다. 훗날 중국의 공산화와 한반도 분단 고착화에 결정적 영향을 미치게 될 중국 '제8로군'이 이때 탄생하게 되었다. 지금까지 공산당에게 독자적 군 지휘권을 부여하기를 극히 거부해 왔던 장개석이 일본과의 전면전을 목전에 두고 당장 전선에서 운용할 항일 전력이 아쉬워지자 훗날 땅을 치고 후회하게 될 크나큰 실수를 하게 된 것이다.

대륙 각지에서 가용병력을 끌어모은 장개석은 중국 북부지역은 북부지역대로 공산군을 포함한 그 방면 군벌 지휘관들의 독자적 작전지휘로 상당수의 일본군 병력을 그쪽에 붙잡아 두고, 자신이 직접 담당하는 남중국에서의 전선을 확대해 일본을 장기전의 수렁에 빠뜨릴 계획을 세웠다. 이런 계획의 일환으로 단행한 상하이 주둔 일본 해군에 대한 공격이 어느 정도 성과를 보였고, 이어서 서방세계의 이목을 집중시킨 획기적 사건이 있었는데, 그것이 바로 상하이 국제공공조계지에 대한 오폭(誤爆)을 가장한 대대적 폭격 사건이었다.

이 사건으로 장개석의 "중국 북부가 공격을 받으면 남부가 응징한다"라는 메시지와 "이제부터 중국은 불평등조약을 남발하는 겁쟁이가 아니다"라는 선언이 서방세계의 주목을 받게 되었다. 그리고 이 사건은 일본과 중국의 충돌이 확대될 경우 이미 중국에 진출해 있는 미국·영국·프랑스·러시아 등의 서방세계 각국의 이익도 침해받을 수 있다는 사실을 일깨워 주기도 했던 사건이다.

그리고 얼마 지나지 않아 그의 의도대로 서방세계로부터 실질적 군사원조가 이루어졌는데, 오랜 기간 일본과 긴장 관계에 있던 소련이 이 직후 중국에 군사원조를 보내오게 된다.[19]

차이 대령은 민상국이 전한 수훈(受勳) 내정 사실에 대한 기쁨으로 만면에 화색이 돈다. 전시에 수여되는 훈장은 일 계급 특진의 포상이 따를 수 있기에 벌써 장군이라도 된 듯 고무되어 있다.

"장군님, 요 며칠간 이곳 상하이 근처로 저희도 미처 예상치 못한 수준의 우리 측 병력이 앞다투어 집결하고 있습니다. 이럴 때 난징 지휘부의 조율이 필요하지 않겠습니까? 너무 큰 규모의 병력이 한곳에 모이는 것도 전략상 좋지 못한 일인데 말입니다.”

막상 전쟁이 확대되자 평상시 장개석에게 비협조적인 태도를 보여왔던 광둥군벌 쉐웨와 쓰촨군벌 류샹이 자신의 군대를 적극적으로 보내왔다. 그것도 장개석에게 직접 충성하는 중앙군 지휘관 휘하에 편입시켜 가면서 그에게 적극적으로 협조하는 모습을 보이는 것이다.

차이 대령의 질문에 민상국이 매우 자신에 찬 모습으로 대답한다.

“일본에서는 우리 중국이 3개월 안에 두 손을 들고 그들의 요구에 따라 정전에 합의할 것으로 예상하며 이번 작전에 대응하고 있다고 하는데, 어림없는 소리! 우리가 뭉치면 저들이 당황하게 될 것이오. 무엇보다도 고무적인 사실은 장개석 위원장께서 후쓰(胡適) 교수의 오랜 조언을 이제야 받아들이기 시작한 것 같소. 이제 우리는 이번 전쟁에서 상하이가 완전히 폐허가 되고 다시 새롭게 재건되는 모습을 보게 될 것이오. 단지 물리적 폐허와 재건이 아닌 상하이 조계지에서 오랫동안 존재해 왔던 불평등한 국제관계의 전형이 무너지고 새롭게 재편되는 국제 질서를 볼 수 있을 거라고 나는 굳게 믿고 있소. 물론 엄청난 희생과 견디기 힘들 만큼의 시간이 필요하겠지만 우리는 이번 전쟁을 기회로 삼아 수십 년간 인내하며 참아왔던 대 서방세계, 대 일본과의 굴욕적 역사를 한 번에 뒤집을 것이오. 이번 일본과의 전쟁이 5년 이상의 장기전으로 갈 때 국제사회에서 일본은 고립될 것이고, 우리는 예전의 중화제국의 영광을 다시 찾을 수 있을 것이오. 자. 여기 열람이 제한되어 있던 보고서 중 하나인 후쓰 교수의 제언 내용인데 차이 대령께서 한 번 읽어 보시오. 이 문건을 읽고 나면 대략적인 장개석 위원장의 구상이 이해가 될 것이요. 그리고 당연히 이 문건의 내용은 대외비라는 걸 잊지 말기를 바라오. 차이 대령의 머릿속에만 담아 두라는 말이지요."

민상국이 차이잉민 대령에게 두 페이지 분량의 서류를 품안에서 꺼내 건네준다. 차이잉민 대령이 제자리에 선 채로 서류의 내용을 꼼꼼히 읽어 내려간다. 차이 대령이 그 문건을 읽는 동안 민상국은 담배를 한 대 피워 물고 연병장 가장자리 그늘로 걸어 나온다. 먼 곳에서는 사병들의 총검술 훈련이 진행되고 있다.

중국은 아주 큰 희생을 치를 결심을 해야 한다. 특히 다음의 세 가지를 각오하지 않으면 안 된다. 첫째, 중국의 연안인 톈진, 칭다오, 상하이 지역이 일본에 의해 전부 점령되어야 한다. 둘째, 중국 중부내륙지방도 양쯔강과 내륙의 운하, 황허강 연안을 중심으로 일본에 점령되어야 한다. 셋째, 일본이 점령

한 지역에서 기존에 활동 중인 미국과 영국, 프랑스, 소련 등이 위협을 느끼고 실제로 그들의 경제활동에 제약이 생기게 되면 일본과 서구의 잦은 충돌이 일어나게 될 것이다. 이때 미국과 영국은 그들 자국민의 안전을 위해 군함을 파견할 것이고, 소련도 만주 인근에서 국지적 개입을 할 것이다. 그렇게 되면 태평양에서의 대규모 해전이 벌어지고, 세계 전쟁이 실현되는 것을 촉진할 수도 있다. 그리고 결국 일본은 패망의 길로 가게 될 것이다.[20]

후쓰 교수의 이런 의견이 비단 그 한 사람만의 의견은 아니었다. 민상국도 몇 년 전, 장기전의 수렁에 일본을 빠뜨려야 한다는 견지를 밝힌 바 있고, 국민당 지도부와의 개인적 의견 교환에서도 같은 말을 여러 차례 한 적이 있었다.

차이잉민 대령이 서류를 다 읽은 후 연병장 가장자리에 서 있는 민상국에게 다가와 뭔가 말을 하려는 찰나, 사단 임시 막사 여러 곳에서 요란한 사이렌 소리가 들려온다. 적의 공습경보다.

사단 사령부 근처 이곳저곳에서 훈련 중이던 병사들과 진지구축 작업을 위해 언덕에 삼삼오오 모여 있던 병사들이 평소의 훈련대로 재빠르게 근처 위장막과 나무숲 그늘로 달려 들어간다.

민상국이 초급장교가 건네는 쌍안경을 들어 먼 하늘을 바라본다. 동쪽 하늘로부터 새까만 물체들이 점점 다가오는 것이 보인다. 비행기의 복엽 날개 아래에는 빨간색의 일장기 모양이 선명하다. 일본군 폭격기들이 정확한 좌표를 인식하지 못했는지, 위장막 때문에 이쪽을 식별하지 못했는지, 사령부 시설을 그냥 지나쳐 근처 야산과 언덕 위에 폭탄들을 투하하기 시작한다. 잠시 뒤, 사령부 근처에 설치된 참호에서 대공화기가 요란한 소리와 함께 불을 뿜기 시작한다.

한차례 비행 편대가 지나가고, 다시 십여 대의 후속 편대가 다가오기 시작한다. 불을 뿜는 대공화기의 공격에도 아랑곳하지 않고 96식 육상공격기[21]가 요란한 엔진 소리를 내며 고도를 낮추기 시작한다. 후속 편대 역시 목표물 설정을 제대로 하지 못하고 인근 하천에 폭탄들을 투하하기 시작한다. 귀청이 떨어질 것 같은 굉음을 내며 저공비행을 하던 폭격기 한 대가 중국군 측의 대공화기 공격에 당하면서 연기를 뿜으며 논바닥으로 추락한다.

비행기를 맞춘 참호에서 환호성이 들려온다. 이어서 서너 대의 폭격기가 연달아 불규칙한 궤적을 그리며 격추된다. 이곳저곳의 대공포 참호에서는 비행기가 격추될 때마다 환호성을 지른다. 지금 공습 중인 일본 해군 항공대의 96식 폭격기는 장거리 비행 능력과 비교하면 속도가 느리고 민첩하지 못한 움직임 때문에 공중전에 있어 방어력이 떨어지는 단점이 있다.

여러 차례 공습이 계속되고, 상당수 폭격기가 격추되자 일본의 항공기들이 고도를 높여 크게 선회하여 그들이 왔던 동쪽으로 돌아간다. 적의 항공기들이 더는 보이지 않자 참호에 들어가 있던 병사들이 바깥으로 뛰어나와 큰소리로 환호성을 지른다. 위장막 아래 숨어 있던 일반 보병들도 뛰어나와 총을 흔들며 즐거워한다. 이번 공습폭격에서 아군의 별다른 피해는 없어 보인다. 일본 해군 항공대는 이번 공습에서 아까운 폭탄만 소비하고 항공기 열다섯 대를 잃었다.

모두 얼싸안고 한참을 기뻐하던 그때, 느닷없이 요란한 엔진 소리와 함께 폭격기 한 대가 구름 속에서 나타나 이들이 서 있는 곳을 향해 직각으로 떨어진다. 쿵 하는 소리, 이어서 비행기 동체가 와장창 부서진다. 비행기 잔해가 날아온다. 커다란 물체에 정면으로 두들겨 맞은 민상국이 먼 바닥으로 내동댕이쳐진다. 잠시 뒤, 항공기 연료탱크에서 쏟아져 나온 기름에 불이 옮겨붙으면서 시뻘건 화염이 정신을 잃고 바닥에 쓰러져 있는 그를 집어삼킨다.

옥자(玉子)

경성(京城) 본정(本町).

아침저녁으로 서늘한 바람이 불기 시작한 초가을 오후, 경성의 일본인 거주지인 혼마치(本町) 안쪽 주택가에 검은색 승용차가 서서히 다가와 멈춘다. 운전석 문이 열리고, 차에서 내린 기사가 총총걸음으로 골목 안의 왜식(倭式) 집으로 들어서며 외친다.

"다마코 마님! 어르신 드십니다요!"

잠시 뒤 차량 뒷좌석 문을 직접 열고 느긋한 동작으로 차에서 내린 조태호가 집 앞 골목으로 걸어간다. 남들의 눈이 신경 쓰였는지 잠시 멈춰 주위를 둘러보고는 대문을 열고 집안으로 성큼 들어간다.

안채 유리문이 왈칵 열리면서 하얀 저고리, 옥색 한복 치마를 입은 앳된 여성이 버선발로 뛰쳐나와 조태호를 맞는다.

"서방님, 오시는게라!"

"어허, 이 사람! 신발이라도 신고 마중을 나올 것이지, 뭐가 그리 급하다고……."

"이 옥자 년, 원산 출장 가신 서방님 보고 잡아서 눈이 멀어 부는 줄 알았소! 시골 촌것을 경성 혼마치 한복판에 데불다 놓고, 서방님은 원산에 워떤 년을 숨개 났는지 며칠째 안 오셔 불고…… 이년 독수공방시킨 지가 벌써 며칠 째다요. 오늘까지 기다래 보고 안 오시믄, 이 옥자 년 서방님에 대한 미련일랑 버려 불고…… 치맛단 홀랑 뒤집어쓰고 우물로 콱 몸을 거꾸로 던져 불라 안 혔소!"

옥자(玉子)의 일본식 독음이 '다마코'라 아랫것들은 그녀를 '다마코 마님'이라 부른다. 치맛자락을 움켜쥐고 몸을 배배 꼬아가며 투정을 부리는 모습에서 교태가 철철 흘러넘친다. 마당 한복판에서 한참을 선 채로 첩실의 아양을 지켜보던 조태호가 갑자기 얼굴의 웃음기를 거두고는 그녀를 번쩍 안아 들고 집 안으로 들어간다.

이때, 운전기사가 피식 웃으며 얼굴을 감싸 쥐고 황급히 바깥으로 나간다. 이 장면을 바라보기가 어지간히 민망했던 모양이다.

조태호에게 안긴 옥자가 양팔로 조태호의 목덜미를 감싸 안으면서 능청스럽게 놀라는 척을 한다.

"머씨요! 워째 이러신다요!"

이미 조태호의 주체 못 할 욕구를 감지했으면서도 열여덟 살 나이에 맞지 않게 음흉을 떠는 옥자가 조태호는 마냥 사랑스러울 뿐이다.

한달음에 열린 방문을 통해 안방으로 들어선 조태호가 보

   해동의 새벽

료 위에 옥자를 집어 던지듯 눕히고는 그녀의 앞섶 옷고름을 거칠게 풀어 헤친다. 마음이 급한 옥자도 조태호의 윗도리 옷은 그대로 둔 채 그의 허리춤 바지 단추부터 부지런히 끌어 내린다. 조태호의 아랫도리가 드러나자 급한 마음에 제 손으로 치맛단을 허벅지 위로 걷어 올리는 옥자의 모습이 조태호를 격하게 자극한다.

조금 전 버선발로 뛰쳐나간 터에 발바닥이 새까매진 흰 버선이 그녀의 종아리 아래 그대로 신겨 있다. 하얗고 투명한 그녀의 허벅지와 피부 아래에는 파르라한 핏줄이 선명하게 보인다.

"아이고, 오매! 죽겠는거!"

조태호의 공격에 옥자가 교성을 지른다. 숨을 헐떡이며 조태호의 셔츠 단추를 끌러 내기 시작한다. 계속되는 조태호의 허리 움직임에 옥자가 또 소리를 지른다.

"아이고, 서방님! 옥자 년…… 죽소!"

옥자의 자지러지는 소리에 조태호가 신음을 섞어 반응한다.

"으음! 이것아. 너도 내가 매우 그리웠구나!"

옥자의 격한 반응과 자지러지는 교성에 흥분한 조태호의 움직임이 격해진다. 조태호의 질문에 옥자는 눈동자를 반쯤 까뒤집은 채, 고개를 한껏 뒤로 젖히고 숨을 헐떡여 가며 대답한다.

“두말하다가 숨넘어가지라! 서방님요! 원산에다가 옥자년 몰래 딴 년 데불다 놓은 건 아니지라? 그렇다믄 천벌 받어라. 지가 얼매나 서방님을 사모하고 있는디라! 첫날밤 이후부터 이년은 서방님이 안 계신 밤이믄 서방님 생각으로 밤마다 베개를 눈물로 적시고 있잖소! 서방님이 이년, 이 순진한 처녀를 첫날밤부터 오지게 자빠뜨려 조져 불고 남자를 알게 했응께로 인자부터 이년을 책임져 주셔야 할 꺼이요. 아이고! 아이고 오매요!! 옥자 죽소! 서방님, 옥자 죽소!”

옥자와 조태호의 인연은 석 달 전에 시작되었다. 신의주 공장에 들여놓을 중고 직물 장비가 오사카에서 출발해 시모노세키를 거쳐 황해도 해주에 도착해야 했는데, 서류가 잘못 꾸며지는 바람에 전라도 목포항에서 하역이 되었다는 전갈을 받은 그가 물건을 찾으러 직접 목포항을 찾아갔었다. 그곳에서의 통관절차가 늦어지는 며칠 동안, 그 지역 유지들과의 술자리가 매일 이어졌다. 워낙 풍류를 즐기는 그의 취미 탓에 그곳의 여러 명창을 불러, 남도 소리를 실컷 즐기다가 한 명창의 문하생으로 있으면서 그날의 공연에 따라온 옥자를 보고는 한눈에 반하게 되었다.

일은 뒷전으로 밀리고, 옥자에게 안달하기 시작한 조태호가 그 일대에서 발이 제법 넓은 채홍사역 사람을 놓아 교섭을 벌이게 하였는데, 결국 말이 통하게 되어 당시 그 지역

   해동의 새벽

기와집 다섯 채 값에 해당하는 거금을 들여 그녀를 경성으로 데려와 소실로 들어앉힐 수 있었다.

타고난 미모에 더해 옥자의 색기는 더 대단했는데, 머리를 올리고 숫처녀 딱지를 떼던 첫날밤을 제외하고는 이제껏 두 사람이 정사를 벌일라치면 하루에도 여러 번 조태호를 기진맥진하게 하고 있다.

양반댁 규수인지라 낮이나 밤이나 정숙함이 도가 지나쳤던 명륜동 본처와 비교하면 옥자 그녀는 예민하고 섬세했으며, 노골적이고 퇴폐적이었다. 오랜 기간 명창으로부터 소리를 전수하며 길든 목청과 음색이 그녀의 요란스러운 교성에 더해져 미혹한 소리를 만들어 내었고, 전라도 부둣가 잡것들로부터 배운 천박한 언어와 질펀한 음담이 그녀를 더욱 요녀로 보이게 만들었다. 정사 때마다 질러대는 쇳소리 섞인 교성과 추임새, 판소리 사설(辭說) 조의 행복에 겨운 비명에 취한 조태호는 최근 옥자라는 요부의 늪에 빠져 그 쾌락에서 헤어 나오지 못하고 있다.

발라당 뒤로 뒤집힌 채 하체를 말아 올려 통통히 살이 오른 허벅지로 조태호의 허리를 감았다 풀기를 반복하고, 몸을 살짝 풀어 발뒤꿈치와 종아리의 힘으로 조태호의 엉덩이를 당겼다 놓았다 해가며 그를 미혹하게 하더니, 어느새 자세를 바꿔 마주 앉아 달콤한 혀와 입술로 조태호를 녹이기 시작한다. 뜨거운 호흡과 숨결을 나누며 두 사람이 서로의 정열을 느끼다가 약속이나 한 듯이 동시에 긴 신음과 한숨을 쏟아낸다.

옥자가 숨넘어가듯 교성을 지른다.

“어매!!! 나 죽소! 임옥자 죽소!!”

일을 끝내고 큰대자로 바닥에 널브러진 조태호, 가쁜 숨을 내쉬다가 옥자에게 퉁을 놓는다.

“어이쿠 이것아! 나도 이제 너 없이는 하루도 못 살겠구나! 이런 요망한 년!”

조태호의 말에 옆으로 누워 있던 옥자가 몸을 꿈틀대며 속삭이듯 대답한다.

“몰러라! 나는 인자 서방님 없이는 하루도 못살 것 같소! 인자부터 서방님 원산이나 함흥, 신의주 갈 적마다 이 옥자년도 데불고 가씨시요.”

주섬주섬 옷가지를 주워 가슴에 끌어안고, 발가벗은 채 바닥을 기듯이 안겨 오는 옥자를 조태호가 팔을 내어 품에 안는다. 속살을 모두 드러낸 채 병아리마냥 자신의 겨드랑이 사이로 파고드는 옥자가 조태호는 여간 귀여운 게 아니다.

한바탕 방사(房事)를 즐긴 뒤 느긋하게 누워 망중한을 즐기던 조태호가 갑자기 천정이 무너지라 긴 한숨을 내쉰다. 그의 품에 안겨 있던 옥자가 조태호의 가슴팍을 쓰다듬으며 묻는다.

"서방님. 뭣이 잘못되았소? 고민이라도 있당가요?"

"흠…… 전쟁이 터지는 바람에 원산 총알공장하고 신의주 군복공장에서 돈벼락이 터지게 생겼는데, 정작 내 마음은 가마솥 뚜껑을 끌어안고 있는 것처럼 무겁고 답답하구나!"

"계동, 남경 어른 안방마님 걱정 때문인 게라?"

"오냐."

"맴이 솔찬이 안 좋으신가 보요? 일로 오소, 서방님. 나가, 이 옥자 년이 안아 드릴랑께요."

누운 자세를 바꿔 조태호가 옥자의 팔을 베고 그녀에게 안긴다. 이제 열여덟 살의 어린 여인이 마흔이 넘은 중년의 사내를 품에 안고 어른다. 조태호도 옥자의 옅은 분 냄새와 땀에 젖은 그녀의 덜 여문 젖가슴에서 평온함을 느낀다.

"뻘써 석 달이 넘어부렀지라?"

"6월에 조선을 떠났으니…… 다섯 달째 못 돌아오는 게 되는 셈이구나. 두 달 전부터는 소식조차 끊겼으니 여간 큰일이 아니야."

조태호의 한숨에 땅이 꺼진다. 그의 머리칼을 쓰다듬던 옥자가 뜬금없이 묻는다.

"이쁘요?"

"엉? 뭐가 말이냐?"

"남경 어른 안방마님 말이요. 서방님하고도 어려서부터 친했다 안 혔소? 이쁘요?"

"그럼! 이쁘다 마다. 곱지! 곱고 단아하지! 참으로 고운 여성이지……."

옥자의 질문에 조태호가 과거를 회상하는 듯 낮은 목소리로 은은하게 민지영을 평한다. 조태호의 나지막한 목소리에는 물기마저 배어 있다.

"……."

갑자기 옥자가 슬몃 팔을 빼고 일어나 앉아 옷가지를 주섬주섬 챙겨 입는다.

"왜 그러느냐? 어딜 가려고……."

"아따 참말로 못 들어주것구마! 배알이 꼴려부러라! 이보씨요, 어르신! 단아하고 곱디고운 경성 깍쟁이 여성하고 만리장성 쌓으시요! 나는 쩌짝 목포 갯가 뻘밭서 험하게 컸응께로, 목포 부둣가서 뒹굼서 지냈응께로, 단아한 여성하고는 거리가 안 멀다요! 내가 곱게 비켜 드릴랑게, 인자부터 조태호 사장님께서는 뽀얗고 단아하고, 고운 경성 여성분을 이 집에 데불다 놓고 좋은 날 보내씨요!"

부아가 치밀어 올랐는지 흘겨보는 눈에서 불이 튄다. 입술을 동그랗게 모아 요조숙녀 흉내까지 내가며 빈정거리는 모습이 영락없는 패악 녀의 모습이다. 옥자의 느닷없는 투기에 조태호가 놀란다. 이런 종류의 패악은 구경조차 못 해본 조태호로서는 난감할 따름이다. 잠깐 난처한 표정으로 자리에 누운 채 옥자의 돌아앉은 뒷모습을 바라보다, 슬며시 일어나 앉아 그녀를 달래며 뒤에서 그녀를 끌어안는다.

"어허! 이 녀석이 왜 이러는 건지…… 이리 오너라…… 친구의 부인을 내가 언감생심……."

조태호의 손길을 옥자가 야멸차게 뿌리친다. 노려보는 눈 흰자가 그새 벌겋게 충혈되어 있다. 대들듯 가깝게 다가가 앉으며 다시 쏘아대기 시작한다.

"친구 부인은 여자 아니당가? 서방님 멋진 풍채가 저짝 와라바시맹키로 말라붙은 남경 어른에 비하겠소? 코도 이렇코롬 둥굴둥굴 잘생게 부렀고, 눈도 부리부리, 이렇게 잘생긴 얼굴 보고 안 넘어오는 등신 같은 여자도 있다요? 애려서부텀 그짝 부인허고 친했응께로 친구헌티, 남경 어른헌티 시집가기 전에…… 진즉 서방님이 거시기해 부렀는지, 보리밭에서 다리를 걸이불고 봐부렀는지 워떻게 안당가? 서방님은 미국 서양 사람허고도 헬로, 쌀라쌀라…… 중국 사람하고도 띵호와, 라이라이…… 왜놈들 허고도 조또마떼 구다사이, 아리가또, 스미마셍 해감서 말씸도 잘허시고, 돈도 겁나 많아불고, 힘도 천하장사 찜 쪄 잡쇠불 정도로 쎄불고, 허벌나게 잘난 우리 서방님! 나는 불안해서 못살겄소! 조마조마해서 못살지라! 나는 차라리 목포 갯가서 평범한 소리꾼으로 살라요. 나를 다시 목포로 보내주씨요!”

옥자의 불평과 한탄이 여간 귀여운 게 아니다. 앙칼진 쇳 소리와는 달리 투정 부리는 표정이 우습고 안쓰럽다.

“어허! 고것 참, 사람 애간장을…….”

조태호가 너털웃음을 웃으며 그녀를 끌어당겨 세게 껴안는다. 못 이긴 척 끌려온 옥자가 조태호 팔에 안겨 그의 허벅지 안쪽을 스리슬쩍 더듬고 만져 댄다. 그 사이에 화가 풀렸나 보다.

“그렇지 않아도 익현이와 저녁 식사를 이곳에서 하기로 했으니 신안댁 시켜서 손님 대여섯 명 치를 준비해 놓거라.”

신안댁은 옥자의 먼 친척 과부인데 옥자를 이곳으로 데리고 오면서 행랑어멈 겸 식모로 목포에서 함께 데려왔다.

옥자가 아무 대답 없이 계속 조태호의 사타구니를 더듬어 대는 통에 다시 마음이 동한 조태호가 옥자를 스르륵 쓰러뜨린다. 옥자도 제풀에 발라당 뒤로 자빠진다. 다시 보료 위에서 두 사람이 엉켜 뒹굴기 시작한다. 근처 뉘 집에서인지 수탉 한 마리가 한낮부터 요란스레 홰를 치더니 시끄럽게 ‘꼬끼오’ 울어대기 시작한다.

“잘 먹었습니다. 급작스러운 저녁 준비로 괜한 수고를 끼

　　　　　　　　　　　　　　　　　　해동의 새벽

쳐 드린 건 아닌지…….”

숭늉 그릇을 밥상 위에 내려놓으며 김익현이 옥자에게 인사를 한다. 호칭을 생략한 것이, 그녀를 뭐라 불러야 할지 아직도 정하지 못한 듯하다. 내색은 안 하지만 제수씨라 부르기엔 김익현의 눈에 옥자가 너무 어리다. 게다가 그녀는, 그가 상대하기엔 다소 정숙지 못하게 느껴진다.

김익현의 마음을 아는지 모르는지 옥자는 밥상 옆에 다소곳이 앉아 능금 껍질을 깎으며 쑥스러워한다.

“아니어라. 찬이 부족해서 어쨌으까요. 귀한 어른이 오셨는디 급히 차리느라 많이 부족했어라. 입에는 맞으셨는지 모르겠어요.”

“오랜만에 과식했습니다.”

김익현의 과식을 했다는 말에 기분이 좋았는지 옥자의 음성이 다소 들뜬다.

“우리 신안 아줌씨 음식 솜씨가 솔찬혀라! 잡숫고 싶으신 거이 있으시걸링은 언세든지 말씀을 주씨시요. 정성을 다해 모시겄어라!”

“예. 고맙습니다.”

“자. 능금 잡수씨요. 아이고매! 우짜쓰까잉. 깜빡 잊아부렀소. 남경 어른 곶감 좋아하셨지라? 지가 싸게 내 올랑께 쪼깨 기달리씨요.”

옥자가 김익현의 후식 취향을 순간적으로 기억해 내고는 과장된 몸짓과 말투로 동작을 서두른다.

옥자가 바깥 마루를 지나며, 김익현을 수행한 성열과 김익현의 운전기사, 그리고 조태호의 직원들 후식까지 살뜰히 챙기는 모습을 보인다. 비록 어린 나이에, 측실(側室) 신분이지만 제법 안주인 역할을 무리 없이 해내고 있다.

"호남 음식이 간이 조금 센 편이라, 정말 자네 입맛에 맞았는지 모르겠네."

조태호도 김익현에게 음식이 입에 맞았는지 의례상 재차 물어본다.

"아주 맛있게 잘 먹었다네. 정말 오랜만에 과식했어."

"만족한 것 같아 다행이구먼."

두 사람이 포크로 능금을 집어 들고서 곧바로 허리를 편다. 김익현은 그의 말대로 과식을 해서 자세가 불편한 듯, 팔을 뒤로 뻗고 손으로 바닥을 짚어 배를 편하게 늘인다.

"이번에 가서 보니 신의주 공장의 기숙사 시설은 손을 조금 봐야 할 것 같아. 급히 짓다 보니 날림공사도 많았고, 곧 겨울이 닥치면 이대로 지내기는 다소 추울 것 같네. 그리고 주문량이 하루가 다르게 늘어나고 있어서 근로자 숫자도 그만큼 더 필요하니 지금의 시설 가지고는 감당이 쉽지 않을 것 같네. 그리고 내년부터는 군화(軍靴)도 납품하기로 했으니 설비와 함께 근로자 숙소를 증설하는 건 필수일 것 같네."

김익현이 접은 다리를 풀어 길게 뻗어 가며 이야기를 한다. 이때 옥자가 쟁반 가득 곶감을 담아 들여온다. 나이에 비해 손이 무척이나 크다. 그녀가 들어오자 김익현이 얼른 다리를 다시 접어 정좌한다.

"아이고매! 제가 참말로 눈치가 없었구마이라! 언능 나가 있겠어라. 편히 쉬씨시요. 한양서 벼슬 받아 사셨던 진짜배기 양반님네라 아랫것들 앞에서도 참말로 꼿꼿하시제! 필요하신 거이 있으시걸랑 부르셔라! 죄송혀라."

"허허. 아닙니다. 제가 불편을 끼쳐 죄송합니다."

민망해하는 옥자에게 오히려 김익현이 가볍게 사과를 한다. 옥자가 들고 왔던 곶감을 소반에 덜어 올리고, 마루로 나가 아랫사람들 밥상 위 과일을 손수 깎아 준다. 조태호가 말을 잇는다.

"내가 다녀온 원산의 사정도 마찬가지야. 시설을 늘려야겠어. 믿을 만힌 자의 말에 의하면 내지에서 징병 대상을 확대할 거라고 하네. 중국군의 머릿수에 맞추려면 일본군에게도 최소한 지금의 두 배 이상 병력이 필요할 거야. 병사 숫자만큼 지급 탄환 숫자도 늘어날 테니 지금 시설로는 부족할 것 같네."

조태호도 시설을 늘리는 데 동의한다. 지난 7월부터 허허

벌판이었던 원산과 신의주 공장용지에 군수품 생산을 위한 기반시설 공사를 시작했었다. 마침 공사를 시작함과 동시에 중국과 일본의 국지적 충돌이 전면전으로 확대가 되었고, 당연히 이들의 일이 바빠지기 시작했다. 김익현의 제안으로 유사시를 대비하여 기반시설 공정을 서둘렀고 자금계획도 미리 세워두었었는데, 그 덕분에 급작스레 늘어난 수요에 맞춰 군수품 생산을 시작할 수 있었다.

"태호 자네 말이 맞아. 수요가 한동안 기하급수적으로 늘어날 거야. 문제는 원자재 수급에 있는데, 원산 탄환 공장에서 쓰일 화약은 충분히 공급되겠나?"

사업이 자리 잡힐 때까지 원산지역 공장운영은 조태호가, 신의주지역 공장운영은 김익현이 맡아 하기로 했다. 이번에도 두 사람 모두 약 일주일간의 각자 출장을 마치고 막 경성으로 돌아와 이렇게 저녁 식사 겸 간단한 회의를 하는 것이다.

"최근 내지에서도, 만주에서도 화약을 구하기 쉽지 않다고들 하네. 우리는 지난달에 1년 치 대금을 선금으로 지급했으니 앞으로 열 달간은 큰 걱정이 없을 것 같아. 다만 추가 주문과 1년 뒤 생산 계획에 맞추려면 지금이라도 자금 확보를 미리 해서 선금을 지급하고 싶은데…… 여유 자금이 충분히 있겠나? 가능할까?"

"초기 자본금을 넉넉하게 냈고, 계약서대로만 수금이 된다면 현금 흐름도 좋은 편이라 추가로 외부에서 자금을 투입하지 않아도 될 것 같네. 일목요연하게 정리해 둔 장부와 현금흐름표, 자금계획표를 자네에게 놓고 갈 테니 오늘 집에서 시간 날 때 천천히 검토해 보게. 이 보아라, 성열아!"

김익현이 마루에서 후식을 먹고 있는 윤성열을 부른다.

"예. 어르신!"

"정리해 둔 서류를 이리 다오."

"여게 있십니더, 어르신."

성열이 자신의 가방에서 서류뭉치를 꺼내 안방에 있는 김익현에게 다가가 공손히 건넨다. 김익현이 그 서류를 다시 조태호에게 건네고, 받은 서류를 대충 들춰 본 조태호가 인자하게 미소를 지으며 성열에게 묻는다.

"성열 군. 이 서류들을 자네가 작성한 게야?"

"예. 사장님!"

"흠. 알아보기 편하구먼. 그런데 자네 복식 부기법은 어디서 배웠나?"

"……."

조태호의 칭찬에 이은 질문에 성열이 우물쭈물 대답을 못하고 있다. 이 모습을 보고 김익현이 대신 대답을 해준다.

"이 친구를 동대문에 있는 덕수부기학원 속성반에 보냈었다네. 야간 수업반에 보냈었는데 글쎄 얼마 다니지 않아 교재를 모두 외워버리더군. 그럭저럭 부기는 할 줄 알게 됐으니 고급회계를 위해 상황을 보아 어디론가 견습을 보내려 하네.”

김익현이 마치 제 자식 자랑을 하듯 흐뭇한 표정으로 성열을 칭찬한다. 성열이 민망한 표정으로 돌아서 옥자가 깎아둔 나머지 과일을 먹는 동안, 조태호 김익현이 서류를 들여다보며 의견을 나눈다.

마루에 놓여 있는 라디오에서 가수 이난영의 ‘목포의 눈물’이 흘러나온다. 스피커에서 나오는 간드러진 이난영의 목소리에, 옥자가 그 노래를 아무 생각 없이 따라 흥얼거린다.

“사공의 뱃노래…… 삼학도 파도 깊이…… 부두의 이별…… 목포의 설움…….”

옥자가 타고난 소리꾼이었던 것만은 틀림이 없는 것이, 나직이 속삭이듯 부르는 유행가 노래에도 절절한 감정이 실려 있다. 옥자가 부르는 애절한 노래에 취해 있던 성열의 눈이 갑자기 충혈되기 시작한다. 그러고는 이내 주르륵 눈물을 쏟아내더니 벌떡 일어나 수챗가로 달려가 세수를 하기 시작한다. 그 모습을 발견한 옥자가 깜짝 놀라 성열을 쫓아가 눈치 없이 크게 묻는다.

“성열 총각! 워째 운다요? 먼 일이당가요?”

얼굴을 가까이 가져다 대고 빤히 쳐다보는 옥자의 눈길이 민망했는지 얼른 얼굴을 반대편으로 돌리며 성열이 변명을 한다.

"아입니더, 마님! 갑자기 눈에 티끄래기가 들어가가꼬……."

"에이! 이 총각 보소. 날 바보로 아는구마……! 시방 우는 거 아니요. 워째 우요? 이유가 뭐씨요? 엄마 보고 잡소?"

김익현이 바깥에서의 작은 소란을 힐긋 바라보고는 곧 무거운 표정을 지으며 혀를 찬다. '목포의 눈물'이라는 노래와 소희, 그리고 소희와 성열의 첫 만남과 그들의 사연을 익히 알고 있기에 지금의 작은 소란에 무심할 수 없다.

사연을 알 리 없는 조태호가 바깥에 대고 큰 소리로 묻는다.

"바깥에 무슨 소란인가? 노래를 흥얼거리고 말이야! 아래 위도 없이!"

조태호의 목소리에 약간의 노기가 섞여 있는 것을 감지한 옥자가 오히려 큰 소리로 변명을 한다.

"아따! 여게 남경 어른댁 총객이 느닷없이 달구똥 같은 눈물을 안 흘래 분대요. 뭔 슬픈 사연이 생각 났걸래 말이지라."

"어허. 그것참! 보기가 영 그렇구먼!"

조태호가 계속 노기를 드러낸다. 자신의 어린 첩실이 비슷한 또래 총각인 성열에게 필요 이상의 관심과 친절을 베푸는 것은 아닌지, 너무 내외함 없이 대하는 것은 아닌지, 꽤 신경이 쓰였던 모양이다.

이때 김익현이 조태호에게 오해를 풀 수 있게 해명을 한다.

"저 녀석! 우리 안사람과 함께 중국에서 발이 묶여 있는 소희 생각에 저러는 것일세! 내년 봄에 두 아이 혼례를 올려 주기로 했었는데, 소희 녀석이 자주 저 목포의 눈물을 흥얼거리고는 했다네. 나도 소희 그 아이가 마당에서 이 노래를 흥얼거리던 생각이 나는구먼. 무사히 돌아와야 할 텐데 말이야."

김익현의 목소리와 낯빛도 무거워진다. 덩달아 집안 전체 분위기가 착 가라앉는다. 김익현의 설명을 듣고는 조태호도 할 말을 잃고, 마당 한쪽에 서서 손등으로 얼굴에 묻은 세숫물인지 눈물인지 모를 물기를 닦는 성열의 모습도 처량해 보인다.

이때, 느닷없이 옥자의 앙칼지고 날카로운 음성이 사람들의 주의를 끈다.

"아따! 성열 총각! 가서 데불고 오소! 젊은 양반이 뭐가 무섭다고 이라고 있다요? 직접 중국으로 가서 소희라고 하는 처네도 데불고 오고, 남경 마님도 데불고 오씨요. 남경 어르신이야 연세도 있으시고, 맡으신 살림이며 사업이 산더미

  해동의 새벽

같응께로 못 가분다 치더라도 젊은 사람이 이것저것 잴 거이 뭐가 있당가요? 보고 잡은 내 님이, 혼례를 올릴 새악시가 중국서 길을 잃었다고 하믄 언능 가서 데불꼬 와야제! 워째 이라고 있다요!"

옥자의 말이 마치 철없이 마구 뱉어내는 막말 같았는지 김익현도 윤성열도 굳이 대꾸하지 않는다. 이때 조태호가 민망한 마음에 옥자에게 핀잔을 준다.

"어허. 이 사람아! 말씀이 과하네. 전쟁통에 뱃길이 끊겼다지 않는가. 상해로 가는 민간 여객선은 출항을 못 하고 있고, 일본 해군의 군함만 간간이 오간다는데 민간인 여성을 군함에 태울 수도 없는 노릇이고, 여기서 가는 군함의 운항계획도 군사기밀이라네. 운항계획을 설사 알게 되더라도 여기 남경 어른이나 성열 군 같은 민간인을 누가 해군 군함에 태워 주겠나? 다들 알아볼 만치 알아보고 속이 상해서 발을 동동 구르고 있는데…… 답답한 남의 속도 모르고 그런 말을 하는 것은 큰 실례일세."

조태호가 나이 어린 자신의 소실에게 타이르듯 야단을 친다. 그런데 민망해하거나 무안해야 할 옥자가 오히려 고개를 빳빳이 들고 큰 소리로 반문한다.

"워째 배가 없다요? 누가 그딴 헛소리를 허요?"

"어허 이 사람! 중국과 일본이 지금 전쟁을……."

"전쟁이 나도, 배 있소~!!! 누가 없다 혔소? 다다음주……
거시기 시월 말일에 여게 인천항서 상해가는 배가 있당께
라!"

조태호의 말을 중간에 댕강 잘라먹고 옥자가 맹랑하게 큰
소리로 단언한다. 옥자의 '인천항서 상해가는 배가 있당께
라!'라는 말에 집 안에 있는 남자들 전부가 놀란 눈으로 그녀
를 바라본다. 김익현은 넋을 잃은 표정이다. 윤성열은 난데
없이 딸꾹질까지 해댄다. 김익현이 자세를 고쳐 앉으며 옥
자에게 묻는다.

"이보시오, 여부인! 10월 말에 인천에서 상해로 가는 배가
있다는 말씀이, 그것이, 그것이 무슨 말씀이시오?"

옥자를 향한 '여부인(如夫人)'이라는 호칭은, 조태호의 명륜
동 본처가 들었으면 기함(氣陷)을 하듯 놀라 자빠질 말이다.
그만큼 김익현은 정신이 없는 상황이다. 물론 옥자는 '여부
인'이라는 호칭에 별 반응이 없는 것으로 보아 이 말의 의미
를 깊이 알고 있지는 못하는 것 같다.

"아따! 이 어른들 좀 보소! 암만 재산이 많고 글공부를 많
이 하믄 뭐 한당가? 그 잘난 재주를 워따 써 잡수시고 계시
요? 분명히 존재해 부는 배편을 몰라 불고, 쩌짝 전쟁터에
있는 아녀자들은 못 데려와 불고 말이요! 거이다가 성열 총
각 저 못난 남자는 붕알로 달고 눈꺼풀로다가 눈물 즙을 짜

쌓고 있구먼! 여보씨요 성열 총각! 인천 가서 다쓰다마루호를 찾으씨요! 목포 내 육촌 오래비 임동록이, 평택 임씨 임경업 장군의 14대 후손인 임동록이가 우리 육촌 오래비 인디라…… 일본 우편선 다쓰다마루 선원이어라. 지난 시월 초하루에 부산 찍고, 초나흘에 인천에 와서 조선 선원들 휴가 주고, 조선 팔도 국제 우편물 모도 모태 가꼬라, 시월 말일에 인천서 상해로 간다 안 허요. 상해에 가 있는 일본 군인들헌티로 보낼 우편물을 실어가꼬 간다 안 했소. 다쓰다마루호 그거이 군함이 아니지라! 우편선이어라! 조선 팔도 항구 사람들허고, 뱃놈들 모도 다쓰다마루호 그거이 고깃배도 아니요, 전함도 아니요, 연락선도 아닌, 우편선인 거로 다 알고 있지라! 일본 군인들은 천황폐하 어르신 명령하고, 장군 어르신 명령하고, 그딴 중요헌 것들이 적혀 있는 종우 쪼가리를 모도 우편으로 주고받는다고 안 허요! 일본 군인들 봉급도, 군대 일꾼들 품삯도 우편으로 보내고 받고 허제. 암반! 그랑께로 전쟁이 나고 난리가 났어도 우편선은 쉴 수가 없지라! 그라지라!"

옥자가 판소리 사설 늘어놓듯 쉴 새 없이 쏟아내는 말을 모두 턱을 내려놓고 듣고만 있다. 윤성열이 얼른 공책에 다쓰다마루호의 한자인 '龍田丸號'라는 글자를 적어 옥자에게 보인다.

"다마코 마님요! 이기 맞는교? 다쓰다마루호 이 글자가 맞는교?"

옥자가 성열이 들이미는 종이를 보고, 뭔가 더러운 것이라도 본 모양으로 고개를 반대로 돌리며 앙칼진 목소리로 쏘아붙인다.

"아따! 이 총각 참말로 깝깝해부요! 나가 까막눈인지 이때껏 보고도 몰랐소? 눈치를 국 끓여 잡수셨구마이라! 나는 까막눈잉께로, 나헌티 묻지 말고, 언능, 싸게싸게 인천항으로 가씨요! 그짝에 언능 가서 우편선 다쓰다마루호를 찾아보씨요. 다. 쓰. 다. 마. 루!"[22]

옥자가 집게손가락을 들어 허공에 콕콕 다섯 음절을 짚어 가며 익살스럽게 설명한다. 옥자의 말을 들으며 맘이 급해진 김익현이 황급히 자신의 기사에게 차를 대기하라고 시킨다. 몇 달 동안 노심초사해 가며 김익현, 조태호도 해결하지 못했고, 중국 육군의 민상국 장군도, 일본 해군의 고하세 사부로 중령도 해결하지 못했던 난제에 조태호의 첩실인, 목포에서 갓 올라온 열여덟 살 무지렁이 여인 옥자가 의외로 쉽게 실마리를 제공한 셈이 된다.

갑자기 사람들의 움직임이 부산스러워진다. 김익현의 운전기사가 달려나가 자동차 시동을 건다. 김익현도 바삐 걸음을 재촉하고, 성열도 내달리듯 대문간을 나선다. 해는 뉘

     해동의 새벽

엿 떨어져 가는데, 낮부터 시도 때도 없이 울어대던 수탉이
또다시 소란스레 홰를 쳐댄다.

구인광고

경성 야마토정(大和町) 남강흥업.

남산의 북쪽 기슭 야마토정에 새로 지어진 4층 높이의 석
조건물, 건물의 소유주는 조태호이다. 이 건물 2층에는 조태
호의 한진광업소가 자리하고 있고, 3층은 김익현과 조태호
가 새로 설립한 남강흥업이 사용하고 있다.
몇몇 사내들이 계단을 통해 3층으로 올라와 사무실 문을
빼꼼 열고 안을 들여다본다. 책상에 앉아 서류를 뒤적이던
윤성열이 사무실 내부를 들여다보는 사내와 눈이 마주치자
앉은 자리에서 큰 소리로 묻는다.
"무슨 일로 왔능교?"
성열의 질문에 사내가 사무실 문을 마저 열고 남강흥업으
로 들어온다.
"여기…… 신문광고를 여기에서 내지 않았소?"
사내가 손바닥만 하게 자른 신문지 조각을 윤성열에게 건

네며 묻는다.

"벌씨로 동아일보에 이 광고가 나왔는가 배요?"

"예. 조금 전 석간신문을 사서 읽다가 이 광고를 보고서는 득달같이 달려왔지요. 여기가 남강흥업 맞지 않소?"

윤성열이 광고 내용을 들여다보며 이 사내를 응접 테이블에 딸린 의자에 앉힌다. 함께 온 듯한 다른 사내들은 문밖에 서서 이들의 대화를 주시한다.

"여기 광고대로 여편네 둘을 데려오면 오만 원을 줍니까?"

"하모요! 광고를 거짓말로 내겠십니꺼? 성공만 하모, 다섯 명한테 한 사람당 만 원 쓱 오만 원을 드리지요."

"……!!"

사내 모두 벌어진 입을 다물지 못한다. 윤성열의 호방한 대답을 들은 사람들이 슬그머니 사무실 안으로 발을 들여놓는다.

"모도 중국말은 할 줄 아십니꺼?"

사람들을 차례차례 바라보며 윤성열이 질문을 한다. 모두 대답은 하지 않고 서로의 얼굴만 쳐다본다. 이때 그들 중 의자에 앉아있던 사내가 큰 목소리로 대답한다.

"개인당 거금 만 원이 생기는데 그깟 중국말이 대수겠소? 금세 배워 오리다. 그나저나 그 여편네들이 제법 큰 돈을 훔

　　　　　해동의 새벽

쳐 간 모양이오? 이렇게 거금을 현상금으로 걸 정도니 말이오. 이 정도면 거물 독립운동가 열 명을 잡아 오면 주는 상금보다 큰 금액인데, 도대체 얼마를 훔쳐 간 게요?”

이 사내의 엉뚱한 소리에 성열이 얼굴을 찌푸린다.

“이 아자씨가 모라카는 기고 지금? 우리는 도둑을 잡자는 기 아니요. 그라고 그짝 말씸이…… 지금은 중국말을 몬 하고 난중에 배워 오겠다는 말이요?”

“아 글쎄…… 중국말은 그까짓 거 인천에 있는 청요리집에 가서 금세 배워 올 테니 우리를 뽑아서 중국으로 보내주시오. 우리가 사람을 찾는 데 일가견이 있으니 다른 사람들 면접일랑 볼 필요도 없소. 그냥 우리를 보내주시오. 아니, 까짓거 중국 본토에 가서 중국말을 배우면 더 빠를 테니 당장 내일이라도 우리를 중국으로 보내주시오!”

“이기 무신 쉰 소리요? 중국말이라 카는 기, 고마 청요리 배우디끼 금시 되는 기요? 지금 바빠 죽겠구마는, 별사람들이 다 귀찮게 하는구마! 퍼뜩 나가소!”

성열이 화를 내며 사람들을 쫓아내려는 찰나, 사무실 복도가 소란스러워지더니 이내 수십 명의 사람이 사무실 앞으로 우르르 밀려 들어온다. 각자 손에 동아일보 한 부씩이 들려 있다. 계단과 복도의 소란에 더해 바깥에서도 웅성거리는 소리가 창을 통해 들어온다. 성열이 놀라 창밖을 내다보니 건물 앞 도로가 사람들로 인산인해를 이루고 있다. 저 멀리 조선은행 건물과 미쓰코시 백화점 앞까지도 사람들이 무질서하게 늘어서 있다.

"이보게 성열 군! 남경은 어딜 갔나?"

조태호가 땀을 뻘뻘 흘리며 사무실로 들어와 김익현을 찾는다. 건물 앞 길가에서부터 계단과 복도에 모여 있는 인파를 뚫고 오느라 어지간히 힘을 뺀 모양이다. 이때 사장 집무실에서 김익현이 나온다.

"아니. 이게 무슨 소란인가? 태호 자네는 또 무슨 땀을 그리 흘리나?"

"나 참 이거! 지금 경성 시내 전체가 온통 익현이 자네가 낸 신문광고 때문에 난리가 났네!"

조태호의 큰 소리에 적잖게 당황한 듯 김익현이 창밖을 내다보고, 다시 사무실 반대편 문을 지나 복도와 계단을 내려다본다. 이어서 성열이 건네는 신문광고를 오려 낸 쪽지를 선 채로 자세히 들여다본다. 김익현의 어깨너머로 조태호도 광고 내용을 유심히 읽는다.

구인광고

용감한 남자 다섯 명을 구하오. 열여덟 살 이상 스물다섯 살이하의 조선인이나 일본인 중에 중국말을 할 줄 알고 건강할 것.

소화 12년 10월 30일. 조선에서 출발하여 중국 상해로 가서 중국을 수소문하여 조선인 아녀자 두 사람을 찾아 데리고 올 용감한 남자 다섯 명을 선발하오. 뱃삯, 차비, 숙박비, 식비, 의복비 일체를 지급할 것이오.

두 아녀자 모두를 데려오면 지원자 한 사람당 사례금 일만 원, 도합 오만 원을 드리오. 두 아녀자 중 한 사람만 데려오면 한 사람당 사례금 각 삼천 원, 도합 일만 오천 원을 드리오.

가급적 두 여성 다 데리고 와주시오. 중국을 다녀올 용감한 남자는 본 광고지를 가지고 아래 주소로 찾아오시오.

야마토정 삼정목 다이고쿠 빌딩 3층

남강흥업 사장 김익현 백.

한참 동안 신문광고에 눈을 고정한 채 아무 말 않던 두 사람이 조용히 사장실로 들어간다. 잠시 뒤 조태호가 사장실에서 나와 윤성열에게 지시한다.

"이보게 성열 군! 사무실 문을 걸어 잠그고 1층에는 안내 공고를 붙여야겠네. 내용을 이렇게 작성해서 붙여 주게. 우리 쪽의 착오가 있었으니 금번 조선일보와 동아일보에 게재

된 광고를 보고 찾아오신 분들은 돌아가 주시고, 추후 따로 광고를 냈을 때 다시 찾아주시오. 이렇게 말일세. 지금 바깥에 모인 사람들에게도 이와 같은 내용을 알리고 해산을 시키게."

"……."

조태호의 지시에 윤성열이 아무 대답을 하지 않는다. 조태호가 다시 채근한다.

"뭐 하고 있나? 어서 문을 걸어 잠그라니까."

"저게, 조 사장님. 암만케도 지금 경황이 없으시가꼬, 잠시 사장님께서 착오를 하셨지 싶습니더. 저 광고를 내기 전에 두 번, 세 번 수정 과정에서 우리 어르신이 직접 관여를 하싰고예…… 착오가 있을 리가 없십니더. 그라고, 저 사람들은 지금 우리 어르신이자 남강흥업 사장님 명의로 낸 광고를 보고 찾아온 기 아입니꺼? 개인 간의 약속도 처음과 다른 말을 하게 되모 신용을 잃는 법인데, 하물며 신문에 공고까지 낸 일로 가지고 두 말씸 하게 되모…… 우리 어르신 신용도 그렇고…… 남강흥업 신용도…… 제가 쪼매 외람됐십니더. 재고를 해주이소. 그라고, 쪼매…… 생각해 보이, 저한테 좋은 꾀가 하나 생겼십니더. 제가 이 난장판 정리를 해보겠십니더."

윤성열이 조심스레 할 말을 다 하고 있다. 성열의 이야기를 가만히 듣고 있던 조태호도 천천히 고개를 끄덕인다.

"흠. 자네 말을 듣고 보니 일리가 있네. 그래! 자네에게 좋은 수가 있다는 말이지?"

"예, 사장님. 저한테 여게, 질서를 잡아 줄 사람 한 명만 더 붙이주이소."

이어 성열이 김익현에게 달려가 몇 가지 사항들을 공책에 적어 나온 뒤 사무실 문을 활짝 열어 둔다. 2층 한진광업소에서 사원 한 사람이 올라와 윤성열의 일에 손을 보태기 시작한다. 복도와 계단, 그리고 건물 앞에서부터 일렬로 줄을 서게 한 뒤, 문을 활짝 열어 계단과 복도에 줄을 선 사람들이 사무실 안을 쉽게 들여다볼 수 있게 만든다.

준비를 마친 윤성열이 한 사람씩 면접을 보기 시작한다. 수천 명의 면접을 이런 식으로 어떻게 진행할지, 모두 의아하다.

제일 먼저 면접상에 들어온 사람을 향해 윤성열이 다짜고짜 질문한다.

"니 하오? 닌 지아린 도 하오 마?"

[안녕하세요? 가족들은 잘 지내나요?]

"……."

성열의 느닷없는 중국말 질문에 지원자가 꿀 먹은 벙어리다. 그런 사내를 보고 윤성열이 목청껏 크게 외친다.

"중국말도 못 하는 사람이 뭐 하러 여게를 왔소? 탈락! 다음 사람 오시오!"

다음번 면접자도 망신을 당하고, 고개를 푹 숙이며 얼굴을 가린 채 문을 나선다. 계속해서 면접이 진행된다.

"니 지 수이 러?"

[나이가 몇이오?]

"진 닌 얼쉬 수이."

[금년 스물셋입니다.]

"일차 합격! 여기에다가 이름하고 주소를 적어 두시고, 내일 다시 와주이소! 오늘은 지원자가 너무 많이 와가꼬 이차 면접은 내일 하겠십니더. 모두 이해를 해주이소!"

성열의 면접 과정을 지켜보던 조태호가 빙긋 웃으며 그에게 속삭이듯 묻는다.

"자네, 그 엉터리 중국어를 도대체 어디서 배웠나?"

성열도 소곤거리는 소리로 대답한다.

"사실은…… 조금 전에 우리 어르신이 몇 자 적어주시가꼬예, 중국말로 쪼매라도 할 줄 아는 사람만 솎아낼라꼬 꾀를 내봤십니더. 벌씨로 여게 소식을 듣고 바깥에 선 사람 중에 반 이상은 고마, 집에 갔지 싶습니더."

"허허 그 녀석!"

성열의 기지에 조태호가 탄복한다. 성열은 매번 여러 방식으로 사람을 놀라게 한다. 성열의 말대로 뒷줄에서 이 광경을 지켜본 사람 중 팔 할 내지 구 할 이상의 인원이 자진해서 발길을 돌린다. 지원자가 많은 면접시험에서, 먼저 면접을 마친 사람을 붙잡고 무슨 질문을 받았는지 물어보는 일은 흔히 일어나는 현상이다. 먼저 탈락한 사람들이 뒤에서 기다리던 사람들에게 자신이 받았던 질문의 수준을 과장되게 알려 주면서 상당한 중국어 실력이 아니면 공개적 망신을 당할 것이라는 말을 퍼뜨려 주었다. 자격이 되지 않으면 애당초 면접장에 들어올 생각을 말라는 윤성열의 강력한 메시지가 효과를 본 것이다.

이렇게 면접이 진행되면서 저 멀리 미쓰코시 백화점 앞까지 늘어선 사람들이 금세 흩어지고 사라진다. 그만큼 요행수를 바라고 얼렁뚱땅 기회를 잡으려는 얼치기 허풍선이들이 많았다는 얘기다.

이런 식으로 추리고 또 추려내어 반나절 만에 서른 명 남짓의 일차 합격자를 뽑았고, 다음날에도 같은 내용의 동아일보, 그리고 조선일보 광고 쪽지를 들고 온 사람들을 상대로 윤성열이 면접을 치러, 김익현에게 약 쉰 명의 심층 면접 대상자 명단을 넘겨주게 된다.

이 광고로 인하여 그날 석간 동아일보와 다음날 조선일보가 금세 동이 나버렸으며, 심지어 글을 읽을 줄도 모르면서 윗돈을 쥐 가며 신문을 구하러 다닌 사람도 부지기수였다고 한다. 일확천금의 허황한 꿈을 꾸고 김익현과의 면접을 위해 그 신문광고지를 구하려는 사람들의 성화에, 신문을 더 찍어 보내달라는 일선의 배급소도 여러 곳 있었다고 한다.

도시 조선인 근로자 하루 노임이 일 원 오십 전, 전라도 논 한 마지기 가격이 대강 이백오십 원, 서울 근교 논 한 마지기가 삼백 원 하던 시절에, 거금 오만 원을 내 걸고 중국에서 부인을 찾아 데리고 올 사람을 구하는 이번의 구인광고는 한동안 사람들 입을 통해 경성 일대는 물론 조선 팔도를 들썩이게 한 이야깃거리가 됐다. 아울러 시중에서 김익현의 이름 석 자와 남강흥업이라는 회사를 모르는 자가 없을 정도가 되었다.

그리고 김익현의 애틋한 사연이 미화되고 보태어져 경성 여인들 사이에서 대표적 사랑 이야깃거리가 되어 갔다. 이렇게 말 많았던 구인광고를 통해 민지영과 소희를 구하러 곧 상해로 떠날 5인의 결사대가 구성된다.

정주영

경성(京城) 복흥상회.

신당동 미곡상 복흥상회 앞이 아침부터 드나드는 짐차와 일꾼들로 종일 복잡하다. 며칠 전부터 미곡 수백 석을 실어와 가게 뒤 창고에 잔뜩 쟁여 놓고, 공간이 부족해지자 옆집 이창정미소에도 곡식을 차곡차곡 쌓아 두고 있다. 복흥상회가 예년보다 여러 배가 넘는 양의 미곡을 들여놓는 것을 보면, 올겨울 경성 쌀값이 제법 많이 오를 것으로 사람들이 예상한다. 오랜 기간 쌀 도매상을 운영해 온 복흥상회 주인 이민성의 쌀값 예측은 단 한 번도 틀린 적이 없었다. 시쳇말로 귀신 같다고 한다.

하지만 그는 지금껏 살아오며 다량의 입도선매나 사재기는 절대로 하지 않아 왔다. 시장 상황에 맞춰 부지런히 사모으고 원하는 거래처에서 적당한 이문을 붙여 넘기기는 했지만, 쌀은 사람의 목숨과도 같다고 생각하며 살아왔기에 양식을 이용해 일반상식을 벗어난 폭리를 취하려 드는 행동은 절대 하지 않아 왔다. 그러한 그의 과거 행적에 반해, 평소의 서너 배가 넘는 양곡 물량을 미리 확보해 두는 그의 최근 행동은 주위 사람들에게 꽤 낯선 일로 다가온다.

이웃들의 말에 의하면, 작년 겨울 고등경찰에 붙들려 다녀오고 나서부터 이민성의 행동이 평소와 다르게 바뀌었다고 한다. 며칠간 경찰서에 감금되어 고초를 겪고 풀려난 뒤, 그는 왕십리 집에서 두문불출하며 몇 달간 아무도 만나지 않았다고 한다.

지팡이를 짚어가며 초췌한 모습으로 가게에 나와서는 예전부터 가게 점원 정 군과 그의 먼 친척이라고 알려진 이순제에게 맡겨 두었던 각종 장부를 넘겨받아 직접 점포와 창고의 재고 현황을 꼼꼼히 챙기기 시작했다고 한다. 오랫동안 묵혀 두었던 외상값을 정산하기 위해 직접 거래처를 돌아다니기도 하였고, 경성 시내 정미소들을 돌아다니며 자신과 오랫동안 거래했던 사장들과 맺어 온 소소한 계약 내용을 직접 챙기기 시작했다.

이민성의 행동이 평소와 다르게 바뀐 이유에 대해서는 시중에 많은 의견이 분분했는데, 어떤 사람의 말에 의하면 그가 고등경찰에게 하도 많이 두들겨 맞아 머리가 돌아 그렇다 하기도 했고, 또 어떤 사람의 의견으로는 그가 한동안 전적으로 믿고 있었던 정 군이라는 점원 녀석이 상당한 금액의 가게 돈을 횡령하려다 적발이 되었기 때문이라고도 했다.

그러나 오랜 기간 그와 관계를 쌓아왔던 여러 거래처 사

 해동의 새벽

장들의 말에 의하면 이민성이 고등경찰에 다녀온 이후에 오히려 암산으로 미곡의 단가와 수량을 곱하고 나누는 계산에 있어 과거보다 더 총기가 있어 보였으며, 꽤 오래된 과거 상대방의 작은 실책들에 대해서도 세세하게 기억하고 있으면서 다시는 그런 오류를 범하지 말아 달라고 신신당부하였다고 하니, 그가 미쳤다는 사람의 말은 믿을 수가 없다고 한다.

그리고 정 군의 횡령설에 대해서도 그 말을 믿을 수 없는 것이, 이민성이 석 달 동안 집에서 두문불출한 이후에 지팡이를 짚고 가게로 출근하면서 그가 제일 먼저 했던 일이 정 군의 월급을 대폭 올려 주는 일이었고, 자신의 친척이자 오랜 직원이었던 이순제의 각종 업무 권한 모두를 정 군에게 넘겨준 뒤 이순제에게는 앞으로 가게 운영과 관련한 모든 결정에 있어서 정 군의 의견을 우선 따르라는 엄한 당부를 해두었기 때문이다.

부쩍 짧아진 해가 뉘엿 저불고, 일꾼늘의 상하차 작업이 대충 마무리될 무렵, 자전거를 타고 온 우편집배원이 정 군을 찾는다. 거래처에 심부름을 간 정 군을 대신해서 이순제가 집배원을 맞는다. 기운을 쓰는 일을 하던 터라 땀에 흠뻑 젖은 그의 머리와 등에서는 김이 모락모락 피어오른다.

"정 군은 수금을 가서 조금 있어야 올 텐데요. 누구한테서 온 편지우?”

“예. 일본에서 왔네요. 정인영이라고…….”

정인영이라는 이름을 듣고, 뒷전에 서 있던 이민성이 이순
제를 제치고 나서 먼지 묻은 손바닥을 털며 집배원에게 다
가간다.

“인영이라구? 일본 간 인영이한테서 편지가 왔수?”

“예. 발신인이 정인영으로 되어있네요. 일본에서 왔구요,
수신인은 정주영이네요.”

“이리 줘 보슈.”

“정주영 씨한테 온 편지인데요.”

“내가 이 가게 주인이우. 이 가게 주인인 내가 받으나, 종
업원인 정 군이 받으나 매한가지라우. 내가 전해 줄 테니 이
리 내시우.”

이민성이 집배원으로부터 낚아채듯 받아 든 편지의 봉투
앞면과 뒷면을 번갈아 보아가며 들뜬 모습이다. 내용이 궁
금해 죽겠다는 표정이다.

“아저씨! 뭐라구 적어 보냈는지 한 번 열어 보시지 그래
요?”

이순제가 이민성의 마음을 알았는지 옆에서 슬쩍 부추긴
다. 이민성이 멋쩍은 미소를 지으며 고개를 가로젓는다.

“글쎄…… 반가운 마음에 편지를 대신 받아 들기는 했다

마는, 엄연히 수신인이 정 군이니…… 답답해도 조금 기다
려 보자꾸나. 인영이 이 녀석, 일본에서 밥을 굶고 지내지는
않는지…….”

“아저씨두 참, 그 똑똑한 녀석이 일본이라고 해서 밥을 굶
고 다니겠습니까요? 게다가 건강하지, 부지런하지, 인영이
녀석은 세상 어디에 데려다 놔도 잘 살 녀석입니다요. 게다
가 인영이한테는 정 군이라는 든든한 형이 있지 않습니까
요. 정 군이 어디 자기 동생 인영이가 굶는 꼴을 볼 녀석입
니까요?”

정인영은 정 군의 다섯 살 아래 친동생이다. 3년 전 정 군
이 자신의 바로 아래 동생 인영이를 고향인 강원도 통천에
서 이곳으로 데려다가 낮에는 복흥상회의 배달 일을 시켜
밥값을 하게 했고, 밤에는 YMCA 영어과에서 2년간 영어공
부를 하게 했었는데, 머리가 꽤 좋았던지 성적이 항상 최상
위권을 맴돌았었다. 그러다가 복흥상회 이민성 사장이 정
군의 월급을 대폭 인상해 주자, 경제적 여유가 생긴 정 군이
동생 정인영을 일본으로 유학을 보내게 되었다.

유학길을 떠나기까지 2년 동안, 정인영과 복흥상회 식구들
이 함께 지내면서 쌓였던 정이 상당했기에, 그가 일본에서
형에게 부친 편지 한 통에 복흥상회 식구들 모두 반가워 들
썩이고 있다. 마침 수금을 떠났던 정 군이 가게로 돌아오고,

정인영의 편지를 개봉해 모든 사람이 돌려 읽기 시작한다.

일본에 도착해서 그동안 겪었던 많은 이야기와 함께, 고향에 계시는 부모님과 친척 어른들의 건강에 대한 염려, 그리고 여비를 별도로 마련해 주셨던, 또 그가 서울에 머무는 동안 성심을 다해 보살펴 주셨던 이민성 사장에 대한 깊은 감사의 말과 함께, 다른 복흥상회 식구들 안부도 더불어 물어본다. 본인은 아오야마가쿠인(青山學院)²³에 입학했으며, 전공은 영어로 선택했고, 어렵게 자신의 학비를 마련해 준 맏형 정주영의 은혜에 보답하기 위해서라도 밤낮으로 학습을 게을리하지 않을 것이라는 다짐 등, 편지 내용이 구구절절 읽는 사람들의 가슴을 부풀게, 또 저미게도 하는 이야기들로 가득 차 있었다.

여러 사람이 모여 정인영의 편지 내용을 화제 삼아 이야기꽃을 피운 후, 며칠 간의 고된 미곡 반입 작업을 치하하고자 이민성이 따로 마련한 음식을 먹기 위해 복흥상회 식구 예닐곱 명이 옆집 이창정미소 안마당으로 몰려간다.

환하게 백열등이 밝혀진 이창정미소 마당에는 푹 삶은 돼지고기며 보쌈김치 등이 멍석 위 밥상에 먹음직스럽게 차려져 있다. 김이 모락모락 나는 쌀밥과 막걸리 주전자도 빠질 수 없는 구색이다.

복흥상회 식구들과 이창정미소 식구들에 더해 쌀집 주요

거래처 사장들도 이 자리에 도착해 있다. 모두 거한 만찬을 기대하고 있다. 식사가 시작되고, 사람들이 밥상에 둘러앉아 술잔을 주고받으며 차려진 음식을 즐기는 동안, 자신 앞에 놓인 음식과 술잔에는 손 하나 대지 않고 묵묵히 앉아있던 복흥상회 이민성 사장이 조용히 자리에서 일어나 주전자를 숟가락으로 두들기며 사람들의 주목을 부탁한다.

"여기 모이신 여러분들! 잠시 저를 좀 봐주시우. 그리고 정 군아! 잠시 이리 나와서 내 옆에 서거라."

이민성이 차려진 밥상 맨 말석에 앉아있던 정 군을 자신의 옆에 데려다 세운다. 불려 나가는 정 군은 이미 그가 이곳에 모인 사람들에게 무슨 말을 할 것인지 알고 있는 듯 덤덤한 표정이다. 모두 들고 있던 수저와 술잔을 내려놓고 궁금한 표정으로 나란히 있는 두 사람을 지켜보는 가운데, 이창정 미소 박도영 사장도 제법 우렁찬 목소리로 사람들의 주목을 요구한다.

"자. 자. 여기 모이신 여러분! 우리 이민성 사장님께서 오늘 중대 발표가 있으시다고 합니다. 모두 잠시 하던 말씀들 멈추시고 우리 이 사장님의 이야기를 들어 보도록 합시다."

박도영 사장의 표정과 행동, 말투로 보아 이 사람도 이민성이 발표할 내용을 이미 알고 있는 듯하다. 이민성이 차분하게 말을 시작한다.

"여러분들께서는 내 나이를 대충은 알거우. 내가 올해 예순셋이우. 이 정도면 내일 죽어도 호상 아니겠수? 그런데, 내가 죽는 건 죽는 것이고, 그게 대수가 아니라, 내가 죽고 나면 이 가게며 또 달린 식구들이며…… 수많은 거래처며…… 여러분들하고의 인연이 얼마나 소중한지 모른답니다. 그런데, 그게, 온전히 내 자식한테까지 이 소중한 인연이 이어질 것 같지가 않아서…… 지난 몇 년 동안 내가 잠을 쉽게 이룬 날이 없었다우. 늦게 얻은 하나뿐인 아들놈은 도대체 뭘 하고 돌아다니는 건지…… 결국은 남의 집 담을 넘다가 감옥소까지 들어가게 되었는데…… 그것이 무슨 독립운동자금을 위해서라고 구라를 치다가…… 제기랄! 여기서 그 진실을 찾아 들춰내서 또 뭘 하겠수. 뻔한 일, 내가 내 자식놈을 제일 잘 아는데 말이우."

그의 아들은 작년 겨울, 고등경찰로부터 독립운동자금을 구하려 경성의 여러 부잣집을 털었던 혐의를 받고 재판에 넘겨져, 치안유지법 위반 등 일부 혐의는 무죄를 받았으나 강도 혐의가 유죄로 인정이 되어 징역 2년을 선고받고 복역 중이다.

"그런데 여러분도 아시다시피 여기에 서 있는 우리 정 군이 말이우…… 내가 이 친구를 몇 년을 데리고 있어 보니 싹수가 있어 보이는 게, 이 녀석에게 우리 가게며 영업권을 넘기는 것이 아무래도 나나 우리 복흥상회, 그리고 우리 종업원과 거래처에 좋은 일인 듯싶어 그리하기로 결정했다우.”

마당에 모인 여남은 명의 사람들이 그의 이 말에 웅성거리기 시작한다.

“내가 이 자리에서 쌀장사를 시작한 게 명치 39년인데…… 그게 벌써 30년이 넘었지요. 그전까지는 저쪽 왕십리에서 미나리장사로 먹고살았는데, 아직도 사람들이 나를 미나리꽝 이 서방이라고 부르는 게 그 이유 아니겠수. 그때는 우리한테도 임금님이 계셨는데… 세월이 참 빨리도 흘러갔구랴. 그동안 참 많은 사람과 연을 맺고 거래를 해왔지 않겠수. 그래서 나름 복잡한 관계가 많은데…… 여튼 말이우, 올해가 지나고 명년 1월부터는 여기 복흥상회가 경일상회라고 간판을 바꿔 달고 영업을 할 텐데 말이우, 그게 내가 30년 넘게 하던 장사를 여기 우리 정 군, 아니 이제부터는 정 사장이라고 불러야겠지…… 여기 우리 정주영 사장이 물려빈아서 세속하는 것이라는 걸 발표하는데 말이우…… 무엇보다 중요한 것이, 우리 복흥상회한테서 받을 돈이 있으신 분 모두 올해 연말까지는 정식으루다가 청구를 해주시고, 저한테 줄 돈이 있으신 분들도 연말까지 연락을 좀 해주십사 하는 말씀을 드리겠습니다. 그리고, 받을 돈, 줄 돈 모두 경일상회 정주영 사장에게 물려줄 예정이니 꼭, 조속히, 나와 여기 정 군, 아니 정 사장에게 말을 해 놓으시구려.”

지금 이민성은 자신이 30년 넘게 영업해 온 가게와 영업권을 정 군에게 넘겨주면서 사람들에게 소위 채권과 채무의 양도 공시라는 것을 하는 셈이다. 태어나서 학교는커녕 서당 문턱도 한 번 넘어보지 못했던 무지렁이 장사꾼이 이런 법률행위를 자연스럽게 할 수 있게 된 데에는 모진 풍파를 헤쳐가며 체득했던 수많은 경험치가 상당한 영향을 미쳤을 것이다.

“이 늙은이가 가게 장사를 그만두면서 말이 너무 많았던 것 같구먼. 난 이만 말을 마칠 테니, 앞으로 내 모든 신용과 함께 복흥상회를 물려받아 운영해 나갈 정주영 경일상회 사장의 인사말을 들어 봅시다. 자, 정 사장, 인사 말씀 한마디 하시게.”

이 자리에서 30여 년의 세월에 대한 정리를 간단히 마쳤지만, 이민성이 살아온 삶은 몇 분 만에 쉽게 정리하여 말을 마칠 수 있는 궤적이 아니었다.

여덟 살에 가장인 아버지와 형을 잃고, 이어서 열한 살에 마지막 혈육이었던 어머니마저 청나라 군사의 총에 맞아 먼저 저세상으로 보내게 됨으로로써, 그때부터 그는 혈혈단신으로 모진 세상에 혼자 버려진 고아가 되었었다. 봄부터 가을까지는 매일같이 거머리에게 피를 빨려가며 미나리꽝 진창

    해동의 새벽

속에서 살았고, 매년 겨울마다 동상에 걸려 가면서 미나리며 시래기를 손질해 서울 곳곳을 누비며 행상을 해왔었다. 그리해서 삼십 줄에 겨우 마련한 쌀집이 운이 좋아 장사는 잘됐지만, 그때부터는 늦게 보게 된 외동아들이 큰 문제였는데, 자식의 사람됨에 깊은 실망을 함으로써 화수분과 같이 돈이 쏟아지는 이 가게를, 그리고 육십 평생 쌓아온 신용까지 피 한 방울 섞이지 않은 종업원에게 물려주는 그의 복잡하고 깊은 심정을 누가 헤아릴 수 있을 것인가.

그런 그의 마음을 그나마 알아주는 사람 중 하나인 스물두 살 청년 정주영이 살짝 상기된 얼굴을 하고 사람들을 바라보며 인사말을 시작한다.

"강원도 통천에서 온 정주영이라고 합니다. 저는 보통학교밖에 못 나와서 많은 것을 알지 못하지만서두, 사람의 신용이라는 것이 얼마나 소중한 것인지 여기 복흥상회 이민성 사장님을 만나고 나서 절실히 깨우치게 되었습니다. 앞으로 무슨 일이 있어도 제게 물려주신 이 사업과 또 신용을 절대로 잃지 않겠습니다. 많이 부족합니다. 앞으로 많이 도와주세요. 예. 예. 감사합니다."

짧은 소감의 발표가 끝나자 모두 손바닥에 불이 나게 박수를 쳐 대기 시작한다. 여기 모인 여남은 명의 사람들은 모두 청년 정주영의 사람됨을 너무나도 잘 아는 사람들이다. 그와 가장 가까운 자리에서 식사하던 점원 이순제도 활짝 웃는 얼굴을 하고 열정적으로 손뼉을 치고 있다. 어찌 보면 그가 나이로 보나 취직 순서로 보니 이 상황에서 가장 서운해할 사람일 수도 있는데, 지금 그는 누구보다도 더 진심으로 정주영을 응원해 주고 있다. 사실 이런 결정을 내리기 얼마 전, 이민성이 이순제와도 대충의 상의를 거친 적이 있었는데, 예상보다 더 적극적으로 그를 이민성의 후계자로 추천했었다고 한다.

올가을 추수 이후, 주위 사람들의 불미스러웠던 갸웃거림까지 감수해 가면서 복흥상회에서 평년의 여러 배가 넘게 미곡을 매입했던 이유는, 다름 아닌 정주영의 사업 밑천을 크게 만들어 주고 싶었던 이민성의 깊은 배려 때문이었다고 한다. 먼 훗날 정주영이 대규모 기업 집단을 이끄는 총수가 되어서도 그가 스물두 살 때 신용 하나만으로 복흥상회를 물려받았던 지금 이 순간을 잊지 않았고, 자신을 전적으로 믿어 주었던 이민성에게 은혜를 갚기 위해 그의 아들과 사위, 손자, 그리고 손자며느리까지 자신이 운영하는 회사 주요 직책에 고용하게 된다. 어찌 보면 오늘 이민성은 자신의 후손에게 든든한 유산(遺産)을 정주영을 통해 물려주는 셈이 된 것이다.[*]

밤이 깊어 가고, 오랜만에 막걸리에 거나하게 취해 구수한 유행가 가락을 뽑아내는 이민성의 두 눈에서, 고단했던 그의 60년 삶을 투영하는 진한 눈물이 흘러내린다.

불상(佛像)과 황금마패

경성. 조선총독부.

복도 전체에 향냄새가 난다. 사찰의 법당이나 일반 제단에서 나는 흔한 향내와는 그 무게감이 다르다. 이름 모를 과일 냄새가 섞인 듯한 달큼하고, 새큼한, 그리고 무거운 향내가 총독 집무실로부터 은은히 풍기고 있다. 생경한 냄새다.

미나미 지로(南次郎) 조선 총독의 집무실로 통하는 대기실 벽면에 걸린 대형 거울을 바라보며 김익현과 윤성열, 그리고 이틀 뒤 인천에서 상해로 떠나는 다쓰다마루호(龍田丸號)에

---

* 현대그룹 창업주 정주영 회장의 자서전 《시련은 있어도 실패는 없다》에서 그가 신용 하나만 가지고 복흥상회를 물려받은 시점이 1938년도라고 기록되어 있으나, 본 작품에서는 글의 구성상 1937년 말로 묘사하였다. 그리고 지금까지 신당동 복흥상회, 정주영과 관련한 인물과 에피소드의 상당 부분은 정주영의 자서전에 기반을 두어 작가의 상상으로 만들어 낸 허구의 이야기임을 밝힌다. 정주영과 복흥상회와 관련된 사실의 이야기가 궁금한 독자는 정주영의 자서전과 함께 복흥상회의 실제 주인이었던 고 이경성 씨의 손자 이민우 씨가 2021년 3월 10일 문화일보사에 기고한 칼럼(28면) 등의 사료를 찾아보길 권한다.

승선할 소위 다섯 명의 결사대가 옷매무새를 정리한다. 조석으로 쌀쌀함에 몸서리를 치기도 하는 가을이지만 긴장 때문인지 성열의 이마와 콧잔등에 땀이 송골송골 맺혀 있다.

반쯤 열려 있는 문을 통해 복도 끝에서부터 군홧발 소리가 저벅저벅 들려온다. 발소리가 점점 가까워지더니 출입문을 통해 각종 금속 장식이 달린 해군 정복 차림의 고하세 사부로 중령이 들어온다. 김익현을 보자마자 차려 자세를 한 후 절도 있는 묵례를 하고, 윤성열에게는 가벼운 눈웃음으로 인사를 대신한다. 성열은 이 눈웃음 한 번에 지난여름 쫓겨나듯 총독부를 나오면서 느꼈던 그에 대한 서운함을 깨끗이 잊게 된다.

다섯 명의 결사대는 고하세 중령의 작은 행동 하나하나를 아주 신기한 듯 쳐다본다. 서슬 시퍼런 무력통치 시절, 번쩍번쩍 계급장이 빛나는 일본 해군 장교가 조선인인 김익현에게 절도 있는 묵례를 하는 모습에 약간의 충격을 받은 것 같았고, 십 대 후반의 그 댁 식솔이라고 소개를 받았던 윤성열과도 눈인사를 가볍게 주고받는 모습이 낯설고 신기한 듯했다. 무엇보다 천황의 대리인 자격으로 이 나라 왕을 대신해 조선을 통치하는 총독을 만나기 위해 이렇게 총독부 건물에 들어와 있는 사실 자체만으로 그들은 지금 꿈인지 생시인지 모를 기분들에 젖어 있다.

　　　　　　　　　　　　　　　　　해동의 새벽

고하세가 총독 접견 대기실 직원의 책상에서 서류 한 장을 집어 들어 찬찬히 훑어본다. 혼잣말하듯 '김익현', '윤성열'을 읊조리고, 이어서 약간 음성을 높여 이름을 부른다.

"표희수!"

자신의 이름이 불리자 표희수가 눈을 크게 뜨고 대답한다.

"예. 표희수."

"평안도 용암포 출신 표희수 맞나?"

"예. 맞습니다."

"만주국 안둥에서 소학교 졸업. 그리고 펑톈에서 중학교에 다닌 것으로 되어있는구먼. 일본말은 학교에서 배웠나?"

"예. 학교는 물론, 저희 부친이 펑톈에 있는 일본인 의사가 운영하는 병원에 근무하면서 저도 그 병원에 딸린 살림집에 살게 되었습니다. 그때 자연스럽게 중국말과 일본말을 배우게 되었습니다."

"흠…… 부친이 표점득. 맞나?"

"예. 맞습니다."

고하세가 다른 서류를 같은 직원의 책상에서 집어 들고 찬찬히 들여다본다.

"표희수는 자리에 앉아라! 한동규, 한동민! 두 사람은 형제간인 것으로 되어있는데, 맞나?"

질문에 두 한 씨 형제가 동시에 대답한다.

“예.”

“예. 우리 둘이 형제간입니다.”

“가족이 모친과 부친, 그리고 두 형제가 전부라고 되어있는데, 두 형제 모두 조선에 못 돌아오면 부모님 부양과 제사는 어떻게 할 셈인가?”

예상치 못한 고하세의 질문에 두 형제가 잠시 우물쭈물하다, 형인 동규가 조심스럽게 대답한다.

“사실은…… 동훈이라고, 갓 돌 지난 동생 놈이 하나 있습니다요. 몸이 건강치 못하고 시름시름 해서 아직 호적에 올리지 못했습니다요. 가족이 생기면 반드시 호적에 올려야 하는데…… 법을 어기고 있어서 자신 있게 신상기록부에 막둥이 동훈이 이름은 안 적었습니다요. 그놈이 이제 돌이 지나서…… 곧 호적에 입적하겠습니다요. 그렇지 않아도 여기 남경 어르신께서 선금을 미리 주셔서, 막둥이 놈을 엊그제 병원에 데리고 갔었는데, 의사 선생께서 크게 걱정할 단계는 지났다고 해서요. 예, 그렇게 됐습니다요.”

한동규의 대답을 끝까지 들은 고하세가 곧 시선을 돌려 젓가락처럼 빼빼 마르고 병약해 보이는 한 사람을 빤히 쳐다본다.

“하태영. 하태영인가?”

“예. 하태영.”

하태영이 낮고 차분하게 대답한다. 그런 하태영을 한동안 바라만 보던 고하세가 조용한 음성으로 묻는다.

"교토 제3고 재학 중이라고 되어있는데, 왜 학업을 중단하고 위험한 중국으로 가려는가? 조선인은 징집 대상도 아닌데, 공부를 마칠 생각은 안 하는가?"

제3고는 구제 넘버스쿨 중에 도쿄 소재 제1고에 이어 두 번째로 입학이 어렵다는 명문 고등학교다. 하태영이 제3고 학생이라는 사실을 모르고 있던 표희수, 한동규, 동민 형제가 일제히 놀란 눈으로 하태영과 고하세를 번갈아 바라본다.

"집안의 형편이 좋지 못해 휴학 중입니다. 얼른 중국에 다녀와서 사례비로 받은 돈으로 복학하고, 학업을 계속할 생각입니다."

하태영의 대답을 듣고 고하세가 아무 말 없이 한참 하태영을 바라본다. 잠시 뒤, 목소리를 가다듬은 고하세가 한꺼번에 사람들을 돌아보며 다시 말을 잇는다.

"지금 제군들이 구하러 가는 대상인 민지영 여사는 나에게도 친누님 같으신 분이다. 그런데도 나는 이 말을 제군들에게 반드시 해줘야겠다. 지금 상하이 일대는 아비규환의 전쟁터이다. 내가 쇼와 7년에 있었던 상하이사변 때 그 전장에 있었는데, 화염 속 전쟁터는 제군들이 상상하는 그 이상 위험하고 비참한 곳이다. 더욱이 민간인 신분으로 그곳을 돌아다니는 일은 섶을 지고 불에 뛰어드는 것과 같이 위험한 일이다.”

고하세 입장에서 민지영 집안과의 개인적 친분을 드러내는 데 얼마나 고민이 많았을까, 그가 말을 잇는다.

“전쟁터 한복판을 돌아다니는 민간인의 생존율은 여러분이 생각하는 것보다 훨씬 낮다. 목숨은 하나뿐이다. 이 사실을 명심하고, 이 자리에서 짧은 동안이지만 여행증명서를 발급받고 상하이로 떠나기 전 다시 심사숙고하기 바란다.”

고하세가 다시 하태영을 뚫어지게 바라본다. 어느 시대에나 명문 학교 학생들은 사람들의 관심과 시선을 끌기 마련이다. 고하세의 시선에 부담을 느꼈는지 하태영이 그만을 향한 질문이 아니었음을 알면서도 먼저 대답한다.

“저의 경우 목숨을 걸고 중요한 임무를 완수하고, 그로 인하여 얻은 돈으로 학업을 계속한다면 그 학업 역시도 값진 일이 될 것 같습니다. 이미 어려움을 극복할 각오가 돼 있습니다.”

하태영의 대답을 들은 고하세가 진지한 표정으로 그에게 다시 묻는다.

“제3고의 교련교사 나카타 쇼헤이라는 분, 아직 계신가?”

“예! 계십니다.”

“흠. 독도법은 제대로 배웠겠구먼!”

   해동의 새벽

"예! 항상 강조하신 과목이 독도법이었습니다."

"낯선 곳을 여행할 때 주변 지형을 잘 파악하는 것이 무엇보다 중요하다. 조선의 학교에서는 교련을 가르치지 않는 곳이 많다. 따라서 지도를 볼 줄 모르는 일행들에게 자네가 책임지고 독도법을 전수해 주도록 하라."

"예. 알겠습니다."

하태영의 대답을 들은 고하세가 마지막으로 호명을 기다리는 청년을 바라본다.

"오가와 케이지?"

"예. 오가와 케이지."

오가와 케이지(小三敬司)의 대답을 들은 고하세가 그를 알은체하며 묻는다.

"아버님은 잘 계시는가?"

"예, 건강하십니다."

오가와 케이지는 조선에서 태어난 일본인이다. 용산 육군사령부 근처에서 20년 넘게 작은 선술집을 운영하는 재 조선 일본인 2세이다. 당시 조선에는 70만 명이 넘는 일본인이 거주하고 있었는데 그중 4할 이상인 30만 명이 경성과 경기도 일대에 터전을 잡고 있었다. 그들 중 상당수의 사람은 태어나서 한 번도 일본에 가 본 적이 없는 일본인들이었는데, 오가와 케이지 역시 태어나서 처음으로 조선 반도를 벗

어나는 경험을 한다고 기록되어 있다. 고하세 사부로가 윤
성열과 다섯 사람의 출국 예정자를 앞에 두고 몇 가지 주의
사항에 관해 설명한다.

"자! 잘들 들어 두기 바란다. 이번에 여러분에게 발급되는
조선총독부 발행 통행증명서는 국제법에 따라 우리 대일본
제국의 주권이 미치는 지역, 다시 말해 조선 반도, 만주국,
일본 내지, 타이완 등지와 중국 내 일본조계지역에서 그 효
력이 발효될 것이다. 그러나 그 외의 우리 황군의 주둔지와
분쟁지역에서는 여러분의 안전을 담보할 수 없다. 그리하여
오늘 특별히 전 육군대신이자 현재의 조선 총독이신 미나
미 지로 각하의 소개장을 여러분에게 발행하여 주기로 하였
다. 오늘 발급되는 총독 각하의 소개장을 여행 내내 소중히
간직하기를 당부한다. 중국에서 우리 조계지를 벗어나 다른
여러 지역을 여행하면서 만나게 되는 일본 황군의 장교들과
지휘관에게 소개장을 내보이고, 그 지역 지휘관 명의로 별
도의 통행증명서 발급을 추가로 요청할 것을 권고하는 바이
다. 그리고 그 지역 담당 부대 지휘관 명의의 통행증명서와
조선총독부 발행 여행증명서, 그리고 미나미 지로 총독 각
하의 소개장을 목숨보다 소중하게 간직하고, 필요에 따라
제시하며 여정 내내 주의를 기울이기를 바란다. 다시 한번
당부하는데, 전쟁터를 민간인 신분으로 여행하는 일은 매우

　　　　　　　　　　　　　　　해동의 새벽

위험한 일이다. 절대 긴장을 늦추지 말고, 민지영, 김소희 두 민간인 여성을 무사히 구출하여 돌아오길 바란다. 자! 잠시 후 총독 각하를 직접 만나 뵙고 인사를 할 때 내가 외치는 구령에 따라 절도있게 허리를 깊이 숙여 인사를 해주면 된다. 내 당부는 여기까지다. 모두 잘 알아들었나?"

"예."

"예."

"……."

윤성열을 포함한 여섯 명의 젊은이들이 고하세 사부로의 당부에 큰 소리로 대답한다. 곧이어서 총독 집무실에서 관방실 직원이 나와 총독의 면담 준비가 되었음을 알리고, 고하세 사부로를 필두로 김익현, 윤성열, 오가와 케이지, 한동규, 한동민, 하태영, 표희수 이렇게 여덟 사람이 미나미 지로 총독을 만나기 위해 집무실로 들어간다. 총독을 바라보고 일렬로 늘어선 일행이 고하세 사부로의 구령에 따라 차렷. 경례한다. 이어서 미나미 지로 총독과 일일이 악수를 한후 응접 테이블에 자리한다.

짧은 머리, 다부진 체격에 강한 인상을 풍기는 총독이 김익현을 바라보고 말을 건넨다.

"총독부 관료들뿐만 아니라 조선 사회 각계 요로를 통하여 김익현 선생에 대한 좋은 말씀을 많이 전해 들었소. 이렇게 만나게 되어 기쁩니다.”

“이렇게 배알케 되어 영광입니다. 그리고 이렇게 큰 도움을 주셔서 은혜를 어찌 갚아야 할지 모를 따름입니다.”

김익현이 앉은 자리에서 허리를 반쯤 숙인 채 다시 인사한다. 다른 일행들도 자세를 낮추며 갖출 수 있는 최대한의 예를 표한다.

“비록 조선인이지만 김익현 선생의 부인과 영애도 우리의 신민이 아니겠소. 야만 국가의 광야에서 길을 헤매고 있을 두 여성의 고충을 생각하니 내 마음도 편하지 않소. 이번에 길을 떠나는 여섯 명의 젊은이들이 부디 두 여인을 무사히 구출하여 오기를 바랄 뿐이외다.”

이때 고하세 사부로가 조심스레 정정하여 준다.

“김소희 양은 영애가 아닌 시녀입니다. 각하.”

고하세의 말을 듣고 총독이 과장되게 놀라는 표정을 짓는다.

“아! 그렇소? 집안에 부리는 하녀에게도 그리 큰 정성을 쏟는 게 쉬운 일이 아닐 텐데. 역시 사대부 집안의 후예는 다르오. 부디 귀댁의 시녀인 김소희 양도 무사히 귀환하길 바라겠소.”

“고맙습니다.”

“우리 고하세 사부로 군의 건의로 내 이름으로 된 소개장을 발부해 주겠지만 그것이 얼마나 효과가 있을지는 모르는 일 아니겠소? 미력이나마 도움이 되었으면 하오만, 잘 되길 바라는 마음은 진심입니다. 또한, 여기 젊은 친구들도 몸 다치는 곳 없이 건강히 다녀오길 바랄 뿐입니다. 정말로 용감한 사람들이구먼!”

총독이 시선을 돌려 자리에 앉아있는 젊은이 하나하나에 따뜻한 눈인사를 건넨다. 일본 육군 장성 출신에 내각의 육군 대신을 지낸 노련한 정객의 몸짓과 언변이 사람들의 마음을 움직이기에 충분하다. 누가 이토록 부드러운 미소와 함께 어진 말을 구사하는 노정객(老政客)을 역대 조선 총독 중 가장 가혹한 정책을 펼친 극악무도한 위정자라 하겠는가. 다만 한 가지, 윤성열의 무릎 위에 올려둔 붉은 비단 보자기로 감싼 작은 상자를 계속해서 힐긋거리는, 다소 저급한 행동과 물욕이 묻어나는 눈길은 숨길 수가 없다.

김익현이 그런 총독의 표정과 눈길이 신경 쓰였는지 다소 이른 듯한 시점에서 성열에게 작은 보퉁이를 건네받아 응접 테이블 위에서 묶여 있던 보자기를 풀어 펼친다. 붉은 비단 보자기 속 자줏빛 장미목 상자를 내려다보는 미나미 지로 총독의 작고 얇은 입술 사이로 잠시 혀가 삐죽 삐져나왔다가 사라진다. 마치 먹음직스러운 삶은 고기를 내려다보면서 입맛을 다시는 강아지처럼 안달하는 표정이 역력하다.

작은 벽돌 크기의 상자가 열리고, 노란색 비단으로 감싼, 어른 주먹만 한 동전 모양의 황금 하나를 김익현이 먼저 꺼내 놓는다. 자세히 보니 황금으로 주조한 다섯 마리의 말이 새겨진 마패이다.

"이것은 저희 5대 조부께서 전라도 지방 암행어사 직을 임금께 제수받으셨을 때 임금으로부터 손수 받으셨던 마패를 본떠 순금으로 주조한 기념품입니다. 총독 각하께서 오늘 제 집안 식구들을 위해 발급하여 주시는 소개장이 당시의 마패와 다름없다는 생각에 이렇게 소박하지만, 정성을 다하여 만들어 왔습니다."

김익현이 건네는 큼직한 순금 마패를 받아 든 미나미 총독의 눈동자가 크게 흔들린다. 마패의 이곳저곳 구석구석을 유심히 바라보며 탄성을 지른다.

"아! 암행어사. 마패. 아! 알지요. 말 모양을 정교하게 잘 새겼구먼! 참 잘 만든 세공품 같소! 훌륭해. 고맙소."

미나미 총독이 손에 든 마패를 여러 번 돌려보고, 이어서 상자 안에 남아있는 비췻빛 보자기로 감싼 물건으로 관심을 옮긴다.

김익현이 서둘러 비췻빛 작은 꾸러미를 꺼내 펼친다. 보자기가 열리고, 드러나는 그 물건을 바라본 사람 모두 일제히 탄성을 지른다. 청색 빛깔의 자기로 만든 작은 좌불상. 그

  해동의 새벽

오묘한 빛깔에 많은 사람이 눈길을 거두지 못하고 있다. 미나미 총독의 코와 입에서 신음이 계속 새어 나온다.

"아! 음! 허흠!"

"각하! 이 물건은 아마도 각하께서 6년 전쯤에 이미 보신 적이 있는 물건일 겁니다."

"아! 그러게 말이오! 분명 내가 아는 불상인데, 이 물건이 어떻게 경성에…… 김익현 선생의 손에…… 이해가 가질 않소!"

총독이 불상에서 눈을 떼지 못하며 김익현의 말에 대답한다. 불상을 찬찬히 살피는 그에게 김익현이 소곤대듯 말을 한다.

"사실 이 물건은…… 오사카 물산의 가토…….."

"다카키! 가토 다카키! 맞아!"

미나미 총독이 김익현의 말을 중간에 자르고 큰 소리로 '가토 다카키'의 이름을 외친다. 이어 시선을 들어 김익현을 바라보며 흥분한 채 말을 잇는다.

"그 친구! 6년 전에 중국 남송 시대 제작물인 이 물건 자랑을 내게 한 적이 있지요. 다시 봐도 국보급이야! 맞아요! 얼마를 주면 내게 이 물건을 넘기겠냐고 그에게 수차례 제안을 넣어 봤지만, 거절을 당했지. 이 물건이 어떻게 김익현 선생의 손에 들어와 있소?"

"각하! 사실은…… 두 달 전, 우리 가족에게 닥친 사연을 가토 상에게 편지로 하소연한 적이 있었습니다. 그러고 나서 두어 차례 더 서신을 주고받은 적이 있는데, 지난주에 글쎄 가토 다카키 상이 직접 경성으로 찾아와 이 선물을 제게 주고 갔습니다. 그러면서 하는 말이…… 음…… 외람됩니다만, 미나미 지로 총독 각하께 이 불상을 선물로 드리게 되면 저의 정성에 더해 가토 다카키 상의 정성도 함께 전달하게 되는 셈이라며…….”

말끝을 흐리는 김익현의 설명에 미나미 지로 총독이 진지한 표정으로 고개를 끄덕거린다. 한참 눈을 감았다가 떴다를 반복해 가며 몸을 앞뒤로 움직이던 미나미 총독이 순간 눈을 크게 치켜뜨며 김익현에게 와락 덤벼들어 손을 붙잡는다. 이어 은은한 목소리로 말을 시작한다.

“김익현 선생. 선생께서도 가토 다카키 군의 집안 내력을 잘 알 것이오. 그리고 그 집안의 가풍도 마찬가지 알 것이고. 의리를 목숨보다 소중하게 여기는 그 집안에서 이렇게 직접 김익현 선생 집안의 불행을 위로하고 또 해소해 주고자 발 벗고 나선 것을 보면, 가토 상의 직접적인 소개 그 이상의 의미가 내게 전해졌다고 간주해야겠소. 그야말로 그대 두 사람이 단금의 정을 나눈 사이라는 보증이 아니겠소! 난 지금 한 번에 두 명의 뜻이 맞는 우정을 얻은 것 같이 기분

해동의 새벽

이 좋소이다! 조금 전, 여기 이 마패를 보고 내가 느낀 바가 있소. 내가 당장 김익현 선생과 저 젊은이들에게 저 마패와 같이 이 미나미 지로를 아는, 신뢰하는 모든 이들에게 효력을 발생시킬 수 있는, 최대한의 성의를 담은 소개장을 새로 써드리겠소. 어이! 고하세 중령!"

"예! 중령 고하세 사부로."

고하세 사부로가 자리에서 벌떡 일어나 부동자세로 대답한다. 미나미 지로 총독이 지시한다.

"소개장을 다시 쓴다! 내용은 이렇게 작성하자!"

해당 지역 군지휘관은 최고의 선의를 담아 본 소개장을 지참한 우리 황국의 신민들에게 안전과 편의를 제공해 주기를 당부한다. 본 소개장에 대한 진위 확인은 조선총독부 관방국 소속 무관 고하세 사부로 해군 중령, 대일본제국 육군의 마쓰이 이와네 장군의 부관에게 확인하면 될 것이다.

쇼와 12년 10월, 대일본제국 전 육군대신·조선총독 미나미 지로가 쓰다.

"이렇게 작성하고, 중국에 있는 마쓰이 이와네 장군에게 연락을 미리 해 두도록 하라!"

"예. 알겠습니다!"

고하세 사부로가 부동자세를 한 채 대답한다. 이어 미나미 총독이 다시 은근한 목소리로 김익현에게 말을 잇는다.

"그리고 김익현 선생. 몇 달 전 우리 총독부 식산국에서 원산에 군함 조선소 설립 계획을 내게 보고해 왔었소. 그 계획의 당사자가 김익현 선생의 남강흥업이었다는 사실을 기억하고 있소이다. 당시에는 조선 반도에서의 군함 건조는 적합하지 않다고 내가 반대를 했소만, 내가 맘을 바꾸겠소. 당장 일본 내지의 미쓰비시 조선의 다케다 히데오 사장과 가와사키 조선의 마쓰카타 고지로 상에게 소개장을 써 드릴 테니 초계함 수준의 작은 전함 건조사업에 손을 대 보시오. 내가 돕겠소."

조선업 허가 약속과 함께 일본 중공업 분야의 거두인 다케다 히데오(武田秀雄) 미쓰비시 조선소 사장과 마쓰카타 고지로(松方幸次) 가와사키 조선소의 경영인을 소개해 주겠다는 말에 고하세 사부로와 당사자 김익현은 놀라 벌어진 입을 다물지 못한다. 게다가 민지영과 소희를 찾아 중국으로 떠나는 여섯 명의 젊은이에게 발행되는, 중국 주둔 일본군 사령관의 보증이 들어간 조선 총독의 소개장은 그야말로 일본군 작전지역에서는 황금마패라고 볼 수 있는 막강한 신분 증서가 될 터이다.

오늘 김익현이 미나미 지로에게 선물한, 그의 5대조가 제수받은 마패의 황금 모형은 진짜 황금마패가 되어 돌아왔다. 물론, 미나미 총독은 오사카지역 명문 실업인 가토 다카키로부터 김익현의 손을 통해 받은 중국 남송시대 불상에 마음이 크게 움직였으나, 오늘 면담의 상징물은 바로 '마패'였다.

민지영과 소희를 구하기 위해 먼 길을 떠날 청년들에게 오늘 받을 그 마패가 얼마나 도움이 될지 알 수 없겠지만, 김익현에게 지급될 조선에서의 사업 영위를 위한 '총독의 전폭적 지원'이라는 눈에 보이지 않는 마패의 위력은 그 누구라도 쉽게 짐작할 수 있는 큰 선물일 것이다. 기쁨과 슬픔이 교차하는 복잡한 심경으로 김익현이 잠시 창밖을 바라본다.

가을 하늘, 구름 사이로 줄지어 날아가는 기러기 떼의 날갯짓이 오늘 유난히 힘차 보인다.

차별에 저항하는 조선학생

진주 지수면 보통학교.

점심시간 이후 긴 휴식이 끝나고 오후 수업 시작을 알리는 종소리가 들려온다. 운동장에서 바람이 반쯤 빠진 축구공을 쫓아 이리저리 몰려다니던 남학생들과 담벼락 옆 플라타너스 밑동에 옹기종기 모여 고무줄놀이며 공기놀이를 하던 여학생 무리가 각자의 교실로 흩어져 들어간다. 한 가지 특이한 것은, 놀이를 끝내고 교실로 향하는 아이들 여러 무리가 무슨 의식이라도 치르듯 천대만에게 다가가 인사를 나누고 가는 모습들이다.

머리칼이 땀에 흠뻑 젖은 대만도 아이들과의 인사를 마치고, 같은 반 아이들과 함께 별관에 있는 4학년 3반 교실로 들어가 수업 준비를 한다. 4학년 교실은 교무실이 있는 본관이 아닌 별관에 있는 탓에, 다른 교실들에 비해 교사의 도착 시각이 조금 늦는다. 교실 맨 뒷자리에서 복도를 내다보던 아이 하나가 반 아이들에게 쉰 목소리로 교사의 출현을 알린다.

"센세이. 센세이다!"

모두 잽싸게 자리에 앉아 교과서를 펼친다. 이어서 4학년 3반 담임교사인 정명진 선생이 교실로 들어와 교탁 위에 종이 뭉치를 올려두고 학생들의 경례를 받는다.

"일주일 전에는 나왔어야 할 지난번 중간시험 성적 집계가 조금 전에 끝이 났다."

담임선생의 이 말에 아이들의 공연한 탄식과 한숨이 이곳저곳에서 들려온다. 아이들의 반응을 가만히 지켜보던 담임

선생이 맨 앞자리 교탁 바로 아래에 앉아있는 몸집이 작은 학생에게 웃으며 농담을 던진다.

"나병주. 너는 원래부터 성적에 관심이 없었지 않나? 그런데 왜 한숨을 쉬나?"

아이들 모두 까르르 웃어댄다. 얼굴이 빨개진 나병주가 선생에게 대꾸한다.

"선생님. 저도 시험 성적에 예민합니다."

"허허. 그러냐? 그런데 어떡하면 좋으냐. 이번에도 네가 우리 반에서 꼴찌다."

선생의 말에 아이들이 마룻바닥을 발로 굴러가며 웃는다. 아이들의 한바탕 큰 웃음을 말없이 바라보던 정명진 선생이 이번에는 중간쯤에 앉아있는 이기동을 가리키며 말을 잇는다.

"이기동. 너는 웃을 처지가 아니야! 이번에도 여전히 너는 나병주 바로 앞이다. 이 성적이 계속되면 너와 나병주는 내년에 5학년에 못 올라가는 수도 있다. 따라서 오늘부터 2주 동안 두 사람은 분수의 덧셈과 뺄셈에 대하여 보충수업을 해야겠다. 수업 끝나고 두 사람은 교실에 남아라. 알겠나?"

"……."

두 아이 모두 조금 전의 천진난만한 웃음을 잃고 시무룩하게 책상 위를 내려다보고 있다. 이때 교실 앞문을 통해 지난

봄에 이 학교로 새로 부임한 교감 무라타 선생이 조심스레 한 발 들어선다. 갑작스러운 무라타 교감의 등장에 교실이 조용해진다. 무라타 교감은 작년까지 이곳 교감으로 있었던 구니모토 교감보다 온화한 성격이다. 그에 더하여 조선인과 일본인에 대한 차별도 없다는 평가를 교사들과 학생들 사이에서 듣고 있는 훌륭한 인품의 소유자이다. 그가 부임한 이후 학교의 분위기가 많이 달라졌다고들 평한다.

무라타 교감이 교실 입구에 선 채로 정명진 선생에게 잠시 실례해도 되겠냐는 정중한 질문을 하고, 정명진의 양해가 있고 난 뒤에 교탁 앞에 선다. 아이들 모두 무라타 교감을 뚫어지게 쳐다본다.

"흠……. 이번 중간시험 성적 집계 결과를 통보받았나?"

"아니요!!!"

아이들 모두 아직 성적표를 받지 못했다는 대답을 한다. 대답이 끝나자 무라타 교감이 다시 말을 잇는다.

"이번 시험 결과. 이 반에서 4학년 전체 석차 일 등부터 칠 등까지 모조리 싹쓸이했는데."

이때 무라타 교감의 말을 듣고 있던 정명진 선생이 옆에서 나서며 교감에게 조심스럽게 말한다.

"저기…… 교감 선생님. 그 문제는 제가 오전 시간 회의에서 말씀드렸다시피……. 제가 직접 조사해서 보고를 드리는

  해동의 새벽

것으로……."

"어허, 정 선생! 이 문제가 그리 간단한 문제가 아닌 게 되었소. 잠시 가만히 계셔 보시오. 음……. 그러니까 이 반에서 4학년 석차 일 등부터 칠 등까지 독차지를 했는데, 이것 봐 천대만! 천대만 어디 있나?"

"예."

대만이 대답하며 손을 든다. 교실 중간쯤에 앉아있는 대만을 확인한 무라타 교감이 그와 다른 학생들의 이름을 부른다.

"천대만, 김종석, 이형곤, 이막동, 강지행, 조인수, 그리고 하상두! 모두 자리에서 일어선다."

이름이 호명된 나머지 아이들 여섯이 자리에서 슬며시 일어서 무라타 교감을 바라본다. 자리에서 일어선 아이들 각자 표정이 다양하다. 모두 긴장한 모습들은 역력한데, 그중에 김종석과 하상두는 싱글벙글하고, 강지행은 다소 불안해한다. 무라타 교감이 김종석을 바라보며 묻는다.

"김종석!"

"예."

"김종석 군은. 지난 1학기 기말시험에서 몇 등을 했었는지 학급 석차와 학년 석차를 기억하는가?"

"예. 학급 석차는 이십일 등, 전교 석차는 팔십 등을 했던 것으로 기억합니다.”

“음. 강지행!”

“예.”

“강지행 군은 지난번 기말시험에서 학급 석차가 삼십 오 등…… 하위권이었고, 전교 석차도 백 등이 안 됐었는 데…… 이번에 전교 석차 오 등을 했다. 누구의 도움을 받았 나?”

무라타 교감의 질문에 강지행이 고개를 돌려 대만을 바라 본다. 동시에 교실 내 아이들 시선 전체가 대만을 향한다. 이 과정을 바라보는 정명진 선생은 불편한 기색을 감추지 못한다. 이에 아랑곳하지 않고 무라타 교감이 천대만을 바 라보며 묻는다.

“천대만!”

“예.”

“어떤 식의 도움을 강지행에게 줬나? 대가는 무엇이었 나?”

“…….”

대만이 아무 대답을 하지 않고 물끄러미 서 있는 아이들을 하나하나 바라본다. 모두 대만과 눈이 마주치자 알 수 없는 묘한 눈웃음들을 짓는다.

“천대만!”

"예! 교감 선생님."

"부정행위가 있었나?"

교감 선생의 거듭된 질문에 천대만이 호흡을 가다듬고 대답한다.

"없습니다. 부정행위는 없었습니다."

"그런데 어째서 강지행은 자네를 지목하는가?"

"강지행 군이 저를 지목한 것은 부정행위를 했다고 지목한 것이 아니라, 시험 준비를 도와준 사람이 저 천대만이었다고 지목을 한 것으로 알고 있습니다. 저기 하상두 군의 집에 발전기가 설치되어 있고, 그 때문에 밤늦게까지 전깃불을 사용할 수 있어서, 같은 반 급우 일곱 명이 매일 저녁에 하상두 군의 집에 모여서 저녁밥을 먹고, 늦은 밤까지 공부를 함께해 왔습니다. 그때 수학 문제, 국어 문법, 역사 공부와 관련하여 제가 강지행 군에게 다소 도움을 준 사실이 있었고, 시험 며칠 전부터 예상 문제를 점찍어 주고 함께 문제를 풀어본 적이 있었습니다마는 그것이 도움 전부였고, 대가는 누룽지 말고는 없었습니다. 그리고 제가 믿고 있는 바로는, 이 급우들이 시험을 보면서 부정행위를 했을 리가 없습니다. 앞으로 두고 보시면 아시겠지만, 우리 학교 4학년에서는 여기 일곱 명의 조선인 학생들이 계속해서 상위권을 차지할 것이라 확신합니다."

대만의 대답 중에 '조선인 학생'이라는 대목에서 힘주어 말하는 것을 의식한 무라타 교감의 표정이 다소 경직됨을 느낄 수가 있었다. 정명진 선생 역시 대만의 말실수를 책망하듯이 옆에 선 채로 혀를 끌끌 찬다.

"흠. 일곱 명의 조선인 학생이라……."

무라타 교감이 혼잣말로 되뇌다 정명진 선생 쪽을 바라본다. 정명진 선생이 조심스럽게 말을 한다.

"저기…… 교감 선생님……. 제게 오늘 중에 자세히 조사해서 보고서를 작성……."

"허 참! 정 선생, 이 문제가 그리 간단히 넘어가기가 쉽지 않아졌소. 이러지 말고 일단 정 선생이 교감실로 잠시 와주시오."

무라타 교감이 먼저 교실 밖으로 나가고, 이어서 정명진 선생이 기립해 있던 일곱 명의 학생들을 자리에 앉히고는 교감실로 향한다.

담임교사가 자리를 비운 교실 안에서 아이들의 술렁대는 소리가 점점 커진다. 이어서 창가 자리에 앉아있던 다니구치가 자신의 짝인 이소다에게 교실 모든 학생이 들으라는 듯 큰 소리로 말한다.

"아무래도 이번 사건은 우리 반의 조센징들 몇몇이 음모를 꾸미고 작당을 해서 부정행위를 한 것 같아. 이소다 군이

                     해동의 새벽

일 등 아니면 이 등이어야 했는데, 이런 말도 안 되는 일이 어떻게 벌어질 수 있겠는가. 자네 아버지께 말씀드려서 순사를 불러 모조리 조사를 받게 해야 할 것 같다.”

다니구치의 빈정거림에 이 사건 당사자 중 한 명인 하상두가 발끈하며 큰 소리로 화를 낸다.

“이것 봐, 다니구치! 조센징끼리 작당을 했다니! 그리고 이깟 일로 순사를 불러서 조사하다니. 말조심해라! 또, 이소다가 일 등 아니면 이 등이란 말은 얼토당토않은 말이다. 이소다는 지금껏 삼 등이라는 성적이 최고 성적이었다. 우리 반에서 일 등은 항상 천대만이었고 이 등은 주로 히로다 유이치가 아니었나? 그리고 오늘 호명되었던 우리 일곱 명의 조선인 학생들 모두 지난 여름 방학 때부터 하루도 빠짐없이 밤늦게까지 모여 열심히 공부했었다. 한여름 찜통더위 때도 모기를 쫓아가며 하루 열세 시간 이상씩 책을 붙잡고 씨름을 해서 얻어 낸 성적이다. 지금 다니구치 너는 우리 일곱 명에 대한 모욕이자 조선인에 대한 차별 발언을 한 셈이다. 명백한 모욕을 사과해라!”

목에 핏대까지 세워 가며 다니구치에게 다그치는 하상두를 노려보던 이소다가 입을 삐죽거리며 빈정댄다.

“걸핏하면 차별이라 우기는구먼! 대일본제국 경찰관이신 우리 아버지 말씀이 맞아! 조선인들은 비겁하고 치사하다는 말. 불리한 상황이 닥치면 항상 남을 탓하고 억지를 부리지! 지난 전라도 폭동도 그랬고, 이조 왕의 장례식 폭동 때도 그랬고, 못난 조센징들이 자기 주제나 분수도 모르면서 모이기만 하면 차별을 철폐하라는 막연한 구호만 하고 여러 사람의 목숨마저 위태롭게 만들었었지! 네놈 후테이센징 놈들은 정말 말이 통하지 않는 종자들이다.”

이제 겨우 열두 살의 어린 학생이 후테이센징(不逞鮮人)이라는 극한 혐오의 표현까지 써가며 조선인 학생들을 자극한다. 게다가 조선인 사이에 큰 응어리로 각인되어 있던 광주학생운동과 3·1운동까지 싸잡아 비난하는 바람에 교실 전체에 싸늘한 바람이 일기 시작한다. 이어서 몇몇 조선인 학생이 지우개와 연필을 이소다와 다니구치를 향해 집어 던지자, 이 두 일본인 학생들이 공책과 교과서를 집어 던지며 응수한다.

계속해서 고성과 욕설이 오가고, 급기야 의자를 집어 던지는 아이, 책상을 발로 걷어차 넘어뜨리는 아이, 심지어 교사 책상 위에 놓인 각종 집기를 집어 던지는 아이도 있다.

교실에서 학생들의 난동이 일어나는 동안, 교감실에서는 정명진 선생과 4학년 1반과 2반의 담임교사, 그리고 이 학교 학생을 자녀로 두고 있는 일본인 선생들이 모여 치열한 설전을 벌이고 있다.

"정명진 선생이 같은 조선인이라는 이유로 이번 시험에서 부정행위를 한 것이 명백한 일곱 명의 학생을 무턱대고 저렇게 싸고돌고 있습니다. 부당한 일입니다."

정명진 선생의 4학년 3반 학생인 히로다 유이치의 부친인 히로다 요시오 선생이 유난히 길게 찢어진 두 눈을 부릅뜨고 교감에게 항의한다. 그는 현재 4학년 1반의 담임을 맡고 있기도 하다.

"우리 반 학생들의 양심은 제가 보증합니다. 당시 우리 반의 시험 감독도 히로다 선생께서 하시지 않았습니까?"

정명진 선생이 차분히, 그러나 강단 있게 주장을 한다. 이때, 4학년 2반의 담임교사인 우지시마 선생이 히로다 선생의 말을 거든다.

"열 명의 순사가 한 명의 도둑을 못 잡는다고 했습니다. 아무리 시험 삼독을 철지히 했어도 작정을 하고 부정행위를 하는 아이들을 잡아내기 힘든 법이지요."

그의 발언에 정명진 선생이 갑자기 흥분한다.

"우지시마 선생! 도둑이라니요? 우리 아이들을 도둑이라고 몰면 안 됩니다. 나는 우리 학생들을 믿습니다. 오늘 중 상담을 해보고 적절한 내용의 보고서를……."

"이렇게 학생과 교사가 한통속으로 사실을 감추려 들면

부정행위를 잡아내기가 어렵습니다. 반칙을 일삼는 조선인 학생과 교사와 비교하면 우리 일본인 학생과 교사는 지나치게 정직하고 순진하지요.”

히로다 선생이 빈정대며 우지시마의 말에 동조한다. 이 말에 정명진이 발끈한다.

“히로다 선생께서는 무슨 근거로 제가 학생들과 함께 부정한 행동을 했다고 말씀하시는 겁니까? 더는 선을 넘는 발언을 하시면 곤란합니다.”

이 말에 히로다 선생이 자신이 들고 있던 여러 장의 종이 뭉치를 정명진 선생의 얼굴 앞에 집어 던지며 고함을 지르듯 항의한다.

“내가 교사 생활 이십 년에 이런 경우는 듣지도 보지도 못했습니다. 도대체 전교 석차 백이십 등 하던 돌대가리가 다음 시험에서 전교 오 등을 하다니요! 그리고 팔십 등 하던 놈이 이등을 했소! 이 등을. 여기 오 등을 한 강지행이란 놈의 지난번 쪽지 시험 결과를 보시오! 하도 수상해서 찾아봤는데, 글쎄 부등식 문제에서 분수 오분의 일이 분수 삼분의 일보다 크다고……. 실수로 보아 넘길 일이 아닌 것이 마이너스 십이 마이너스 오보다 크다는 답을. 이런 돌대가리가 어떻게 그다음 시험에서 전교 오 등을 할 수 있다는 말이오?”

입에 거품까지 물고 흥분을 감추지 못하는 히로다 선생을 바라보며 정명진 선생이 침착하게 말을 시작한다.

"충분히 의심할 만합니다. 그 문제는 저도 의아하게 생각했습니다. 그런데 말씀입니다. 여름 방학 마치고 첫 번째 치른 쪽지 시험에서 강지행 군이 만점을 받았습니다. 그래서 의아한 마음에 그 학생을 칠판 앞으로 불러내 공개적으로 문제를 풀게 했는데요, 모든 문제를 수월하게 풀어서 물었더니 여름 방학 내내 열심히 공부했다더군요. 저는 그때 문제의 일곱 학생들이 방학 내내 얼마나 열심히 공부했는지……."

정명진이 화를 누르며 차분하게 설명하는 중간, 교감실 문이 벌컥 열리며 사환 아이 하나가 나타나 다급한 목소리로 교감 선생에게 별관에서 벌어지고 있는 사태를 전한다.

"교감 선생님! 지금 별관 4학년 교실에서 학생들의 난동이 벌어졌습니다. 4학년 1반 교실부터 3반 교실까지, 아이들이 집기를 부수고 일본인 학생들과 조선인 학생들 사이에 무력 충돌이 벌어졌습니다. 몇몇 선생님들께서 진압에 나섰지만, 학생들이 교실 문을 걸어 잠그고 계속 소란을 피우는 터에……. 어서 가 보셔야 할 것 같습니다."

사환 아이의 다급한 신고에 교감실에 모여 있던 여러 교사가 일제히 별관을 향해 달려간다. 이어서 전교생의 수업이 잠시 중단되고, 십수 명의 남자 교사들이 마치 헌병대가 시위 군중을 진압하듯 몽둥이를 들어 무력으로 이들을 제압하기 시작한다.

다행스럽게도 학생들의 난동은 4학년 세 개 반에서 더는 번지지는 않았으나, 진압 과정에서 상당한 수준의 폭력이 수반되었다. 교사들이 휘두른 몽둥이에 맞은 몇몇 학생들은 머리가 깨지고 이가 부러지는 상처를 입었다. 사태를 지켜보던 많은 수의 여학생들과 여성 교사들은 안타까움에 발을 동동 구르며 울음을 터뜨리기도 했다.

이날 제법 시끌벅적하게 일어났던 보통학교 소요사태를 단순하게 유년의 학생들이 일으킨 작은 소란으로만 볼 수 없었던 이유는, 당시 그 소요사건에 가담한 학생들 무리가 마냥 십 대 초반의 어린아이들로만 구성된 것이 아니었기 때문이다.

조선에서는 이런저런 사정으로 인해 늦은 나이에 보통학교에 입학했던 학생들이 많이 있었다. 천대만처럼 다른 아이들에 비해 서너 살 위의 십 대 중후반 아이들이 학급마다 수두룩했고, 이미 장가까지 들어 상투를 올린, 다른 급우들에 비해 열 살 이상 나이 차가 나는 학생들도 여럿 있었다. 이런, 소위 머리 굵은 조선인 학생들에게 일본인의 조선인

 해동의 새벽

에 대한 차별 행동은 그냥 받아들일 문제가 아니었고, 이번 사건으로 그 반발이 표면화되면서, 성년이 지나 힘이 넘치던 그들은 더욱 폭력적이고 적극적인 대응을 하였다.

한 시간 넘게 이어진 이날의 폭력시위사태로 인하여 학교 시설 여러 곳이 망가지고 파괴되었다. 그리고 많은 숫자의 일본인 학생과 조선인 학생의 부상이 수반되었다. 이어 이 사건이 사람들의 입에서 입으로 급속히 전해지면서 조선 각지로 넓게 퍼져 나갔고, 급기야 경상남도 교육 당국과 총독부 학무과의 조사로 이어졌다. 그 과정에서 이 사건이 서부 경남지역 학생들의 민족 간 갈등 문제로 비화가 되자, 공안 사건을 담당하는 고등경찰이 나서게 되었고, 결국 조선인 담임교사 정명진이 이 일에 대한 책임을 지고 사표를 제출하게 되었다.

사건이 일단락된 후, 학교에서는 4학년 전체를 대상으로 재시험을 시행하게 된다. 그 결과, 천대만을 위시한 문제의 그 일곱 명의 조선인 학생들이 자기들끼리 앞서거니 뒤서거니 하며 다시 전교 석차 일 등부터 칠 등까지를 차지하게 되었다고 한다.

처음엔 일곱 명으로 시작되었던 천대만을 중심으로 한 조선인 학생 공부 모임의 규모가 계속 커지게 되고, 자연스럽게 천대만이라는 학생은 본인의 의지와는 상관없이 그 보통학교가 소재한 지수면뿐만 아니라 진주를 포함한 서부경남권 일대에서 강한 지도력을 가진 조선인 운동가로 이름을 알리게 된다. 훗날, 그가 상급학교로 진학하고, 그곳에서도 여러 방면에서 두각을 나타내게 되는데, 이 사건을 기억했던 많은 사람으로부터 이날의 이야기가 구전(口傳)되면서 그 내용이 보태지고 윤색이 된다.

소문이라는 게 정말 우습고도 무서운 것이, 먼 훗날 이 사건과 천대만의 역할이 마치 당시 경남지역 학생들의 항일민족운동 야사(野史) 중 가장 극적인 사건으로까지 포장이 되는데, 그 무렵 진주 인근에서 보통학교에 다녔던 몇몇 처세가들은 천대만과의 개인적 인연을 지어내고, 부풀리고, 또 왜곡하면서 이 사건을 자신들의 허구적 영웅담에 적당히 섞는 재료로 사용하기도 했다.

그리고 필요에 따라 천대만을 자신의 사표(師表)였다고 끌어다 붙이는 사람들도 늘어났는데, 이는 현세에 들어 '사회활동'이 정가(政街) 동냥아치들의 밥벌이 수단이 되어버린 세태 한가운데서, 실체가 검증되지도 않은 상태에서 독립운동가를 참칭했던 유명 인사들의 이름을 인질로 잡고, 자신들의 생계유지를 위한 얼굴마담 노릇을 시키는 어처구니없는 현상과도 그 궤(軌)를 같이한다고나 할까.

조선 왕자 이우(李鍝)

일본 도쿄. 육군 근위사단.

일본 황실의 거대한 궁궐과 맞붙어 있는 근위사단의 포병 연대 연병장. 병영 막사라고 하기엔 제법 번듯하게 지어진 사병 생활관에 소등 지시가 떨어진다. 내무반에 불이 꺼지고, 병사들 모두가 침상으로 들어간다. 훈련병 딱지를 뗀 지 일주일 남짓 된 마쓰무라 오사치(松村雄幸)에게는 매일 이 시간 이후부터가 공포의 시간이다. 낮 훈련에서의 살벌한 구호와 구령, 단체 기합과 매질의 고단함은 그가 지금부터 겪어야 할 무시무시한 상황에 비하면 아무것도 아니다.

오늘도 분명, 소등 후 불시에 변소로 불려 나가 선임병으로부터 하루 기본 정량인 서른 대의 목젖 구타와 뺨 열 대, 가슴 서른 대를 시작으로 무자비한 구타를 견뎌 내야 한다. 훈련 시간에 여러 차례 걷어차였던 멍든 정강이의 아픔과 몽둥이질로 부르튼 엉덩이의 고통은 금세 잊힐 것이다.

매질과 기합도 싫지만, 가장 불안한 것은 그 고통의 시간이 언제 시작되고 언제 끝날지 모르는 데서 오는 막연함이다. 매일매일 이루어지는 구타와 기합의 강도, 시작 시각, 끝나는 시각은 순전히 내무반 최고 선임자 오카무라 상병[24]

의 기분에 따라 정해진다. 오늘도 언제 불려 나갈지 모르기 때문에 소등 이후에도 마쓰무라 이병은 잠을 잘 수가 없다. 긴장이 풀려 잠시 선잠이라도 들게 되면 그 또한 구타가 가중되는 이유가 된다.

침상에 누워 밀려드는 잠을 참아내느라 허벅지를 꼬집어가며 안간힘을 쓰고 있는데, 내무반 문이 조용히 열린다. 긴장하며 마른침을 삼키는 마쓰무라에게 누군가 다가와 조용히 그를 부른다. 어둠 속에서 눈의 초점을 모으는 마쓰무라에게 소대장 야마시다 소위가 다시 속삭인다.

"마쓰무라 이병."

자신을 부르는 소리에 반사적으로 상체를 세우고 군기가 잔뜩 든 목소리로 관등성명을 복창한다.

"예! 이병 마쓰무라."

자신의 목소리가 내무반 분위기와 비교해 너무 크게 느껴졌는지, 복창할 때 음성의 크기를 조금씩 줄여가며 대답한다.

"교육대대 이우 중위님이 찾으신다. 생활복만 착용하고 장교 사무동으로 나와 함께 간다. 일 분 이내 환복 실시."

"이병 마쓰무라 환복 실시!"

이유는 알 수 없지만, 오늘 밤 기합과 구타는 일단 미룰 수 있을 것 같기에 장교의 이 호출이 외려 반갑다. 마쓰무라

　　　　　　　해동의 새벽

가 옷을 갈아입고 조용히 내무반을 빠져나가는 동안, 그의 선임 병사들은 불안감에 휩싸인다. 한밤중에 장교가 사병을 불러내는 일이 흔한 일은 아니기 때문이다. 혹시라도 마쓰무라 이병에 대한 가혹 행위가 문제가 되는 것은 아닌지 걱정한다. 어둠 속, 오카무라 상병이 벌떡 일어나 문을 열고 복도로 달려 나가 야마시다 소위에게 묻는다.

"소위님. 불시 인원 보고가 언제 있을지 모르는데, 한밤중에 중위님께서 무슨 일로 신입 병사를 호출하셨는지 이유를 알면 안 되겠습니까?"

"나도 알 수 없다. 이우 공께서 개인적으로 찾으셨다. 당직 사관에게도 알렸으니 불시 인원 점검 걱정은 하지 않아도 된다."

조용한 밤. 소곤대는 복도에서의 대화는 내무반에서도 똑똑히 들을 수 있다. 소대원 모두가 품은 의아함이 커진다. 야마시다 소위가 개인적 용무라고 하면서 이우 중위를 공(公)이라 호칭했다. 지금껏 장교에게 공이라고 부르는 것을 직접 들은 적이 없었던 중간선임 병사들은 이 점 또한 의아하게 생각한다. 눈치 빠른 선임 병사는 이우 중위가 왕족의 일원임을 짐작한다.

일본 황실전범(皇室典範)에 따르면, 황족 남자라면 누구나 만 18세가 넘을 시 반드시 육군이나 해군에 장교로 복무해야만 한다. 이곳 근위사단은 도쿄 한복판에 자리 잡고 있어 귀족들이 선호하는 육군 근무지 중 하나이다. 따라서 육군성과 함께 이곳 근위사단 야전부대에도 어느 부서에 혹 황실 혈통의 인물이 숨어 있을지 아무도 모른다. 소문에 따르면, 장교들 사이에서 상대가 어떤 인물인지 파악하지 못한 상태에서 옷깃에 붙은 계급장만 가지고 함부로 사람을 대했다가 감당할 수 없는 곤란을 겪은 경우가 많았다고들 한다. 군대가 계급 위주의 조직이라고는 하지만, 그곳에서도 사회적 신분과 출신 성분에 따른 차별은 분명히 존재한다.

야마시다 소위와 마쓰무라 이병의 발소리가 멀어지고, 내무반에 조용한 소동이 인다. 어둠 속에서 긴급 좌담회가 열린다. 오카무라 상병이 심각한 표정으로 주위를 돌아보며 속삭인다.

"저 녀석, 마쓰무라 이병 말이야. 1고 다니다가 왔다고 했지?"

"예. 처음엔 구라인 줄 알았는데 1고 출신이 맞는 것 같더라고요. 저 자식 영어도 잘하고 한문도 많이 압니다. 게다가 포격 훈련 때 좌표 계산하고 포신의 고각 계산도 기가 막히게 빠르고 정확합니다."

오키무라의 바로 후임인 노타 상병이 눈을 껌뻑이며 대답한다.

  해동의 새벽

“흠…… 저놈 귀족 아닐까? 귀족이 사병으로 입대하는 경우도 있나?”

오카무라의 의심이 거기까지 다다르자 다들 침을 꼴딱 삼키며 심각한 표정을 짓는다. 이때 맨 마지막 침상에 앉아 시종 웃음기 잔뜩 머금은 얼굴을 하고 있던 히로세 일병이 뭐가 그리 좋은지 히죽거리며 대화에 끼어든다.

“에이! 아닙니다. 귀족이 고생고생해 가며 사병 입대를 할 이유도 없고, 귀족이 1고를 다닐 이유가 없죠! 미쳤다고 1고를 다니면서 스토무[25]를 당하고 밤샘 공부를 하겠습니까요. 그 사람들은 나름 고고하게 가쿠슈인[26] 고등과를 다닙니다.”

히로세가 호기롭게 말을 해놓고, 이내 자신이 잘못 나선 것 같은 분위기를 감지한다. 히로세의 얼굴은 주름이 깊고 자글자글한 편, 표정의 변화가 적나라하게 드러난다. 그가 우스꽝스럽고 불쌍한 표정으로 큰 눈을 껌뻑거리며 오카무라 상병의 눈치를 살핀다. 아니나 다를까, 오카무라의 표정이 심상치 않다.

“그런가! 흠…… 그런데 히로세. 넌 뭐가 그리 좋아서 계속 히죽히죽 웃고 있었나? 어이! 히로세!”

오카무라가 갑자기 정색하며 히로세를 부르고, 히로세가 긴장하며 관등성명을 댄다.

“예. 일병 히로세!”

“앞으로 온다!”

“일병 히로세, 앞으로.”

오카무라 상병이 무릎걸음으로 쿵쾅거리며 재빠르게 다가오는 히로세 일병의 얼굴을 사정없이 휘갈긴다. 손바닥으로 콧잔등을 세게 얻어맞은 히로세의 눈과 코에서는 눈물과 콧물이 찔끔 나온다.

“어이. 히로세!”

“예. 일병 히로세.”

“너는 뭘 그리 아는 게 많은가? 내가 시골 촌놈이라고 얕보는 거냐? 도쿄 출신 히로세, 너 잘났다. 한 대 더 맞아야겠다.”

오카무라 상병이 한 차례 더 히로세의 뺨을 후려친다. 맞은 얼굴이 화끈거리고 얼얼했는지 손바닥으로 뺨을 비벼대고 얼굴 근육을 이리저리 찡그려 보는 히로세의 표정이 우스꽝스럽다. 모두 웃음을 참는 가운데, 노다 상병이 걱정스러운 듯 오카무라 상병에게 속삭인다.

“오카무라 선임님. 이러다 우리 소대 깨지고 흩어지는 거 아닙니까? 소대를 깨버리면 어떡하죠?”

“히로세 일병. 이 자식이 마쓰무라 이병의 호구조사를 제대로 하지 않아서 이런 일이 생긴 것 아닌가! 어이 히로세!”

“예. 일병 히, 로, 세……”

관등성명을 다시 복창하는 히로세가 울먹이는 목소리로 두려움을 표한다. 오카무라가 히로세의 뺨을 한 대 더 때린다.

"어이쿠!"

비명을 지르며 옆으로 나뒹군다. 사실 이번 구타는 강도가 그다지 세지 않았음에도 히로세가 괜한 엄살을 떠는 모습이 역력해 보인다. 가끔 때리는 사람의 쾌감을 위해 맞는 사람이 과장되게 아픈 척해주는 것도 매를 적게 맞는 요령 중 하나이다.

"이거, 어떡하나!"

오카무라가 한숨을 내쉰다. 부대 내부 구타행위 조사를 할 때, 피해자가 만만치 않은 집안의 자제였으면 소대원 전체를 해산시켜 각 병사를 타 소대, 심할 때는 타 대대에 모조리 전출시켜 버리는 때도 있는데, 이럴 때 소대가 '깨진다'라 표현한다. 이렇게 되면 해당 병사들의 군대 생활은 남은 기간 내내 꼬이게 된다. 그 때문에 새로운 신병이 오게 되면 바로 위 선임 사병이 해당 신병의 호구조사를 철저히 하는 것이 관례였다.

같은 시각, 장교 사무동에 도착한 마쓰무라 이병이 이우 중위에게 경례한다.

“이병 마쓰무라. 명 받고 왔습니다.”

“쉬어. 야마시다 소위는 가봐도 된다.”

이우 중위가 앉은 자리에서 간단히 경례를 받고 야마시다 소위에게 퇴실을 명한다.

“이름이 마쓰무라라고 했나?”

이우 중위가 부드러운 목소리로 묻는다. 그의 목소리와 외모에서는 직업군인 특유의 딱딱함이 느껴지지 않는다.

“예. 이병 마쓰무라 오사치!”

“자리에 앉지.”

“아닙니다. 괜찮습니다!”

“앉아라. 명령이다.”

“예. 알겠습니다.”

마쓰무라 이병과 이우 중위의 눈이 마주친다. 작은 체구에 둥근 얼굴, 하얀 피부색을 가지고 있는 이우 중위, 그에게는 군복이 다소 어색해 보이기까지 한다.

“이유가 뭔가?”

그의 부드러운 목소리와 표정에서 마치 시골 유학자와 같은 차분하고 온화한 분위기를 느낄 수 있다.

“예?”

이우 중위의 맥락 없는 질문에 마쓰무라 이병이 당황하며 되묻는다. 이우 중위가 인자하게 다시 묻는다.

“최전선으로 보내달라고 하지 않았나?”

“예. 맞습니다. 중지나 전선으로 보내주십시오.”

그제야 질문의 의도를 알아챈 마쓰무라가 대답을 겸한 자신의 희망 사항을 말한다.

“중지나 전선이라……. 원지(遠地) 부대에 배치되고 나서 한참 지나 전출을 요청했으면 현지 적응을 못 했다거나 아니면 구타와 기합을 견디지 못해서 그런 요청을 했을 거라 짐작하겠지만, 이곳 근위사단에 잔류 결정이 나자마자 곧바로 전선으로 보내달라고 하는 자네의 요청이 쉽게 이해가 되질 않아서 말인데…… 이곳은 누구나 오고 싶어 하는 곳이고, 지금…… 중지나는 두 달 넘게 치열한 전투가 벌어지고 있다는 사실을 알고 있겠지?”

“예. 알고 있습니다.”

“매일 사상자가 수백 명씩 생기는 것도 알고 있나?”

“예. 알고 있습니다.”

“그런데 왜 그런 위험한 곳에 가려고 하는가?”

“…….”

“말 못 할 사연인가?”

우물쭈물 망설이고 있는 마쓰무라에게 이우 중위가 다시 묻는다. 잠시 뜸을 들이던 마쓰무라가 작은 목소리로 대답한다.

“약속 때문입니다. 그리고 최초 자원입대의 목적이 중지나 방면 파병에 동참하고 싶은 생각에……. 저의 중학교 동기인 스즈키 신타로 군과 함께 중지나 파병에 같이 가자는 약속을 했습니다. 그 친구는 사실, 가정형편 때문에 입대를 결심한 저와의 의리 때문에 공연한 휴학 후 저와 함께 자원입대했습니다.”

“음…… 친구와의 약속 때문이라……. 그러고 보니 기억이 나는군. 훈련병 중에 지난달에 내게 찾아와 중지나 파병을 요청했던 친구가 하나 있었지. 혹시 그 친구 제국대학에 다니던 친구 맞나?”

“예, 맞습니다.”

“음……. 그 친구는 조선에 배속이 되었어. 어디 확인해 보자고.”

이우 중위가 자신의 서류철에서 뭔가를 한참 뒤적인다. 서류철 중간쯤에서 뭔가 찾아낸 그가 한 장의 서류를 들여다보며 마쓰무라에게 말한다.

“맞아. 스즈키 신타로. 조선의 용산으로 갔구먼. 그 친구는 조선으로 갔으니 자네가 굳이 중지나로 가야 할 이유는 없어 보이는데. 아닌가?”

“제 믿음에는 스즈키 신타로 군도 조선에서 저와 마찬가지, 중지나 전선 파병을 신청할 것입니다. 둘이서 약속을 했

　　　　　　　　　　　　해동의 새벽

습니다.”

“지금 중지나 전선으로 보내지는 병력 숫자가 수십만 명이 넘는다. 설사 자네가 중지나 전선으로 가고, 그 친구도 그쪽으로 전출되더라도 두 사람이 만날 가능성은 적다. 그리고 지금 자네가 근무하는 이 부대는 일본 육군 전체를 통틀어 병사들이 가장 배속을 원하는 부대인 것은 알고 있겠지? 자네가 이곳에 배치된 것도 행운이야.”

“예. 알고 있습니다.”

“그런데도 친구와의 약속 때문에, 그것도 만날 가능성이 희박해도 그곳으로의 전출을 원하는가?”

“예. 그렇습니다. 모병 사무소에 처음 지원서를 낼 때 그곳 병조장이 우리 둘 다 함께 중지나로 보내지는 것이 가능하다고 해서 지원을 했습니다. 그리고 이곳 훈련 연대에도 함께 오게 됐는데, 신병 교육대대가 나뉘면서 연락이 끊겼습니다. 저에게는 친구와의 약속은 소중합니다. 사정의 변경을 이유로 약속을 어길 수는 없습니다. 약속을 둘 다 지키고, 만날 수 있음과 없음은 하늘의 뜻에 맡겨야 한다고 생각합니다. 어쨌든 우리의 약속은 유효합니다.”

마쓰무라가 조리 있게 대답한다. 조용한 음성으로 차분히 말을 하는 가운데, 그의 말 한마디 한마디에서 진정성과 결기를 느낄 수 있다. 이우 중위가 마쓰무라의 대답을 들으며 담배에 불을 붙여 한 모금 피운 뒤, 잠시 생각에 잠긴다. 곧 이어 마쓰무라를 향해 가까이 상체를 내밀며 빤히 쳐다본다. 아마도 마쓰무라의 표정에서 진심을 읽어 내려는 것 같다.

"진정 가고 싶은가?"

"예. 가고 싶습니다."

"음. 내일 이곳에서 중지나 방면으로 파견되는 3천 명의 보충병력이 집결해 출발한다. 자네를 중지나 파견군 제10군으로 배치하겠다. 내일 점심시간 지나서 중지나 방면 파견 병력의 집합이 있을 시, 자네는 구령대 앞 그늘막으로 나를 찾아오라. 가능한 포병 병과를 유지하도록 조치하겠다. 물론 현지 사정에 따라 달라질 수도 있다."

"호의에 감사드립니다. 중위님!"

"자네를 중지나로 보내주는 것은 특별한 호의가 아니다. 그저 어렵지 않은 부탁이라 들어주는 것일 뿐이다. 그리고 포병 병과를 유지시켜 주고자 하는 이유는 자네의 훈련 기록을 보니 포병 진지에 필요한 병사 같아서 그렇게 조치하는 것이다. 가능한 포격지휘소의 계산병[27]으로 근무했으면 하는 것이 나의 생각이다. 그리고 앞으로 자네에게 애로사항이 있어서, 나의 노력으로 해결해 줄 수 있을 만한 청원이 있으면 서신으로 내게 부탁하는 것을 허락하겠다. 이 호의는 친구와의 약속을 소중히 여기는 자네의 마음가짐에 내가 개인적으로 감복해서 내리는 것이니 그리 알라. 언제든지 내게 서신을 보내고 싶을 때 이치가야의 육군성 주소로 보내면, 내가 어느 곳에 있든지 받아볼 수 있다. 그리고 내 이름의 '우'자는 자주 쓰이는 한자가 아니니 따로 염두에 둘 필요가 있을 것이다."

이우 중위가 도쿄 육군성 주소와 함께 자신의 이름 '李鍝' 두 글자를 만년필로 정성껏 적어 마쓰무라에게 건넨다. 그리고는 바깥을 향해 소리친다.

"부관!"

"예. 중위 야마모토!"

어깨에 이우 중위와 같은 중위 계급장을 단 부관이 사무실로 들어온다. 같은 계급의 부관은 본 적이 없는 마쓰무라가 의아한 눈빛으로 두 사람의 계급장을 번갈아 바라본다.

"여기, 마쓰무라 이병을 내일 출발하는 보충병력과 함께 중지나로 보내려 한다. 내일 아침 점호를 끝내고 전출할 수 있도록 편의를 제공하라. 해당 소대장과 내무반 반장에게는 이미 밤이 늦었으니 내일 아침 기상 점호 때 내 명령을 전달하도록 하라."

"예. 알겠습니다."

"마쓰무라 군. 무운을 빈다. 이만 나가 보도록."

이때 마쓰무라가 재빨리 이우 중위에게 묻는다.

"이병 마쓰무라. 중위님께 한 가지 질문이 있습니다. 여쭤 봐도 되겠습니까?"

"질문을 허락한다. 뭔가?"

"혹시. 중위님께서는…… 이 왕가이신지……. 중위님 성함이 조선식 성함이시고, 아까 우리 소대장이 중위님을 공이라고 호칭했기에 궁금해졌습니다."

일본은 조선의 왕족도 일본 황족의 방계 왕가와 같은 대우를 하였고, 조선 왕실을 이 왕가(李王家)라 불렀다.

"맞다. 난 조선에서 온 조선의 왕자[28]다. 이제 궁금한 점이 해소됐으면 나가보도록 하라."

"이병 마쓰무라. 우연하게나마 조선의 왕족을 뵙게 된 것을 가문의 영광으로 알겠습니다."

마쓰무라가 이우 중위와의 면담을 마치고 내무반으로 돌아간다. 내무반으로 돌아온 그는 조용히 침상으로 올라가 이불 속에 누워 조금 전 받은 종이를 품에 안고 잠든다. 나머지 내무반 병사들은 그에게 아무 말도 붙이지 못한 채, 실눈을 뜨고 조용히 자는 척을 한다.

내일 아침 동이 트면 마쓰무라는 이곳 도쿄를 떠나 전쟁이 한창인 중국 상하이 전선으로 보내지게 될 것이다. 서늘한 가을밤, 병영 근처 작은 숲에서 부엉이 한 마리가 서글피 울어댄다.

항저우 상륙작전

중국 상해 연안 해상.

"성열이. 니, 일 없니? 마이 안 좋니?"

표희수가 2등 칸 선실 구석에 모로 누워 끙끙 앓고 있는 성열에게 다가가 무뚝뚝한 평안도 억양으로 묻는다. 말투와 비교하면 표정은 무척이나 살갑다.

"배가 갑자기 심하게 흔들리는구마요. 쪼매 괜찮다 싶더마는…… 또 속이 디비지는구마! 뱃멀미가 이래 고생시럽은 줄 알았으마는 고마, 기차를 타고 오는 길을 찾아볼 거를 그랬소."

"북경 거쳐서리, 상해오는 기차들 모두 멈췄다는 말 못 들었네?"

"압니더. 하도 힘이 들어가 속없는 말 한번 해 봤십니더. 너무 신경 쓰지 마이소, 행님."

성열이 희미한 미소와 함께 힘겹게 대답한다. 한 시간 전부터 배의 흔들림이 심해졌고, 며칠간 뱃멀미를 버티지 못하는 성열이 큰 고생 중이다. 일본 유학을 다녀온 하태영을 제외하고는 일행 모두 고작 강이나 연안을 오가는 작은 선박만 타본 경험만 있던 터라 오랫동안 큰 바다 위 흔들리는 배의 움직임이 몸에 익숙할 리 없다. 다행스러운 건 이들이 탄 다쓰다마루호가 어지간한 파도에는 요동하지 않는 1만 6천 톤급의 초대형 선박이었기에 일행 대부분 항해 첫날 겪은 어지럼증과 구역질 말고는 멀미에 큰 고생을 하지 않고 있다. 다만 성열 혼자 항해 내내 유난스레 고생 중이다.

갑자기 바깥에서 '쿵' 하는 우렛소리가 들린다. 이어서 수차례 천둥소리보다 큰 소리가 계속 들려온다. 성열이 누운 자리에서 표희수에게 묻는다.

"밖에 무신 소릴까요?"

"내래 한 번 나가봐야 갔구먼. 날래 댕겨올 거니까니, 너는 여기 누워 기달려 보라."

표희수가 큰 걸음으로 성큼성큼 선실 밖으로 나가려는 찰나, 성열과 동갑인 하태영이 선실로 달려 들어와 다급한 목소리로 바깥 상황을 알린다.

"성열아! 지금 바깥에 나가 보니 우리 배 옆을 수십 척의 군함들이 함께 지나고 있어. 그 배들이 일으키는 물결이 워낙 심해서 우리 배가 흔들리고 있는데, 지금 그 수십 척의 배들이 함포를 마구 쏘아대기 시작했어. 아무래도 이곳이 상해 앞바다인 것 같아."

하태영의 말에 화들짝 놀란 성열이 상체를 일으켜 앉으며 묻는다.

　　　　　　　　　　　　　　　　　　해동의 새벽

“포를 어디에다가 쏘고 있단 말이고?”

“모든 포신이 육지 쪽을 향하고 있는데, 멀리 보이는 육지가 모두 불바다야. 너도 한 번 나가봐야 할 것 같아.”

“지금 몇 시나 됐노?”

“네 시 반 정도. 두어 시간 뒤 해가 뜨겠지.”

이때 선실의 확성기에서 ‘3등 칸 선실에 있는 모든 병사는 구명조끼를 입고 선실에서 질서 있게 대기하라’라는 방송이 나온다. 마치 큰 강당과 같은 구조로 되어있는 이 배 3등 칸 선실에는 산더미처럼 쌓인 우편자루와 함께 2천여 명의 육군 병사들이 가득 들어차 있다. 인천에서 출발한 지 이틀 뒤, 후쿠오카를 잠시 거치며 이 배에 태운 병사들인데, 대규모의 인원이 한데 모여 있음에도 항해 기간 내내 상당 수준의 질서가 유지되고 있다.

성열이 기운을 차리고 오른쪽 갑판으로 나간다. 성열을 포함한 여섯 일행 모두 심하게 흔들리는 배 위에서 난간을 붙잡고, 저 멀리 보이는 육지를 향해 시선을 고정하고 있다.

갑판 위에는 이늘 외에 몇 명의 선원들과 대여섯 명의 장교들이 배의 이곳저곳을 바쁘게 오가고 있다. 공중에서 터지는 조명탄 불빛에 언뜻언뜻 비치는 바다 위 전함들 모두 파도를 일으키며 민첩하게 움직이고 있다. 이 전함들은 모든 포신을 육지 방향으로 돌려놓고, 연신 대포를 쏘아대고 있다. 포성과 화염에 두려울 만도 한데, 다쓰다마루호 갑판에 서 있는 이들 모두 불구경에 넋을 잃고 있다. 다만, 성열 혼자 포화에 노출된 상해 어딘가에 있을 소희 걱정에 애를 태울 뿐이다.

한참의 시간이 흐르고, 선원 한 사람이 이들에게 다가와 표희수를 찾는다.

"표희수 상? 어디에 있습니까?"

선원 제복 소매에 수놓은 금빛 줄이 여러 개인 것으로 보아, 배의 상급선원인 듯하다.

"예. 제가 표희수입니다."

만주 펑톈에서 5년제 중학교에 다녔던, 여정 내내 일행을 대표하기로 한 표희수가 앞으로 나서며 대답한다.

"나는 일등 항해사 요시무라입니다. 아! 그 전에, 조금 전 안내방송을 해드렸다시피 여러분 모두 구명조끼를 입으셔야 합니다."

요시무라 항해사가 선실 입구 옆 작은 수납장에서 구명조끼 여섯 개를 꺼내 성열 일행에게 일일이 건넨다. 모두 구명조끼를 입느라 어수선한 가운데 다시 요시무라가 표희수에게 용건을 이야기한다. 표희수를 찾았을 당시부터 용건이 따로 있었음에도 일행들에게 구명조끼부터 먼저 챙겨 입히

 해동의 새벽

는 모습에서 그의 직업의식을 엿볼 수 있다.

"지금 보시다시피 상해 해안과 시가지를 향해서 해군의 대규모 포격이 벌어지고 있습니다. 그런 이유로 우리 배는 상해에 정박하지 않기로 했습니다. 대신 약 한 시간 뒤 어둠이 걷히고 시야가 확보되는 대로 상해 주둔 해군 소속 소형 선박이 우리 배로 접근해 우편물을 받아 가기로 했습니다. 따라서 표희수 상 일행 여섯 명 모두 상해항에 내리기 위해서는 그 배로 갈아타고 가시면 됩니다. 아울러 한 가지 다른 제안을 하자면, 이 배에 타고 있는 군 병력 2천 명도 처음 계획과 달리 상해 항구에 내리지 않고, 이곳에서 180km 떨어진 항저우 인근 작은 항구에 내리기로 했습니다. 만약 여러분들이 항저우 방향으로의 우회를 택한다면 여러분을 육군의 하라다 대좌께서 도와주기로 했습니다. 인천에서 출발할 때 고하세 사부로 중좌께서 우리 선장님께 여러분의 안전과 편의에 신경을 써달라는 당부가 있었기에, 선장님께서 하라다 대좌에게 특별히 부탁을 드렸습니다. 아! 그리고 한 가지 더. 며칠 전 항저우항에 일본 제10군이 상륙을 하면서 우리 일본군이 그 지역을 완전히 장악하였기에 그 일대가 지금의 상해보다 훨씬 안전할 것이라는 제 의견도 드리겠습니다. 그곳에서 내리셔서 군 병력과 함께 육로를 통해 상해로 가시는 것이 비교적 안전하리라 생각합니다. 여러분의 결심이 서는 대로 조타실로 찾아와서 저나 선장님께 그 결심을 알려 주시기 바랍니다.”

표희수가 요시무라 항해사의 상세한 설명과 배려에 감사하다는 말을 하고서 2등 칸 선실에 모여 의견을 나눈다. 표희수가 먼저 말을 한다.

“내래 중국어 실력이 여기 모인 우리 일행 중 그나마 조금 나은 편이라서 말이지, 우리가 여행 중 만날 외부인들과의 접촉을 내래 맡기로 했지만서두, 중요한 결정을 할 때는 말이야. 우리의 조장을 맡기로 했던 윤성열 군의 의견을 따르기로 했지 않니? 자. 성열 군. 어떡하는 게 좋을까? 말해 보기요.”

“두 번 고민할 기 아니지요? 안전이 제일 아입니꺼? 고마, 항저우로 가입시더.”

성열이 당연하다는 듯 항저우행을 제안한다. 이 말에 하태영이 걱정스러운 표정으로 되묻는다.

“성열이가 멀미가 심해서…… 앞으로 대여섯 시간을 더 가야 하는 게 고역이 아니겠어?”

“아이고! 내 생각만 할 수 있나? 저 불바다 속에 우리 일행이 우찌 뛰어들겠노? 두 번 생각할 것도 없다. 항저우로 가서 거게서 상해로 가는 군인들하고 같이 가야 안 되겠나? 희수 행님! 그리하입시더. 선장한테 그리 전해 주이소!”

     해동의 새벽

성열의 말에 모두 동의한다. 잠시 뒤, 키가 족히 1m 80cm는 되어 보이는 건장한 체격의 하라다 대좌가 이들이 있는 2등 칸 선실로 찾아온다. 큰 키와 덩치에, 잘 다림질된 장교 제복을 입은 하라다 대좌의 위용에 일행들 모두 압도되는 분위기다. 모두 벌떡 일어서 허리를 깊이 숙여 인사한다.

“이 일행의 조장이 있다고 들었다. 조장이 누구인가?”

“조장은 저 윤성열입니다마는 여기 표희수 군이 군인과 현지인과의 소통을 맡기로 했습니다.”

성열의 대답에 하라다 대좌가 표희수 쪽으로 시선을 옮겨 묻는다.

“선장의 말이, 자네 일행들이 미나미 지로 총독 각하의 소개장을 가지고 있다고 했는데, 여행증명서와 그 소개장을 내게 보여줄 수 있겠나?”

“예…… 여기…….”

표희수가 자신의 큰 배낭 안쪽에 덧대어져 있는 주머니에서 기름먹인 종이봉투를 꺼내 조심스럽게 여행증명서와 소개장을 하라다 대좌에게 전한다. 표희수가 건넨 소개장을 찬찬히 읽어 본 하라다 대좌가 일행들의 면면을 유심히 바라본다. 잠시 어색한 고요함이 흐르고, 하라다 대좌가 큰 목소리로 이야기한다.

“여러분 모두 주목하라! 앞으로 네 시간 삼십 분 뒤 자네들에게 요시모토 중위가 찾아올 것이다. 그때 모두 자리를 비우지 말고, 이 자리에 집결해 있어야 한다. 이 배가 항저우 연안에 닻을 내리면 갑판 우현으로 내려질 제1번 보트에 여러분을 태울 예정이다. 항저우항과 연결된 첸탄강은 물살이 세고, 행여 조수간만이 생길 때면 엄청난 파도가 밀려와 위험하기로 유명한 곳이다. 이에, 여러분 모두 이동과정에서 요시모토 중위의 명령에 반드시 따라 주기 바란다. 제군들은 비록 민간인 신분이지만, 전쟁지역에서는 민간인들도 해당 군 장교의 명령에 따라야 안전을 담보해 줄 수 있다. 이동 시 질서 있게 움직이고, 무엇보다 안전에 유의하기 바란다. 누구라도 실수로 발을 헛디뎌 바다에 떨어지기라도 하면, 구조를 장담할 수 없다. 그리고, 항저우에서 상해 인근 제10군에 합류할 때까지 요시모토 중위가 임시로 지휘하는 중대에 자네 여섯 명을 편입시켜 이동과정을 챙길 것이다. 불가피한 상황이 아니면 차량 탑승을 불허하게 될 테니 도보 행군 시 뒤처지지 않도록 정신 차리고 잘 따라오라. 항저우에서 상해 인근까지의 일정은 별다른 사유가 생기지 않으면 약 4일로 예상한다. 다시 강조한다. 요시모토 중위의 명령에 잘 따르라. 알겠나?”

하라다 대좌의 말에 모두 진지한 표정으로 답을 한다. 하라다 대좌가 선실을 나간 뒤, 일행은 한쪽에 모여 앉아 각자의 짐을 다시 한번 확인한다. 배낭에는 군인에게 버금갈 정도의 다양한 물건들이 준비되어 있다. 나침반과 지도는 물론이고, 군용 야전삽과 칼, 가위, 수통, 그리고 회중전등, 담요와 여벌의 옷과 신발, 비상식량으로 챙겨 온 미숫가루와 누룽지도 있고, 일본군이 러시아 정벌을 위해 만들었다는 배앓이 전문 치료약품 정로환(征露丸. 훗날, 소련의 2차대전 승전으로 '征' 자를 '正'으로 바꾸게 됨)도 각종 구급약과 함께 준비했다. 또한, 성열과 표희수의 가방에는 상당한 액수에 해당하는 일본과 중국, 영국의 화폐와 현지에 지점이 설치된 니혼다이이치 은행, 요코하마쇼킨 은행, 중국 공상은행, 영국 홍콩 상하이 뱅크의 예금통장과 예금증서, 수표가 들어 있다.

날이 밝아오고, 상해로 보낼 우편물을 실어 갈 해군 선박이 다녀간 이후 다쓰다마루호가 전속력으로 남진을 계속한다. 이윽고 태양이 하늘 한복판에 이르렀을 때, 다쓰다마루호가 엔진을 멈추고 닻을 내린다. 요시모토 중위의 지시에 따라 성열의 일행이 갑판 우현 맨 앞쪽으로 나와 제1번 보트에 승선을 준비할 때, 배의 이곳저곳에서 작업을 위해 나타난 선원들 속에서 경성 조태호 사장의 첩실인 임옥자의 친척 오라비 임동록이 이들에게 다가와 간단한 작별 인사를 한다.

“여게, 그 유명한 조선 특공대가 드디어 중국 땅에 상륙하게 되아부렀구먼! 몸조심덜 하고 맡은 임무를 완수 후에 무사히 조선 땅으로 돌아가시시요. 나가 다음에 인천항에 내리게 되믄…… 그때 댁들을 찾아갈랑께, 그때 탁배기 한 사발 같이 허기로 하십시다. 수고허씨요!”

승선 때부터 이들을 살뜰히 챙겨왔던 임동록과의 작별 인사를 마친 성열 일행 모두 작은 보트로 갈아탄다. 이들의 환승이 끝나자, 3등 칸에 있던 2천여 명의 사병들이 갑판 위로 일제히 쏟아져 나오기 시작한다. 성열 일행과 군인들이 뒤엉키지 않도록 하라다 대좌의 각별한 배려가 있었음을 짐작할 수 있다.

약 한 시간 가까운 시간 동안 환승과 항해가 계속되고, 이어서 이들 모두 항저우항 인근 율촌이라는 작은 바닷가 마을에 도착한다. 육안으로 보이는 항저우의 항구 일대 구조물들은 이틀 전 일본군의 대대적 상륙작전 때의 포격으로 처참히 파괴되어 버려 원래의 온전한 모습을 찾아볼 수 없다. 인적이라고는 전혀 볼 수 없는 배후 마을의 부서진 건물 잔해에서는 아직도 꺼지지 않은 불씨와 함께 연기가 모락모락 피어오르고 있다. 주위 야산과 들판에도 나무 한 그루 성한 모습을 찾아볼 수 없었고, 근처 언덕과 크고 작은 바위 표면도 시커멓게 화염에 그슬린 모습이다.

　율촌마을 주민 모두를 소개(疏開)시키고 오늘 상륙하는 부대의 작전을 돕고 있는 다른 부대 소속 일본군 선발대 한 병사의 말에 의하면 지난 11월 5일, 일본군 3개 사단의 상륙작전 때 이 일대에 대한 항공기의 폭격과 전함의 함포사격이 장장 열 시간 넘게 계속되었다고 했다. 이번에 항저우 인근에 상륙한 3개 사단 병력을 포함하여 현재 상하이 공략을 위해 파병된 일본군의 병력은 지난 3개월 동안 약 32만 명 수준에 이른다고 했다.

　율촌마을과 항저우 경계 중간쯤에 있는 작은 소학교 운동장에서 숙영하기로 하고 집결한 군인들 모두 개인 짐들을 풀고 휴식을 즐긴다. 상륙 과정에서 바닷물에 젖은 군복과 군화를 벗어 민물에 헹군 뒤 햇볕에 말리고, 지친 몸을 편안하게 배낭에 기댄 채 평화롭게 각자 편지를 쓰거나, 책을 읽거나, 옆자리 병사와 잡담을 나누며 긴 항해로 지쳤던 몸과 마음을 달랜다.

　해가 지기 전, 큰 솥들이 걸리고, 저녁 식사를 준비하는 취사병들이 분주히 뛰어다니며 2천여 명의 식사 준비를 한다. 소학교 운동장 곳곳에서 밥 익는 고소한 냄새가 진동할 무렵 하라다 대좌의 전체 집합 명령에 따라 취사병 이외의 모든 군인들이 한데 모이기 시작한다. 작전을 위한 집합이 아닌 전달사항 고지를 위한 집합 명령이라 병사 모두 편안한 차림으로 대와 오를 갖춘다. 일사불란한 각 부대 단위별 지휘로 순식간에 주위가 정리되고, 이어서 구령대에 오른 하라다 대좌의 훈시가 시작된다.

작은 출력의 휴대용 확성기를 이용한 연설이지만 2천여 병력 모두 숨죽여 그의 연설에 귀를 기울이고 있는 터라 그의 말 한마디 한마디가 병사들의 귀에 명징하게 들려온다.

“아. 아. 아. 잘 들리나?”

“예. 그렇습니다!”

2천여 병사들의 대답 소리가 우렁차다.

“조금 전 보고를 받았다. 다친 사람이 한 사람도 없다고 들었는데, 다시 확인한다! 항해 중, 상륙 중에 다친 병사 있나?”

“없습니다!”

하라다 대좌의 대규모 병사를 다루는 방식이 다소 특이하게 보인다. 마치 기계 인간과 같은 큰 체구와 강인한 그의 인상에 비해 그가 사용하는 어휘나 말투는 무척 부드럽고 친숙하게 들린다.

우렁찬 대답을 들어 보면, 여기 모인 병사들 모두 군기가 단단히 들어있는 것 같다. 2천여 명의 병사들 상당수가 중국에서의 전선 확대로 인해 급히 일본에서 모집된 신병과 예비역 병사들로 구성되어 군기가 느슨할 법도 한데 의외의 조직력을 보인다. 5일간의 항해 과정에서 하라다 대좌의 지휘 하에 임시 편제조직과 군기 확립이 잘 이루어진 듯 보인다.

수천 명 조직의 일사불란한 움직임을 난생처음 지켜보는 조선 출신 일행은 이 모습이 마냥 신기하고 놀라울 따름이다.

"여기! 보급 장교 어디 있나? 보급 장교, 이와무라 중위!"

구령대 위에서 하라다 대좌가 주위를 둘러본다. 맨 앞줄에 늘어서 있던 장교들 틈에서 보급 장교가 한 발 앞으로 나오며 손을 들어 대답한다.

"예. 이와무라 중위!"

"음. 거기 있었구먼. 잠시 뒤 배식 때 소대별로 위스키 세 병과 스루메(마른오징어) 300g씩을 특별 보급하라."

"예. 알겠습니다."

하라다 대좌의 명령과 이와무라 중위의 대답에 2천여 병사들의 환호성이 터진다. 잠시 그들의 환호를 지켜보던 하라다 대좌가 함성이 잦아들자 계속해서 훈시를 이어간다.

"여기 모인 자랑스러운 황군 병사들에게 알릴 사항이 있다. 오늘 날짜로 황궁 어전회의 결과에 따라 이곳 중지나 지역 육군 제10군과 상하이 원정군을 합쳐서 중지나방면군이라는 독립된 군이 새로이 편제되었다. 지금까지 상하이 파견군 총사령관을 맡아오신 마쓰이 이와네 장군께서 30만 중지나방면군의 초대 사령관으로 취임하셨다. 모두 이 사실을 잘 숙지하기 바란다. 알겠나?”

“예. 알겠습니다.”

중일전쟁으로 인하여, 예전에는 불과 2개 여단 5천여 명에 머물렀던 일본의 지나 주둔군의 숫자가 불과 넉 달 만에 40만 명에 이르게 되었다. 이들 병력 중 아홉 개 사단 30만 명의 병력이 상하이 인근에 배치되었는데, 이는 일본 육군 전사(戰史)를 통틀어 가장 큰 규모의 해외 파병이었다.

“여기 모인 제군들은 중지나방면군 탄생을 경험한 역사적 영광을 갖게 되는, 대동아 최초의 병사들로 기록이 될 것이다. 모두 자랑스럽지 않은가?”

“예. 그렇습니다!”

병사들이 우렁차게 대답하며 박수를 친다. 군중심리의 무서운 힘이라고나 할까, 하라다 대좌의 선동과 사병들의 열기 속에서 감격에 겨워 눈물을 흘리는 병사들도 보인다.

“내일 아침 우리는 새로 편제된 중지나방면군의 제1호 작전이 될, 보급사단의 항저우 상륙 엄호를 맡게 되었다. 삼십여 척의 함선에 탑재된 각종 병기와 차량, 보급물자의 상륙 과정에 우리의 지원이 필요하게 되었다. 일출과 함께 상륙 작전이 시작되고, 정오 이후부터 군수 보급사단과 함께 북진하며 상하이로 진군할 것이다. 약 4일간 상하이 방향으로 진군하면서 민간의 피해가 없도록 하기 바란다. 만에 하나

　　　　　　　　해동의 새벽

민간에 피해를 주는 병사가 단 한 명이라도 발생할 시에는 그 병사는 물론이고 그 병사가 소속된 해당 부대원과 지휘관까지 엄한 처벌을 면하지 못할 것이다. 알겠나?”

“예. 알겠습니다!”

“모두 배가 고프고 술이 그리울 것이다. 따라서 훈시는 간단히 끝을 내겠다. 맘껏 먹고 마시고 휴식을 즐긴 후 내일부터의 작전에 전력을 기울이도록 하라. 단위별 위관급 이상 장교들은 부대 해산시킨 뒤, 내 막사로 모이기 바란다. 자, 모두 외친다! 천황폐하 만세!”

“천황폐하 만세!!!”

이어서 각 부대 단위별 특별 보급과 배식이 시작된다. 오랜만에 육지에서 벌이는 잔치에 병사들의 사기가 하늘을 찌른다. 이곳 인근 100km 이내에 적군이라고는 개미 새끼 한 마리 없다는 정보가 있던 터라 모두 실컷 먹고 마시며 즐긴다. 비교적 남쪽 지역이기는 하지만, 11월의 한기는 어쩔 수 없기에 지휘관 허락하에 이곳저곳에 모닥불도 지펴진다. 이 모습은 마치 이미 모든 전쟁에서 승리한 점령군의 승전향연을 보는 듯하다.

성열 일행도 요시모토 중위의 휘하 병사들과 함께 음식과 술을 나눠 먹으며 그간의 여독을 푼다. 일행 중 교토에서 제3고를 다녔던 하태영이 모닥불 건너편에서 아무 말 없이 문고판 책을 읽고 있는 일본군 병사 하나를 유심히 바라본다. 술잔을 들고 왁자지껄 떠들고 노는 가운데, 이 병사는 데카르트의 《드 라 메소드(방법서설)》라는 철학서를 열심히 읽고 있다. 그 병사가 읽던 책을 자리에 내려놓고 용무를 보러 어둠 속으로 사라지자 하태영이 자신의 배낭을 열어 책 한 권을 꺼내 그 병사가 앉았던 자리로 다가가서 《드 라 메소드》 책 위에 자신의 책을 살며시 올려놓은 후 다시 제자리로 돌아온다. 하태영의 이해하지 못할 행동을 지켜보던 성열이 그에게 묻고 다그친다.

"태영아! 무신 짓이고? 여게서 일본 군인들 건디리가 좋을 기 없다. 뭔지 몰라도 그 물건 퍼뜩 있던 그대로 해놓거라."

성열의 다그침에 하태영이 피식 웃으며 대답한다.

"내가 남의 물건에 손댈 일이 있나? 오히려 내가 오래전에 빌렸던 물건이 원래의 주인을 찾은 것 같아."

잠시 뒤 어둠 속에서 나타난 그 일본인 병사가 자신의 자리로 돌아와 앉아 하태영이 조금 전에 놓아둔 그 책을 집어 들고는 이리저리 돌려보며 살핀다. 이어 고개를 들어 주위를 두리번거리던 그 병사와 하태영의 눈이 마주친다. 그 병사가 그 책을 들고서 모닥불을 빙 돌아 성열 일행이 앉아있는 곳으로 다가온다. 하태영이 갑자기 평소에 듣도 보도 못한 출처 불명의 이상한 노래를 부르기 시작한다.

“데칸쇼. 요이 요이 데칸쇼!”

하태영의 해괴망측한 노랫소리를 듣고는 그 병사도 갑자기 박수를 쳐 가며 그 노래를 따라 부르기 시작한다.

“요이 요이 데칸쇼. 요이 요이 데칸쇼!”

하태영이 환하게 웃으며 다가오는 그 병사를 끌어안으며 소리치듯 그의 이름을 부른다.

“1고의 마쓰무라! 맞지?”

“3고의 하태영 군! 이런 곳에서 만나다니!”

하태영과 마쓰무라 오사치 이병이 마치 어릴 때 헤어졌던 어린 형제라도 만난 듯 반갑게 끌어안고, 제자리에서 펄쩍펄쩍 뛰고 있는 와중에, 이 두 사람 옆으로 소위 계급장을 단 장교 한 명이 다가오더니 손뼉을 치며 조금 전 그 노래를 부른다.

“데칸쇼! 데칸쇼! 부르며 자랐지. 요이 요이 데칸쇼!”

마쓰무라 이병이 노래를 부르며 다가오는 장교를 보고, 부동자세로 경례를 붙인다. 하태영이 그 장교에게 큰 소리로 묻는다.

“1고? 아니면 3고 졸업생 되십니까?”

소위가 웃으며 대답한다.

“오랜만에 듣는 데칸쇼의 노래구면! 나는 나고야의 8고다. 두 사람은 어디 출신인가?”

“나는 교토의 3고, 조선 출신의 하태영, 민간인 신분입니다.”

“나는 도쿄의 1고 출신, 마쓰무라 오사치 이병입니다.”

세 사람 모두 반갑게 인사를 나눈다. 데칸쇼의 노래는 데카르트, 칸트, 쇼펜하우어의 첫 자를 합친 ‘데칸쇼’를 후렴구로 만들어 부르던 구제 넘버스쿨 학생들의 응원가와도 같은 노래다.

일본 대도시뿐 아니라 식민지의 구제 고등학교 역할을 대신했던 경성 제국대학 예과 학생들 사이에서도 이 노래가 유행하였는데, 구제 고등학교 특유의 자유로운 문화와 교양주의를 상징하는 노래이기도 했다. 이 노래를 부르며 단체로 거리를 활보하다가 순사들을 때려 주고 경찰서로 붙잡혀 오는 구제 고등학교 도련님들이 일본 곳곳에서 심심찮게 보이기도 했는데, 사회화 학교에서는 그들의 이러한 일탈을 눈감아 주는 경향이 많았었다. 이런 관용은 미래의 지도자가 될 구제 고등학교 학생들에 대한 배려로써 일종의 사회적 약속이기도 했기 때문이다.

마쓰무라가 자신이 들고 있는 책을 마구 흔들다 하태영에게 비스듬히 들어 보인다.

“이것 봐! 책 모서리 면에 하태영 군, 자네 이름이 여기 이렇게, 이렇게 그대로 적혀 있어!”

책장을 넘기는 쪽 모서리 면에 선명하게 적혀있는 ‘河’라는 글자가 불빛에 비쳐 드러나 보인다. 이어서 하태영도 크게 웃으며 마쓰무라에게 대답한다.

"거기, 파스칼의 팡세에도 마쓰무라 자네의 이름 첫 글자가 적혀 있다. 한번 보라구!"

하태영이 여태껏 지니고 다녔던, 조금 전 배낭에서 꺼내 마쓰무라에게 돌려준 파스칼의 《팡세》에도 원래 그 책의 주인이었던 마쓰무라 오사치의 이름 첫 글자인 '松' 자가 붉은 잉크로 선명하게 적혀 있다. 두 책 모두 일본 도쿄와 조선의 경성에 있는 각자의 청년 손에서 떠나 주인이 뒤바뀌어 있었다. 마쓰무라 오사치와 하태영은 지난여름에 제5고등학교가 있는 구마모토에서 있었던 인터하이[29]에서 만나 기간 내내 급속히 친해졌었다. 일주일 넘는 기간 동안 같은 기숙사 방을 쓰면서 철학 토론에 심취해 있었던 이 두 학생이 행사 마지막 날 헤어지면서 각자 가져온 책을 선물로 교환했었는데, 그 일이 있은 지 한참이 지난 지금, 이역만 리 떨어진 이곳 중국 항지우 인근 시골 학교 운동장 일본군 숙영지에서 극적으로 다시 만나게 된 것이다.

하태영이 자신의 일행인 윤성열, 표희수, 한동규·동만 형제, 오가와 케이지에게 마쓰무라를 소개한다. 만주 안둥에서 명문중학교를 졸업한 표희수를 제외한 나머지 평범한 조선 출신 젊은이들에게는 하태영과 마쓰무라 오사치의 공통

분모인 구제 고등학교, 데칸쇼의 노래, 인터하이라는 주제
가 마냥 신기한 일일 뿐이다.

그들이 옛이야기 삼아 떠드는 일화들은 엘리트끼리의 폐
쇄적 성격의 주제이기에 일반 사람들로서는 시큰둥할 수도
있었겠지만, 조선에서 함께 출발한 일행 모두 민지영과 소
희를 구출하기 위한 이 위험천만한 여행에 자원했을 만큼
모험심이 강한 사람들이었기에 그들이 몰랐던 미지의 세계
에 속한 일본 내지 엘리트의 삶에 대한 궁금함과 호기심 역
시 남달랐었다.

한참 동안 두 사람을 중심으로 명문 학교 학생들의 생활
이야기와 조선에서의 서민들의 삶, 그리고 오가와 케이지와
같이 태어나서 조선 땅을 처음 벗어나 보는 재 조선 일본인
들의 생활상에 대해 이런저런 담소를 나누다 어느덧 시간이
자정에 이르렀다.

숙영지 이곳저곳에서 요란한 술판이 계속 이어지자 이윽
고 '강제취침명령'이 하달되고, 젊은이들은 다음날 다시 만
나 남은 이야기를 이어가기로 하고 아쉬운 맘을 간직한 채
각자의 취침 장소로 돌아가 잠을 청한다.

똑바로 누운 자세에서 표희수가 옆자리 하태영에게 속삭
이듯 묻는다.

"이보라, 태영이. 아까 듣자 하니 네레 일본서 고등학교레

다님서 그렇게 좋은 친구도 많았고, 즐거운 일이 많았으면 휴학을 하지 말고 계속 학교를 다니지 그랬나? 그깟 학비라는 거이, 조선에 있는 사립고보 교사로 돌아올 기약만 해주면은 휘문고보 같은 데서는 지원을 해준다고 알고 있서. 아니가? 자네 꿈이 선생질이라 하지 않았네?"

"네…… 그 방법도 있었지요. 그런데 형님. 대개 그런 종류의 후원금은 족쇄가 있는 법이고요. 휘문 같은 곳은 저하고는 맞질 않아요."

"민씨 집안 꼴이 같잖아 그라네?"

"꼭 그렇다고는 할 수 없지만…… 아니라고 할 수도 없겠네요."

하태영이 머뭇거리며 자신의 속내를 살짝 내비친다. 구한말 세도가 휘문학원 민영휘 집안에 대한 조선 민간의 세평이 좋지 않을 때였다.

"기렇다믄 고창 김씨네 보성학교나 중앙고보도 있지 않네?"

표희수가 다시 묻는다. 속삭이듯 하는 말이지만 꽤 진지하다.

"거기도 오십보백보지요. 저는 이번 일 마치고 돌아가면 일본에서 교토제국대학에 진학해서 그곳에 자리를 잡고 싶어요. 외려 그곳에서는 민족 간의 갈등이란 것을 느낄 수 없어요. 그리고 일본의 3고나 제국대학 학생들, 교수님들 대부분은 가난한 사람이나 조선인에 대해 차별을 거의 하지 않는 것 같더라고요. 속마음은 모르겠지만 말이에요.”

“그건 니 말이 맞는 것 같다야! 꼭, 같잖은 조선 거주 일본인 나부랭이들이나 사람 차별하지, 내가 살던 만주서도 의사나 펑톈 대학 교수님들은 차별, 그딴 짓 하지 않아! 얼마나 점잖은 양반들이 많은데! 아까 참에 본 마쓰무라 그 녀석도 기렇고, 여기 지휘관 하라다 대좌님도 얼마나 신사적이가? 우리가 길 떠나 만난 일본인 중에 조금 배웠다 싶은 장교나 선원들은 우리한테 얼마나 잘해 줬니? 꼭 자기들 무리 속에서 사람대접 못 받는 고조, 거지발싸개 같은 일본놈들이 우리 조선인을 구박하지. 맞아! 태영이 니 말이 맞아!”

이때, 같은 막사를 쓰는 일본인 중 한 명이 이들의 소곤거림이 잠자는 데 방해가 된다는 듯 ‘음. 음.’ 소리를 낸다. 표희수가 신경이 쓰였는지 소리를 낮춰 속삭인다.

“다른 사람 신경 쓰인다 야. 자자. 자고 내일 얘기하자야. 잘 자라.”

“예. 형님두, 잘 주무세요.”

막사 바깥에서 풀벌레 소리가 들린다. 11월이라고 하지만 조선 반도보다는 비교적 온난한 기후대라 그런지 아직 겨울 같지는 않은 날씨다. 막사 이곳저곳에서 코를 고는 소리가 들리고, 조선에서 온 이들 모두 위스키에 적당히 젖어 든 채 중국에서의 첫날밤을 평화롭게 보낸다. 다만 성열에게는 소희에 대한 그리움과 걱정이 더욱 간절하게 느껴져 잠들기 힘든 밤이다.

동트기 전 새벽, 2천여 명의 병사들과 함께 기상나팔에 잠을 깬 성열의 일행에게 요시모토 중위가 찾아온다. 기상 후 모포와 막사 정리를 하느라 정신들이 없는데, 이곳저곳에서 바삐 움직이는 장교들은 이미 옷차림이며 몸가짐 모두가 단정하다. 요시모토 중위가 배낭 정리를 하는 일행들에게 다가와 먼저 인사한다.

"모두 안녕히들 지냈습니까?"

표희수가 바쁘게 움직이던 손놀림을 멈추고 얼른 일어서 인사를 한다.

"안녕히 주무셨습니까. 중위님."

"예, 덕분에 잘 잤습니다. 다름이 아니라, 몇 가지 전달사항이 있어서 찾아왔습니다. 어제 하라다 대좌님의 말씀을 들어서 알겠지만, 상륙 후 일정에 약간의 변경이 있었습니다. 오늘 아침 08시 정각부터 진행될 보급사단의 상륙에 우리가 엄호를 맡기로 했습니다. 약 다섯 시간에 걸친 상륙작전이 끝이 나면, 1만 5천여 명 규모의 보급사단과 함께 상해

방면으로 북진을 할 텐데, 하라다 대좌께서 여러분들의 편의를 생각해서 우리 중대가 보급사단의 후미 쪽 경비 업무를 맡도록 조치하였습니다. 따라서 여러분은 상륙작전이 완료될 때까지 저쪽, 어제 우리가 상륙했던 마을의 뒷산 숲에서 대기하고 계셨다가 이곳 소학교 운동장에 전체 병력이 재집결할 13시 30분경에 다시 돌아와 주시기 바랍니다. 지금 이 자리, 이 위치로 돌아오시면 되는데, 약 2만 명에 가까운 병력이 동시에 움직이는 작전이므로 상당히 혼란스러울 수도 있습니다. 따라서 작전에 방해가 될 행동, 예를 들어 함부로 불을 피운다거나 시끄러운 소리를 낸다거나 하는 행동은 절대 금해 주시고, 가능하면 마을 뒷산의 소나무 숲에서 자리를 이탈하지 마시고 대기하기 바랍니다. 그 숲에는 20여 명의 파수병이 해변과 후방 등지를 지켜보기 위해 배치될 예정입니다. 그 병사들과 함께 자리를 지키는 것이 안전하리라 생각합니다. 제 말 이해되셨습니까?"

요시모토 중위의 긴 설명에 표희수가 고개를 크게 끄덕이며 대답하고, 이어서 세수와 식사를 마친 뒤, 마을의 뒷산으로 재빨리 움직인다. 뒷산 언덕 중간쯤, 나무가 자라지 않아 자연스럽게 형성된 제법 너른 공터에 다다른다.

병사 여럿이 손을 합쳐 기구(氣毬)를 띄워 올리고 있다. 기구에 달린 작은 바구니에서 긴 전선으로 연결한 유선 전화

　　　　　　　　　　　해동의 새벽

기를 테스트하는 것으로 보아 이 기구에 탑승한 병사들이 사방의 먼 곳을 지켜보며 수시로 유선을 통해 상황을 알리는 역할을 하는 것으로 짐작된다. 성열 일행은 이들을 지나 더 높은 산마루에 세워진 망루에 다다른다.

어제 상륙한 직후, 이들 병사는 다른 동료들이 운동장에 모여 밥을 짓고, 막사를 세우고, 먹고 마시고 즐기는 동안, 다음 날 새벽에 있을 이 작전을 준비하기 위해 밤을 새워가며 부지런히 움직였던 것으로 보인다. 성열은 이 일을 유기적으로, 소리 없이 재빠르게 계획하고 지휘해 낸 장교들의 역량을 생각해 보며, 세상에는 참으로 유능한 사람들이 많다는 것을 실감한다.

구름 한 점, 바람 한 줄기 없는 고요한 아침, 저 멀리 수평선에 작은 점이 나타나고, 그 점들이 하나둘씩 늘어나기 시작하더니 이어서 그 점들이 대형선박의 모습으로 변하기 시작한다. 큰 선박 주위에서 작은 선박들이 하나둘 떨어져 나오더니, 이내 수백 대의 상륙정들이 항저우 앞바다를 새카맣게 뒤덮는다.

곧이어 하늘에서는 요란한 엔진 소리와 함께 정찰기 수십 대가 마치 들판의 가을 잠자리 떼처럼 날아다닌다. 지난 11월 5일, 보병 3개 사단이 같은 위치에 상륙하면서 이들을 방해할 적군은 아예 없다는 사실을 알게 되었지만, 상륙작전에 있어서 해안선 경계는 철저히 해야 할 필수사항이다.

천여 대의 상륙정과 수륙양용 장갑차들이 물보라를 일으키며 물 위에서 이리저리 움직인다. 이 광경은 마치 한 무더기의 알에서 부화한 장구벌레와 소금쟁이 등 수생 곤충들의 출현을 연상케 한다.

일정 시간이 지나자 수백 대의 상륙정이 항구 인근 해변 모래톱을 밀고 올라온다. 항저우항은 첸탄강에서 흘러 내려온 퇴적물로 인해 대규모 군사작전이 쉽지 않아 기존 항구가 아닌 인근 모래톱을 상륙지점으로 삼았다고 한다. 상륙정에서 나온 병사들이 몸에 물 한 방울 묻히지 않고 쉽사리 해변에 내려선다. 이어서 대형 바지선이 해변으로 다가온다. 대형 바지선과 해변 사이에 부교가 이어지고, 바지선에 실려 있던 군용 트럭들이 천천히 육지에 내려진다. 물살을 일으키며 다가오던 수륙양용 장갑차들은 마치 썰물 때 개펄을 맘껏 돌아다니는 작은 게처럼 해안을 기어 올라온다.

대형차량의 상륙이 끝나자 비슷한 톤의 목소리가 해안 일대 무전기 스피커를 통해 일제히 쏟아져 나온다. 이어서 갑자기 연막탄이 불규칙하게 이곳저곳에서 터지기 시작한다. 그 모습은 장관이기도 했고 아수라장이기도 했다. 이런 장관을 생전 처음 구경하는 조선에서 온 일행들 모두 벌어진 입을 다물지 못한다.

 　　　　　　　　　　　　　　　　해동의 새벽

엄청난 양의 연막이 해안 일대를 한 치 앞도 분간할 수 없게 뒤덮기 시작한다. 약 한 시간이 넘도록 아무것도 보이지 않는 해변 지역에서 왁자지껄 사람들의 목소리가 들려온다. 사람 목소리, 소의 울음소리, 흥분한 말이 내는 콧소리 등이 연막 속에서 어지러이 들려오더니 이어 불어오는 해풍에 시야가 트이기 시작한다. 어스름 연막 사이로 수천 명의 군사와 수백 두의 소, 수백 필의 군마가 연안 일대를 새카맣게 덮는 또 다른 장관이 펼쳐진다. 신기한 것은, 이러한 아수라장에서도 호각과 나팔, 구령 소리에 맞춰 각종 통제와 이동이 유기적으로 작동하고 있다는 것이다.

중간중간 적절히 배치되어 있는 장교들의 지휘하에 만여 명이 넘는 보병과 수백의 기병들, 수천 대의 차량, 수백 두의 소 떼가 율촌마을 일대에 질서 있게 집결한다. 시간이 지나며 이러한 혼란은 차츰 잦아든다.

정오가 지난 시간, 전날 2천여 명의 병사들이 숙영했던 시골의 작은 소학교 운동장에 만여 명 이상의 보병이 바늘 하나 꽂을 틈 없이 빽빽이 도열해 있다. 학교 정문과 공터, 그리고 인근 도로에는 조금 전 상륙을 마친 수백 문의 대포를 비롯한 중화기, 전차, 그리고 쌀을 가득 실은 군용 트럭과 수레, 그 수레를 끌기 위해 멍에를 짊어진 소들과 기병들이 탈 군마가 늘어서 있다. 학교 건물 양쪽 입구와 출구에는 배식을 위해 식기를 들고 줄을 길게 늘어선 병사들이 보인다. 대대 단위마다 취사병들이 학교 건물 안팎에서 부지런히 밥을 지어 병사들을 먹이고 있다. 약 한 시간에 걸쳐서 사단 병력의 늦은 점심이 끝이 나고, 병사 전체를 상대로 사단 참모가 구령대 위에 올라 훈시를 한다.

"병사들은 주목한다! 사단장님과 연대장급 지휘관분들은 지금 현재 마쓰이 이와네 사령관 각하께서 소집한 주요 지휘관 회의에 참석하기 위해 먼저 출발하셨다. 따라서 지금부터의 이동 작전은 여단별로 진행될 것이며, 임시로 부(副)여단장급 장교들이 해당 부대를 지휘할 예정이다. 지금으로부터 삼십 분 뒤에 제21연대부터 출발할 것이다. 무엇보다 중요한 지시사항이 한 가지 있다. 180km의 행군 내내, 민가에 절대 해를 끼치는 행동을 하지 마라. 민간으로부터 필요한 물건을 징발할 시에는 해당 중대장급 장교의 허가하에서 현금으로 그 대가를 반드시 치러야 한다. 이 점 명심하기를 바란다. 그리고 여러분들……."

사단 참모인 아소 대좌가 큰 목소리로 또박또박 훈시하는 중간, 갑자기 학교 정문 바깥 공터에 세워둔 155mm 대포가 불을 뿜고, '꽝' 하는 포성이 지축을 흔든다. 모두 깜짝 놀란 표정으로 그곳을 바라본다. 곧이어 언덕 아래 보이는 민간 마을 한가운데서 거센 화염과 함께 민가 건물이 부서지고,

잔해와 먼지가 풀썩 이는 모습이 보인다. 다시 한 발의 포성이 들린다. 대포가 늘어선 중간에 서 있는 장교 하나가 낄낄대며 웃는다. 이어 그 장교가 다시 큰 소리로 포병대 소속 사병에게 소리를 친다.

"명중이야! 백린탄[30]도 아주 잘 터지는구먼! 중국놈들 모두 혼비백산하게, 같은 좌표에서 우현으로 2도 방향 바꿔. 한 발 더 발사!"

장교의 명령이 끝나자 곧바로 그 옆 대포가 불을 뿜으며 굉음을 쏟아낸다. 같은 마을 한복판에 있는 민가 수십 채의 지붕이 박살 나는 모습을 보며 사단 병력 전체가 아연실색한다. 구령대 위 아소 대좌의 노기 섞인 다급한 목소리가 확성기를 통해 들려온다.

"거기! 도대체 누구인가? 누가 지휘관의 명령도 없이 민가를 포격하는 것인가?"

확성기에서 나오는 아소 대좌의 큰 질책에 조금 전 발사를 명령했던 장교가 껄껄 웃으며 대답한다.

"아! 나요, 나! 치치부노미야 도시히토 소좌요. 시험 삼아 대포 한번 쏘아보라고 했소. 그깟 중국 돼지 놈들 사는 마을에 한두 발 쏘아봤을 뿐인데…… 이제 그만할 테니 하던 말 계속하시오! 에잇! 요즘 군인들은 너무 물러 터졌어…… 쯧쯧."

자신보다 계급이 높은 장교를 향해 거만하게 끝말을 흐

리는 치치부노미야 소좌, 그에게 아무 말 못 하는 아소 대좌, 나머지 중견 장교들도 난감한 표정이다. 여기 모인 장병들, 말단 사병까지 대부분 그 이유를 짐작한다. 이자가 사용하는 '치치부노미야(秩父宮)'라는 성은 일본 황족이 사용하는 성씨 중 하나이다. 치치부노미야 히로히토가 바로 현 천황의 이름이다.

운동장 한 모퉁이에서 성열 일행과 함께 서 있던 요시모토 중위가 혼잣말한다.

"빌어먹을 황가의 망나니 놈들…… 저런 놈들이 군에 있으니, 앞으로 전쟁의 양상이 어찌 펼쳐질지…….”

치치부노미야 소좌[31]가 자신의 백마에 올라탄 뒤 부관과 함께 보무당당 북쪽으로 길을 떠난다. 잠시 적막이 흐르고, 아소 대좌의 나머지 훈시를 끝으로 사단 전체의 행군이 시작된다. 성열 일행도 요시모토 중대에 섞여 북녘을 향해 여정을 떠난다.

이들이 떠난 뒤에도 한참 동안, 마을에서는 가족의 죽음에 비통해하는 사람의 통곡과 부상자의 신음에 더해, 계속해서 살을 파고드는 화염에 죽지 못해 고통스러워하는 주민의 처절한 비명이 계속해서 들려온다.

〈제1부 완결〉

 해동의 새벽

2018년 여름. 우연한 기회에 역사적 개별 사건에 대한 개인적 의구심이 생기고, 그에 대한 각종 학술자료를 찬찬히 들여다보는 과정에서 그 의심이 확신으로 변하게 되었다. 아울러, 일정 세력이 불순한 의도를 가지고 기록한 역사적 사건들이 상당히 왜곡된 것 아니냐는 아쉬움이 들었다.

과거에 있었던 주요 사건을 몸소 겪었던 이들에게서 저자가 직접 들은 내용과 현세 사람들의 왜곡된 인식 차이가 얼마나 큰가를 많은 이들과의 대화를 통해 알게 되면서 미력이나마 그 간격을 좁히는 데 노력하고 싶은 생각이 들었다.

그러나 나 자신이 가진, 소위 말하는 '권위'라는 것이 일반적 기준에 미치지 못한다는 인식하에 그렇다면 소설로 조심스럽게 그러한 내용을 품어보자 마음먹게 되었다.

나름의 자료조사를 시작하고, 첫 책이 세상에 나오는 데 약 7년의 세월이 흘렀다. 이어 제2권, 제3권을 출간하는 과정에서 여러 시행착오를 거치면서 이제 내 글의 제1부를 마무리한다.

글의 얼개는 구성해 두었지만 이를 글로 뽑아내는 재주가 일천하고, 예민한 주제를 적나라하게 다루기엔 배짱이 두둑하지 않았던 탓에 진작 마음먹었던 작품 전체를 단숨에 마무리 짓지 못하게 되었지만, 머지않은 시간 안에 이 이야기의 종착지인 책의 제2부를 세상에 선보일 예정이다.

이어지는 2부에서는 중일전쟁 기간에 벌어진 난징 대학살을 묘사하며 그 사건에 대한 일반적 인식 속 책임 소재에 대해서도 유연한 시각으로 따져 보고, 많은 사람이 희생된 충칭 대공습 사건도 다루어 볼 계획이다. 조선 민간인 출신으로는 유일하게 일본 육군 중장의 지위까지 올랐던 홍사익 장군(창씨개명을 하지 않았다)에 이어 일본이 태평양전쟁을 일으킨 과정과 미국과 중국을 숨 막히게 함과 동시에 중국 공산군의 극적 회생에 일조했던 일본군의 이치고(一號)작전, 미국이 일본에 원폭 투하를 결심하게 만드는 데 한몫을 보탠 이오지마·오키나와 전투에 대하여도 나름의 확대경을 들이대어 다룰 생각이다.

전시 민영 공창제도의 하나인 군 위안소에 자, 타의로 팔려 갔던 조선과 일본, 중국의 빈곤계층 여인들 이야기도 소설 속에 녹여 다룰 예정이다. 아울러 필연적이었던 중국의 공산화 과정과 소련의 한반도 진주, 한국 전쟁에 대한 저간의 사정들도 다각적 시선에서 다루어 볼 예정이다. 해방 직후 거짓 신화로 자신을 포장하여 오늘날까지 격에 맞지 않게 칭송을 받는 위선자들의 일단도 들여다보고자 한다. 그리고 알고 보면 선한 삶을 살았으나 정치적 의도에 따라 의도적으로 폄훼된 몇몇 유명 인물에 대한 재평가 역시 내 글을 접한 독자의 몫으로 남겨두고 싶기도 하다.

지난 몇 달의 시간을 돌아보면서, 소설이라는 장르를 처음 내어놓은 서툰 저자를 위해 길잡이가 되어준 도서출판 휴앤스토리에 여간 고마운 일이 아니다. 이 졸작을 읽어주신 독자를 향한 무한 감사의 마음은 당연하다.

2025년 가을

김훈영

격 | 동 | 의 | 역 | 사 ,

꼭 | 알 | 아 | 야 | 할 | 순 | 간 | 들

【1937년 11월 상하이 함락】

▷ 중국 최대도시인 이곳에서 1937년 8월 13일부터 11월 26일까지 총 3개월에 걸쳐 중국과 일본 간의 격전이 벌어지고, 여러 차례 전황이 바뀌다 결국 이곳은 일본의 손에 넘어간다. 아시아 태평양 전사(戰史)에서 가장 규모가 큰 시가전으로 기록된 이 전투에서 양측은 합계 100만 명의 병력을 동원했으며, 이 전투를 계기로 중국 북동부의 국지전으로 여겨졌던 1937년 7월에 벌어진 중일전쟁은 1945년 8월까지 양국의 운명을 건 총력전으로 확대되었다.

중국 동북부 베이징 인근에서 루거우차오 사건이 벌어진 지 얼마 지나지 않은 8월 9일, 일본군 중위 오오야마 이사오가 상하이 인근 홍차오 공항에 난입을 시도하다 공항 경비를 책임지던 중국군에 의해 사살되는 사건이 발생한다. 이 사건으로 인해 중국 남동부 상하이에서도 전운이 감돌기 시작하였고, 8월 13일 상하이 바오산 도로로 진입한 일본군을 중화민국군이 총격을 가하면서 전투가 시작되었다.

이에 일본은 상하이에 대규모 공격을 감행하기로 결정, 8월 13일 오전 9시 15분, 일본 해군 육전대(해병대)가 중국군 기지에 도발을 감행하는 것으로 일본군의 공격이 시작되었다. 그러나 일본군은 5천여 명이고 중국군은 5만 명이 넘었기에 수적으로 중국이 압도적인 우세였다. 그리고 일본군이 선공하였음에도 장제스 직계 중국군의 무장상태도 양호했기에 초기 일본군은 고전을 면치 못했다. 중국 공군도 반격하여 8월 21일 일본의 96식 육상항공기 여러 대를 격추하는 등 상당한 전과를 올렸고 타이완까지 날아가 일본군 비행장 등에 폭격을 감행했다.

자신감을 얻은 장제스는 화북으로 가야 할 주력부대들을 포함한 중앙군을 상하이로 급파했다. 또한, 제3전구를 수립하고 장제스가 직접 사령관에 앉았고, 대규모 전쟁 계획을 세운다. 한편 8월 21일 일본의 팽창에 불안감을 느끼던 소련과 불가침 조약을 체결하고 300명의 군사 고문단, 1억 달러의 차관과 1억 5천만 달러에 해당하는 무기들도 지원받았다. 그리고 중국공산당을 정식으로 인정하고 홍군을 국민혁명군 제8로군으로 개편하였다.

8월 23일 상항 인근 우쑹(吳淞) 해안가에 일본군 증원군 2개 사단을 태운 일본군 함대가 상륙한다. 제3사단은 우쑹만에, 제11사단은 우쑹 서북 15km 지점에 상륙하여 교두보를 마련했다. 하지만 이 지역은 장제스가 1935년부터 매우 촘촘한 방어선을 꾸려 놓은 곳이었다. 거기에 지뢰밭, 철조망까지 해변을 가득 메우고 있었다. 해변에 내린 일본군 제3사단 병사들은 중국군의 집중 사격에 많은 인원이 전사했다. 탄약은 금방 떨어졌고, 일본군은 일본도와 총검을 들고 공격을 감행하다가 격퇴당했다. 3주가 지난 후 제일 먼저 상륙한 일본 3사단은 90% 이상의 손실을 보았고, 8월 31일이 되어서야 겨우 우쑹 포대를 점령했지만 불과 3km 전진에 불과했다.

일본 제11사단 역시 고생하긴 마찬가지였다. 6일 동안 겨우 5킬로 전진한 그들은 교두보를 마련했지만, 엄청난 사상자를 낸다. 일본 제3사단과 제11사단은 9월까지 1만 명을 잃으면서 병력의 삼분의 일을 잃었다.

이때, 중국군의 피해도 50%에 달해 장제스는 자국군을 상하이 시내로 퇴각시키는 우를 범한다. 9월 6일 중국군은 총공격을 정지하고 지구항전 태세로 전환, 상하이 시가지와 난징 사수를 목표로 제2기 작전에 돌입하고 저항선을 새로 구축했다.

　일본군은 상하이의 장제스 직계군이 지금껏 만주, 화북, 산동 등지에서 상대했던 허약한 군벌 예하 중국군과는 차원이 다르다는 것을 깨닫게 되었다. 놀라운 중국군의 전투력에 마쓰이 이와네 장군은 일본 본국에 증원요청을 보냈다. 이에 일본은 2차 증파를 결정, 1937년 9월 7일 타이완에 주둔한 부대를, 9월 10일 9사단, 13사단, 101사단, 야전중포병 제5여단을 본토에서 추가로 파병하기로 했다. 이 중 13사단과 101사단은 예비군들과 신병들로 구성된 부대였다.

　이들이 9월 18일 도착하자 마쓰이 사령관은 10월 8일부터 총공격을 지시했다. 이 작전에 성공하면 상하이에서 포위된 해군 육전대를 구출할 수 있음은 물론 중국군 주력을 포위할 수 있었다.

　하지만 일본군은 지난번에 치러야 했던 혈투를 또 치러야 했다. 중국군은 기관총과 야포를 비롯한 중화기를 운용하면서 일본군에 저항했고, 방어선이 뚫려도 신속한 후퇴 후 전선의 새징비가 이루어져 일본군은 고전을 면치 못했다. 그러나 제공권과 제해권을 가진 일본군은 느리지만 전진할 수 있었다.

　계속 고전하던 일본군은 중포 120문을 집결해 엄청난 포화를 끼얹었고 다시 400대의 항공기를 동원해 폭격했다. 그래도 방어선이 뚫리지 않자 화학무기까지 사용했다. 결국,

중국군은 23일 공격부대를 상하이 외곽으로 철수시켰다. 이 와중인 10월 22일 차를 타고 상하이를 방문했던 장제스의 부인 쑹메이링이 일본군 항공기들의 집중 공격으로 차가 전복되어 갈비뼈가 부러지는 중상을 입기도 했다. 이어 일본군은 18사단과 24사단의 증파를 결정했으며 화북에서 6사단을 호출하여 이들 3개 사단을 묶어 새로 10군을 편성, 야나가와 헤이스케를 사령관으로 상하이 파견군을 지원하게 하였다.

한편 상하이에 파견된 일본군이 10만 명으로 늘자 장제스 역시 50여 개 사단을 상하이로 더 집결한다. 화중, 화남의 모든 군사가 상하이로 몰려들었다. 10월 말에 7개 집단군 85개 사단, 70~80만 대군이 집결했다. 장제스가 정성껏 가꾸어 온 독일식 정예부대 4개 사단과 중앙군 30만 명도 포함되어 있었다. 중국군 전체의 4할에 가까운 병력이 투입된 것이다. 하지만 중국군은 13만 명의 사상자를 냈다. 공군도 일본군의 항공모함대가 도착하면서 밀리기 시작했고, 해군은 양쯔강 하류에 일본 해군이 진입하는 것을 겨우 막아 내고 있었다.

결국, 장제스는 10월 26일 전 병력에 철수 명령을 하달했다. 설상가상, 1937년 11월 5일 새벽에 일본군 10군 예하 6사단과 18사단이 공중 엄호를 받으며 항저우에 상륙했다.

　　　　　　　　　　　　　　　　　해동의 새벽

중국군이 이들의 상륙을 전혀 예측하지 못했기 때문에 이들은 거의 저항을 받지 않고 매우 손쉽게 교두보를 확보했다. 10군은 '일본군 백만 병력, 항저우만 상륙'이란 애드벌룬까지 크게 띄우고 전차를 앞세워 진격했다.(이 작품에서 윤성열 일행이 이 작전을 경험한 것으로 묘사했다.) 장제스는 경악했다. 그는 일본의 역량을 과소평가하고 일본군이 상하이만을 공격하리라 예측하는 대실수를 저질렀다. 중국군은 항저우만의 일본군을 저지하기 위해 병력을 급파했으나 11월 8일 67군의 군장 우커런 중장이 전사하는 등 참패했다.

남쪽에서 일본군 10군이 북상하고 북쪽에서 상하이 파견군이 몰려오자 중국군은 완전히 포위될 위기에 처했다. 장제스 지휘부는 11월 8일 야간에 상하이 방어군에게 방어선을 이동하라고 지시했다. 이는 사실상 전군 퇴각 명령이었다. 이미 지치고 소모된 중국군은 일본군의 맹공에 큰 타격을 입었는데, 특히 항공 폭격을 집중적으로 받은 9집단군과 19집단군의 피해가 컸다.

일본군이 몰려온단 소식에 동요한 중국군은 사실상 와해되었다. 11월 10일 상하이는 완전히 포위되었고 11월 12일에 일본군이 시가지 전 지역을 장악했다. 일본군은 중국군이 버린 엄청난 숫자의 장비를 노획했다. 중국 해군의 주요

함정들도 침몰하거나 노획당했다. 공군도 50%의 전력을 잃었다. 이때부터 중국은 1945년 8월 일본이 미국의 원자탄에 굴복해 항복을 선언할 때까지 자신들의 영토 대부분을 8년간 일본에 정복당하게 된다.

1. 백범 김구 선생이 양반이다 아니다를 놓고 상당 기간 논쟁이 있었다. 그의 저서 《백범일지》에 따르면 인조 때 영의정을 지낸 김자점의 방계혈족인 그의 가족은 과거 12대조부터 생존을 위해 상민으로의 신분세탁을 하였다고 주장하는데, 이를 달리 해석하면 수백 년 동안 상민의 삶을 살아오는 동안 그의 조상은 사대부 간의 혼인은 꿈도 꿀 수 없었을 것이기에, 적서(嫡庶)의 구분이 분명하던 시절을 거치며 그의 집안이 양반 가문의 지위를 사실상 상실하게 되었다는 결론에 도달하게 되었다는 것이 당시 유림 다수의 의견이었다.

2. 1927년 제1차 국공합작 파기 사건을 공산 진영에서는 '4·12 정변(政變)'으로, 국민당 진영에서는 '4·12 청당(淸黨)'으로 부른다.

3. 두월생(두웨이성, 杜月生, 1888~1951): 중국 폭력조직 청방의 두목. 상하이의 도박장, 매춘과 갈취 대부분을 장악했다. 경찰과 조계시 징부의 암묵적인 지원으로 아편 무역도 독점 운영했고, 은행업까지 진출했다. 나중에 홍콩에 진출해 범죄단체의 두목이 되었고, 그의 입김이 시장과 경찰서장의 임명에도 영향을 미칠 정도였다. 항일활동과 극우활동에 대한 공로로 사후 대만에는 그의 동상까지 세워졌다.

4. 손명구(쑨밍구, 孫銘九, 1908~2000): 시안사변 당시 장쉐량의 명령

에 따라 장제스 생포 작전을 직접 지휘했다. 처음 장제스가 화칭
쓰 뒷산에서 동북군에 의해 사로잡혔을 때, 반란군의 포로가 되
는 치욕을 당할 수 없으니 자신을 현장에서 사살하라는 장제스
를 상대로 무릎을 꿇고 눈물을 흘려 가며 설득해 상처를 입은 그
를 등에 업고 산에서 내려왔었다. 당시 나이가 28세에 불과했으
나 그 전에 그는 각종 전투와 작전에서 여러 번 공을 세워 일찍
상교(대령)로 진급한 상태였다. 시안사변 1년 뒤, 1937년에 시작
된 중일전쟁에서 일본군의 포로가 되고, 그 즉시 변절하여 일본
을 위한 밀정이 된다. 그리고 일본이 태평양전쟁에서 패망하자
국민당군으로 복귀하여 공산군과 싸우는데, 국공내전에서 공산
군이 승리하자 또 국민당 정권을 배신하고 공산 진영으로 전향
하여 천수를 누리다가 2000년도에 사망한다.

5. 성종 때 세 명의 대비를 위해 지은 궁궐. 1909년에 근심과 걱정
   에 빠진 순종의 마음을 달랜다는 명목으로 창경궁 궁궐에 동물
   을 들여왔는데, 이후 시민 공간으로서 동물원과 식물원을 대중
   에 공개하기로 하면서 창경원으로 개명하였다. 1983년에 다시
   창경궁으로 복구됐다.

6. 중부(仲父): 아버지 형제 중에서 둘째 큰아버지를 일컫는다. 백
   부(伯父), 중부, 그리고 작은아버지 숙부(叔父)로 나눈다.

   해동의 새벽

7. 사주단자(四柱單子): 혼인을 정하고 신랑집에서 신붓집으로 신랑의 사주를 적어 보내는 간지

8. 다비(たび): 나막신을 신기 위해 엄지발가락을 따로 내어 만든 일본식 버선. 그 모양이 돼지 족발과 비슷하게 생겼다고 해서 조선인들은 일본인들을 '쪽바리'라 부르기 시작했다.

9. 막부 시절 일본에서는 배우자가 있는 여성의 경우 치아를 모두 검게 염색하는 풍습이 있었다. 개화기 이후 점점 사라져 가던 풍습이다.

10. 히노마루(日の丸): 히노마루의 사전적 의미는 '태양과 같이 둥근'이라는 뜻이다. 일본의 국기인 일장기를 칭하는 말로 쓰인다.

11. 다이쇼(大正): 일본의 연호. 여기서 말하는 '다이쇼 9년'은 서기 1920년도이다.

12. 일본의 구제(舊制) 넘버스쿨은 일본 제국대학의 관문으로 통한다. 5년 과정의 중학교나 고등보통학교를 졸업한 학생에게 입학시험을 치를 자격이 주어지는데, 당시 일본 전역에는 여덟 개의 넘버스쿨이 존재하였다. 제1고는 도쿄, 제2고는 센다이, 제3고는 교토, 제4고는 가나자와, 제5고는 구마모토, 그리고 김준연이 졸업한 제6고는 오카야마에 있었으며 제7고는 가고시마, 제8고는 나고야에 있었다.

13. 1932년 있었던 '혈맹단' 사건을 일컫는다. 만주국을 인정하기 어렵다는 견해를 유지했던 이노우에 대장상(재무상)이 이때 살해당했다.

14. 루거우차오(노구교, 盧溝橋): 베이징 중심에서 15km 정도 떨어진 왕핑 마을에 놓인 다리. 500개의 돌사자상으로 장식된 석조 다리로, 베네치아 탐험가 마르코 폴로가 이 다리를 보고 '세상에서 가장 아름다운 다리'라고 칭송한 데서 기인하여 '마르코 폴로 다리'라고 불리기도 한다.

15. North China Daily News: 1850년 발행된 〈The North China Herald〉 잡지를 모태로 1854년 처음 발간된 영자 일간신문. 상해 와이탄 17호(外灘 17號)에 이 신문사 사옥이 남아있다.

16. 산시로 연못: 일본의 대문호 나쓰메 소세키의 소설 《산시로》에 등장하는 도쿄제국대학 내 연못. 이 소설의 출간 이후 도쿄대학 내 관광객이 많이 찾는 명소가 되면서 사람들로부터 '산시로 연못'이라 불리기 시작했다.

17. 당시 도쿄제국대학의 법학부는 법학과, 정치학과, 경제학과로 구성되어 있었다.

18. 고노에 후미마로(近衛文麿, 1891~1945): 일본의 귀족, 정치인, 천황 가문의 방계 가계인 고노에 가문의 30대 당주이다. 세습

                    해동의 새벽

원칙에 따라 귀족원 위원이 되었다. 교토제국대학을 졸업했고, 세 차례 일본 내각의 총리대신을 지냈다.

19. 소련은 이때부터 1938년 중반까지 2억 5,000만 달러 상당의 군수품과 항공기 300대를 중국 측에 제공했다.

20. 후쓰(胡適, 1891~1962): 중국의 학자이자 외교관. 코넬대학에서 농학을 전공하고 콜럼비아대학에서 철학을 전공했던 그는 베이징대학교 최연소 교수로 임용되었다. 당시 중화권 학생들로부터 상당한 존경과 인기를 누렸던 유명 지식인이다. 1938년부터 주미 중국대사를 지낸다. 후쓰가 중일전쟁 발발 2년 전, 태평양전쟁 발발 6년 전에 주장한, 이 같은 내용은 이후에 무서우리만치 정확하게 맞아떨어졌다. 이 내용은 동경대학출판회에서 2007년도에 발행한 이시다 교수의 《세계화하는 전쟁과 중국의 국제적 해결 전략》이라는 책에서 발췌되었다.

21. 96식 폭격기: 1935년 미쓰비시 중공업에서 개발한 중형폭격기. 원래는 대함 공격용이었으나 한 번 급유에 4,000km를 날 수 있는 비행능력 때문에 중국과의 전쟁 중에는 육상공격기로 활용됐다.

22. 다쓰다마루호(龍田丸號): 1930년도에 취역한 일본의 우편선이자 여객선이다. 일본 역내뿐만 아니라 아시아, 유럽을 오가고, 인

도양과 오세아니아, 아메리카 대륙 등 태평양 전체에 우편물을 취급하던 1만 6천 톤급 배수량의 대형선박이었다. 1942년 1월까지 우편선으로 사용되었으나 태평양전쟁에 징발되어 전함으로 사용되다가 불과 1년 만인 1943년 2월에 격침된다.

23. 아오야마가쿠인(靑山學院): 선교사 소퍼가 1878년에 설립한 경교학사(도쿄영학원) 그리고 맥클레이가 1879년에 설립한 미회신학교가 1883년에 합병하고 1894년에 아오야마가쿠인으로 교명을 변경, 1949년에 대학으로 승격되었다. 영어교육 제도가 잘 갖추어져 있어 '영어의 아오야마'라고 불린다. 롯데 신동빈 회장과 신동주 SDJ 코퍼레이션 회장, 백석 시인, 김종필 전 국무총리 등 유명 인물을 배출하였다.

24. 당시 일본군의 사병 계급 중 가장 높은 계급은 상병이었다. 이후 병장 계급은 중일전쟁이 확대되면서 1940년 9월에 생겼다.

25. 스토무: 'Storm'의 일본식 발음. 구제 넘버스쿨 기숙사에서 선배가 후배의 방을 기습 공격하여 강제로 술을 먹이고 노래를 시키며 괴롭히는 오랜 전통

26. 가쿠슈인(學習園): 일본의 귀족학교. 초등과, 중등과, 고등과가 있었다.

27. 계산병: 포병대에서 좌표설정과 포신의 고각 등을 계산하는 병사

28. 이우(李鍝): 고종황제의 손자이자 의친왕의 아들이다. 이우 공
    (公)은 이 작품에 등장한 날로부터 8년이 지난 1945년 8월, 히로
    시마에 떨어진 원자폭탄에 희생된다. 그는 당시 일본 황가에서
    추진했던 조선 왕족과 일본 화족(華族)과의 혼인을 통한 조선
    왕가 혈통 지우기에 순응했던 다른 왕공 족과는 달리, 치열한
    투쟁을 거쳐 유일하게 조선 반가의 여식과 혼인을 했다. 또한,
    그는 조선 광복의 꿈을 버리지 않고 공개적으로 일본에 저항하
    기도 했는데, 아이러니하게도 이 나라에 광복을 가져다준 원자
    폭탄에 희생되어 서른네 살 한 많은 삶을 일본에서 마감한다.

29. 인터하이: 'Inter-high school league'의 줄임말로 구제 고등학
    교와 제국대학 예과 학생들끼리의 교류전 운동회를 일컫는다.
    식민지 말기에는 경성과 신징, 펑톈 등 조선, 대만, 만주 일대
    의 명문 학교 학생들도 참여하는, 동아시아 전체를 아우르는
    하생들의 거대 행사로 발전하기도 했다.

30. 백린탄(白燐彈): 현재까지 전 세계 분쟁지역에서 사용되며 국제
    사회에서 논란이 많은 살상용 무기. 입자의 크기가 크고 잘 달
    라붙는 성질을 띠기 때문에 촛농처럼 피부에 눌어붙어 화학적
    화상을 일으키며 국소 부위에 깊은 상처를 빠르게 남긴다. 최
    근 일부 평화주의 학계에서는 백린탄을 화학무기로 간주해야

한다고 주장하기도 한다.

31. 치치부노미야 도시히토(秩父宮 俊人) 소좌는 작가가 만든 가공
의 인물이다.

제1부

해동의 새벽 ㊦

초판 1쇄 발행	2025년 11월 14일
초판 2쇄 발행	2025년 11월 24일
지은이	김훈영
펴낸이	김양수
책임편집	이정은
교정교열	연유나

펴낸곳　휴앤스토리

　　　　출판등록　제2016-000014

　　　　주소　경기도 고양시 일산서구 중앙로 1456 서현프라자 604호

　　　　전화　031) 906-5006

　　　　팩스　031) 906-5079

　　　　홈페이지　www.booksam.kr

　　　　이메일　okbook1234@naver.com

　　　　블로그　blog.naver.com/okbook1234

　　　　페이스북　facebook.com/booksam.kr

　　　　인스타그램　@okbook_

ISBN　　979-11-93857-30-4 (04800)

　　　　　979-11-93857-27-4 (SET)

＊ 이 책은 저작권법에 의해 보호를 받는 저작물이므로 무단전재와 무단복제를 금지하며, 이 책 내용의 전부 또는 일부를 이용하려면 반드시 저작권자와 휴앤스토리의 서면동의를 받아야 합니다.

＊ 책값은 뒤표지에 있습니다.

＊ 파손된 책은 구입처에서 교환해 드립니다.

＊ 이 도서의 판매 수익금 일부를 한국심장재단에 기부합니다.

휴앤스토리, 맑은샘 브랜드와 함께하는 출판사입니다.